晋军新方阵——第三辑

槐花让他猜她是谁。还用猜？只有槐花才喜欢用『你说可笑不可笑！』。当时他还奇怪，多年不联系，槐花怎么突然冒出来了。农村人基本上无事不登三宝殿，槐花主动联系他，肯定是有事。他又觉得可能是自己太世故了，难道没事槐花就不能联系他？后来有一次，槐花在短信里要和他聊文学。

陌生人的玩笑

李晋瑞·著

图书在版编目（CIP）数据

陌生人的玩笑 / 李晋瑞著 . — 太原 : 北岳文艺出版社，2016.5（2023.9 重印）
（晋军新方阵 . 第三辑）
ISBN 978-7-5378-4745-2

Ⅰ . ①陌… Ⅱ . ①李… Ⅲ . ①中篇小说—小说集—中国—当代②短篇小说—小说集—中国—当代 Ⅳ . ① I247.7

中国版本图书馆 CIP 数据核字（2016）第 091865 号

书　　名：陌生人的玩笑
著　　者：李晋瑞
责任编辑：张　丽
书籍设计：张永文

出版发行：山西出版传媒集团 · 北岳文艺出版社
地　　址：山西省太原市并州南路 57 号
邮　　编：030012
电　　话：0351-5628696（发行部）
　　　　　0351-5628688（总编室）
传　　真：0351-5628680
网　　址：http: //www. bywy. com
E - mail：bywycbs@163. com
承 印 者：山西出版传媒集团 · 山西万佳印业有限公司

开　　本：890mm × 1240mm　1/32
字　　数：234 千字
印　　张：9.5
版　　次：2016 年 5 月第 1 版
印　　次：2023 年 9 月山西第 1 次印刷
书　　号：ISBN 978-7-5378-4745-2
定　　价：52. 00 元

李晋瑞　汉族，1970年生于山西平定，中国作协会员，山西省作协全委委员，鲁迅文学院第八届高研班学员，山西作协文学院第三批签约作家。1999年开始小说创作，至今已出版长篇小说五部，发表中短篇小说若干。2006年出版的《原地》被誉为中国首部真正意义上的长篇生态小说，被多家机构列为研究生态文学的必读书目。

总 序

潞 潞

《晋军新方阵·第三辑》即将付梓出版。

在山西文坛，“晋军”之称谓始于20世纪80年代，一批文学新锐随着改革开放的时代潮流走上文坛，他们跃马扬戈、左右奔突，使文坛瞩目。其时不仅山西，而是整个中国都处于文学的黄金时代。我也有幸被时代的大潮裹挟，成为当年“晋军”中的一员。时隔三十年，山西省作家协会推出《晋军新方阵》系列丛书，再度为山西澎湃的文学浪潮推波助澜，沿用“晋军”这一称谓，其意无疑是想展示今日山西作家、诗人的阵容和实力。山西文学院具体承办这项工作，正值我在文学院任职，参与了这套丛书一至三辑的运作，这在我的文学生涯中自然是一件幸事。

《晋军新方阵·第三辑》与《晋军新方阵·第二辑》的格局大致相同，收录了四部中短篇小说集、三部诗集、三部散文集，而《晋军新方阵·第一辑》收录的是十部中短篇小说集。山西号称“文学大省”，确实如此。不管文学如何被边缘化，这块黄土地上永远有人做着文学梦，永远有人孜孜不倦地写作着，也许是《诗经》以来的文学传统使然，也许生命个体需要这样的表达和抒发。《晋军新方阵》只是从他们中遴选出的一小部分，“冰山”的绝大部分仍掩藏在生活深处，有待于今后不断发掘和显示。

对于本辑作品，虽然我在编选过程中已经阅读，但由于文学的内涵和外延日益变得复杂，作家本身的内心和面孔也游移多变，一一谈论他们大概是件费力不讨好的事。尽管如此，我还是愿意表达阅读中一些明晰的感受。

首先，这是一些非常热爱文学的作家和诗人。为什么这么说？真正的文学有自身的逻辑和规范，它排除各种功利的实用性，只对那些纯粹的作家和诗人敞开。我认为眼前这些作品是纯粹的文学，他们不是拿文学说事，不是把文学作为工具的。他们不期待用文学来获取任何功利，不在于一定要有“专业作家”的头衔，而在于你对于文学的态度和认知。他们的作品是对其身份的有力确认。

其次，不管小说、诗歌还是散文，从内容到形式都不再囿于山西这片地域，他们的文学观念是开放的，美学追求是高品位的，用某一种风格来界定他们早已经不适用了。即使那些描绘黄土地上人与事的作品，也表现出了人的想象力的丰富性、表达方式的多样性。山西曾经有着优秀的文学传统，但他们的创作已经在继承传统的基础上超越了传统。山西作家的创作不仅是山西的文化财富，更是对中国当代文学的贡献。

还有一点极其宝贵，那就是我在这些作品中看到了可能性。可能性是最吻合存在的表述。存在的丰富性、神秘性、不确定性，或许只有通过各种各样的可能才能显示。一段故事没有结局，一些面孔若有若无，没有答案，无需答案，没有判断，无需判断。生命的存在不正是由各种可能性构成的吗？阅读中，我对山西作家和诗人的敬佩之情油然而生，他们用一只手抓住了生命和文学这两个世界，并预示着文学未来的可能。作者有作者的可能性，读者有读者的可能性，我们只有充分地理解、感受，探寻形形色色、无穷无尽的可能性，文学才会进步，才会繁荣，才能表现我们这个色彩斑斓而又变化无穷的充满了诗一般魅力的时代。

是为序。

2016 年 6 月 1 日

目录

活 物

1

婚礼总是令人羡慕的，尤其是对那些待字闺中的姑娘。车队离开教堂，缓缓驶向市区，贝娜忍不住想赞美一下自己，可惜，新娘却不是自己。这样的心情让她在心潮澎湃之中夹杂了些许忧伤。她将头转向车外。坐在她右边的男士，却十指紧扣，双腿平放，身体笔直得像个正人君子。他叫乔小意，是新娘的表哥。

贝娜注意到，西装革履的乔小意还蛮帅气，但他与她眼中的那些帅男不大相同，至少他没有因为旁边坐了个美女就主动搭讪，递自己的名片，或变着法儿地向她索要电话号码。他只是静静地坐着，似乎他的身份单纯得只是新娘的表哥，而她只不过是凑巧与他同车而坐的一位姑娘。

他偶然和司机谈论车的话题，他说自己喜欢欧版车，尤其是标致与雷诺，他说法系车有种说不出的浪漫与艺术气息。司机师傅却喜欢日系的，说日本车省油。

乔小意就说："再省油，我也不选日本车。"

"那是为什么呀？就因为钓鱼岛吗？"贝娜冷不丁插了一句。

乔小意就此打住，不再说话了。

这让贝娜感觉有失面子，心里不爽。

其实，在为新娘准备婚礼的三四天时间里，他们经常见面，奇怪的是他们擦肩而过、同一桌上吃饭，话却没交过一句。这个年轻人留给贝娜的印象是，普通、踏实、稳重，只要有活，他总是抢着去做，闲下时，他便坐到一边静静地听人家讲话。这与贝娜圈子里那些自认为帅气，稍有明星脸，就想让自己蜜糖一样叫人往上贴的男人一点儿都不同。

贝娜借转头的机会看乔小意，发现乔小意有股说不出的吸引力。可能是憨？由憨产生的令人放松？可是，用憨去赞美一个青年，在这个时代，还不如直接抽他两嘴巴，这就好比让你站在金碧辉煌的高档餐厅向食客们宣布，糠面窝头是世界上最最好吃的食物一样，简直是，要多傻，就有多傻。但在冥冥之中，贝娜相信自己是喜欢这个人的，他给她的感觉又是那样的特别。新娘是她的闺蜜，比她还小两岁，在朋友中已算晚婚了。而她，剩女的迹象越来越明显，十八岁生日那天，父亲就向她宣布："我的宝贝女儿长大了，以后不再要父母的礼物了。"

贝娜听得沮丧。宝贝女儿就是宝贝女儿，与长大不长大有什么关系？再说了……贝娜往父亲怀里一嗲，愁苦着脸说："亲亲的老爹，但这十八岁的生日，礼物总是要给的吧！"

当时，母亲正端着给她的长寿面，笑嘻嘻地说："娜娜，你看，这礼物怎么样？"

贝娜抬头看一眼，马上晕死在父亲怀里。上帝啊，这也叫礼物？母亲不高兴了，在一边唠叨：“你这闺女，别没尽，论吃论穿论用，你的朋友哪个能和你比?!”

贝娜才不说这些，她把手伸向父亲：“要不给大礼物，我这生日就不过了。”

然后，她感觉一团凉凉的东西，落到自己手心里。贝娜睁眼一看，是两串钥匙。

“我说了，我女儿长大成人了，再不要父母的礼物了。”父亲又重复一遍。

贝娜这才明白，父亲是说她该得到其他人的礼物了，言外之意就是指老公！贝娜没皮没脸地问父母：“你们这是……，扫地出门啊?”

母亲便明确地告诉她，实在是看她出嫁的希望不大，父母就准备好房子、车子，让她招女婿回来。贝娜激动得要死，想象着自己开宝马车，住自己的房子，还不用听父母唠叨，那是何等风光，何等的幸福啊！当然表面上她还是装出一副愁眉苦脸的样子，当即向父母立军令状，保证一年内完成任务。她问父母对未来女婿有什么条件要求，父亲说就两条，一你嫁的人年龄不能比我大，二这个人只能和你爸是一个性别。

这什么条件呀？等于没条件！可时间一天天过去，房子的装修旧了，宝马车换成了奔驰，贝娜的老公在哪里，还是没个影儿。

细细琢磨，贝娜本不该缺男人的，光是在酒吧与她拼酒，KTV时与她飚歌，野营地上帮她搭帐篷的男人就一大把一大把地随便抓。可是，贝娜看不上啊，当然，某个男人带给她暂时性的好感还是有的，在父亲送给她独自享用的安乐窝里，她留过几个男人，可每次等那稀里糊涂的激情过后，凉水从头浇下来，她问自己，天天要面对这个男人，可以吗？她摇头了，清醒地意识到，刚刚发生的一切，其实只是一时生理的需要，那是爱吗？她爱他吗？狗屁！那么他爱自己吗？爱他妈的狗蛋，他爱她的乳房、屁股，或者起伏不断的叫床声，当这些零散和局部组装成一个完整的贝娜时，那就需要再三慎重了。她回到床上，一本正经地和刚才还叫她宝贝的男人说："咱们结婚吧！"

"结婚？"那男人简直被打蒙了，"贝娜，你不会这么轻率吧？"

"那你为什么要我跟你上床？"

"喂，"男人不高兴了，"你讲讲道理好不好，是你要我跟你上床好不好？"

接下来，贝娜唯一能说的就只剩一个——"滚"了。当然，贝娜不会因此伤心，因为她没觉得自己损失什么，也不觉得吃亏，男人女人嘛，彼此彼此。因为她没有为这个男人心痛，哪怕微微痛上一下。

可在闺蜜的婚礼上，贝娜发现自己动心了。于是，在婚宴上陪闺蜜转桌时，贝娜很诡秘地和闺蜜说："改天，给我介绍介绍吧！"

"谁啊？"

贝娜努嘴示意，新娘就明白这小骚货是看上自己表哥了。

"那个可不行！"新娘转头把嘴伏到贝娜耳边。

"这不好吧，你不能端着碗里的，还要望着锅里的，看我夜夜守空房，你不觉得可怜啊！"

"你可怜？你守空房？"新娘冲贝娜诡秘地一笑，"我是怕你毁了他。我表哥可是正经人，你别打他的主意。"

"你的意思是，我不是正经女人？告诉你，这个男人我要定了。"

"别开玩笑了，小骚货，他可是个穷光蛋。"

"我不是穷光蛋啊，"贝娜狠狠在新娘的屁股上拧了一把说，"我娶他！再说，穷了好啊，穷了好管理。"

开始，新娘只当贝娜是开玩笑，然而，三个月后，贝娜真的轰轰烈烈步入了自己的婚姻殿堂，新郎正是乔小意。

2

新婚过后的第一个春节，乔小意开着锃明瓦亮的奔驰拉着贝娜回老家。那是一个远离省城的小山村。这是贝娜第二次见公婆，在自己的婚礼上她与他们见过一面，但那时事多人杂忙五忙六的，她连他们的长相都没怎么看清楚。乔小意担心贝娜不习惯，毕竟贝娜自小在市里，家庭条件优越，父母还是能说会道的律师，而他的父母都是农民，所住的窑洞至今取暖还需要靠柴禾烧炕。所以乔小意决定年三十回家，临行前还为贝娜准备了牙膏、牙刷、毛巾、香皂、卫生纸、纯净水、咖啡、面包、方便面、快餐杯、速冻饺子、小手炉、小型电磁锅、氟哌酸、伤风感冒胶囊、创可贴，电脑里拷了韩剧，以此来减少贝娜在接下来几天时间里的痛苦。

“无论社会怎么进步，条件如何改善，乡下人的生活依然是土里土气繁复庸俗的。”尽管上大学时，乔小意在一本书上就看过这样的句子，他也认为农村人繁复庸俗，但那是因为乡土社会是一个靠熟悉和情感团结在一起的有机社会，那些礼俗，那些家长里短，正是亲情与命脉的连接。贝娜当然不那么认为，一提到农村和村里人，她满脑子出现的都是迂腐与落后，为此在新婚之夜，她就要求乔小意必须得改掉村里人的那种习气。

年三十下午午饭刚过，他们到家。乔小意的父亲摆桌研墨，要乔小意把当年去世的族人按宗代关系填写族谱。贝娜凑热闹似的站在一旁，她看着乔小意笔下一个个清丽工整的小楷啧啧感叹，说乔小意后脑勺留根辫子，小脑袋左摇右晃那就是活脱脱一个旧社会的书生。乔小意的父亲听得开心，因为在他看来，书生与秀才画着等号，农村人穷不怕，怕的是离书香门第太远，可他根本想不到贝娜那充满坏笑的眼睛里映现的是阿Q。挂起族谱，摆上花糕、寿桃、干枣、核桃一类的供品，先放三个二踢脚，点香，添灯，烧纸，打开房门，跪到族谱前请先人们回家，贝娜被乔小意懵懵懂懂地拉到身旁跪下，实际上她只是一条腿半跪，好在，他们在父母后面，稍稍偷个懒，不会被父母发现。乔小意告诉贝娜，新人第一年回家，是一定要在族谱前给先人磕头的，这样好证明她已成为这个家族的一员。

“是一员怎么样，他们给你一张支票啊？不是一员又怎么样，他们能从阴曹地府爬出来找你算账啊？”贝娜才不理会这些。在她看来，这些玩艺都是封建迷信、陋习、形式，是骗人的鬼把戏。

“也许是吧，可是如果没有这些形式，好多内容也会不复存在的。”

晚上，隔年饺子一定要吃。人家贝娜来自大城市，自小娇生惯养，可怎么个娇生惯养法，谁心里都没底，乔小意亲自参与调馅、和面、包、煮、出锅全过程。乔小意说贝娜嘴刁，饺子馅肉不能太大，但还不能烂成一包泥，配菜不能多也不能少，香油要多放，盐要少，皮儿尽可能薄，捏出的饺子边要小。贝娜爱吃刚出锅的热饺子，蘸料上，不放蒜蓉，她喜欢放几勺油泼辣椒，哦，醋一定要用名醋，其他的醋倒上她也不吃。

春节联欢晚会要开了，一盘刚出锅的热饺子端上桌，贝娜却不动筷子，小意妈操一口浓浓的方言说：“妮啊，虽说饺子没你妈包的香，可我全是按小意的意思做的，好不好吃你先尝尝，大过年的，咱可不兴饿肚子。”

贝娜支支吾吾，为难地拿起筷子，见小意妈出门去了厨房，她瞪眼看小意：“你，存心啊……”

“怎么了，这是第一顿饭。”

“你见过谁家晚上吃饺子啊？”

"这不是过年嘛！"

"哦，现在人谁还稀罕个饺子。"

"娜娜，这不是稀罕不稀罕的事。"

"那你不知道我在减肥啊？"

"这年三十的，总不能喝稀饭吧！"

"怎么不可以，我现在就想喝稀饭！"贝娜满脸不高兴，"年三十怎么啦，年三十不是晚上？"

"总是有点不一样吧？"

"我看就一样，再说了，你妈调的馅，我能吃嘛！"

"你怎么就不能吃了，宝贝老婆，就是再难吃，你好歹也吃几个，不然你让我怎么向我妈交代。"

"哦……为了给你妈个交代，就把我交代了啊！"贝娜说，"谁知道你妈洗没洗手，人家都说农村人上厕所不洗手。"

"我妈洗的。"

贝娜用筷子翻腾饺子。然后把盘子往跟前儿拉了拉，伏下腰在灯光下照，然后看着乔小意翘起嘴笑。乔小意会意地往盘子上看，发现盘子沿上一左一右隐隐有两个黑指印。"家里生的是炭火，难免手上沾灰。"一边去取纸巾来认认真真地擦拭。他说："好了，贝娜，晚上还要熬夜，再说，你回来住这几天，要瘦上半斤四两的，回去我可没办法和你妈说。"

"那是你的事。"

"所以，你就吃吧，这么小的饺子，吃上十五个。等会儿，我去车上给你拿面包。"

"五个。"

"十四个。"

"三个。"

“再加几个。”

“那就四个。”

乔小意用手快速抓了几个饺子摁进自己嘴里，说：“行，那就四个。不过，我嘴里的这几个也算是你吃的。”

“那行。”贝娜夹起一个饺子左看右看，然后慢慢地放嘴里，没嚼几口，就露出一副难受样。

“真那么难吃？”

“还将就。”贝娜说，“不过，香油不新鲜了。在农村，也就这样了。”

小意心里难受，可他知道贝娜能回村里来过年，也够难为她了。他相信贝娜内心有一百个委屈，她之所以这样，是因为爱他。于是他用感激的目光看着贝娜那朱红的小嘴。可贝娜本来蠕动的嘴突然停了下来。她示意小意把手伸过来，接着她把嘴里的东西吐到了小意手里。

“你们可真够恶心的！”随即，贝娜开始不停地干呕。

乔小意在手里看到一枚五分钱硬币嵌在馅儿里。像这样的“幸运”游戏，差不多年年是要搞的，可乔小意没想正好落到贝娜身上，于是，他打趣儿说：“老婆，你可要发大财了，看看你这运气。”

“那也不能包硬币啊。”

“你放心，肯定是新的。”小意用手搓干硬币，“你看，和银行里刚取出来的一样新。”

“银行里的就卫生？”

“还煮了这么久。饺子都熟了。”

“你呀……”贝娜搜肠刮肚想找出了一个最为合适的词，“就一个农民！”

“我本来就是农民！”乔小意的语气里充满了调侃，但他的内心一点都不轻松。无论如何，他都要把这几天坚持下来，他已经给父母打了预防针，村里条件差，贝娜回来太为难了，所以也就不要按风俗“破五”后再走了，他们初四就返省城。父母自然通情达理，本来按乡俗，新媳妇进门第一年，正月里，远亲近邻要轮流请她去吃饭，父母全替他们挡了，一切陈规旧俗能减则减，能免就免了。

晚上，老两口小两口四个人看春节联欢晚会，婆婆让贝娜坐炕上，前后左右还给贝娜围了一圈儿被子，把自家种的花生和瓜子炒成原味放她面前，乔小意拿来塑料袋，坐贝娜旁边，看上去是那样的恩爱。公公婆婆一个坐板凳上，一个半蜷腿坐在炕沿儿上。四个人八只眼盯着二十一英寸的电视屏幕，谁也不说话。乔小意感觉有些别扭，可贝娜觉着挺好，她发怵和婆婆说话，婆婆方言太重一大半她都听不懂，另外她觉得婆婆说的全是废话：妮儿啊，回到家咱这可就是家了啊，渴了就说一声，我给你倒，你别见外；妮儿啊，坐一路车，累了就早点儿睡，老乡俗说的交子熬夜，你们年轻人不用兴这个；妮儿啊，这农村不比城市，可既然咱回来了，就不讲那么多了，是吧……贝娜，待三岁小孩儿呢啊，看我像个大白痴生活不能自理啊！没一会儿，风门吱扭一声被拉开，左婶婶右大娘前叔叔后大爷的就来串门了，他们一进门来就扯些无关紧要的淡事，实际上就是来看乔小意媳妇的，他们淡不几几虚乎乎地夸贝娜仙女下凡，问乔小意父亲老乔家祖上修了多少桥盖了多少庙积如此大的德，娶贝娜这样一个媳妇，他们说说笑笑，声音大得电视里说什么唱什么都没法儿听清。贝娜烦了，觉得这些村里人俗得透顶，她从被子里伸手去拧乔小意的腿，乔小意心知肚明地悄声和贝娜说：“你就忍忍吧！”

“我不是一个鼻子两只眼啊？”

“你看你……还不是因为你好看！”

“屁！”贝娜掀开被子下炕。

“你这是……”乔小意怔怔地看着贝娜。

“我上厕所。”贝娜拉上鞋后跟儿都没提便往外走。

“还不快去?”乔小意妈呵斥小意，“茅里没有灯。”

乔小意于是跟了出去，其实他知道贝娜哪里会是去厕所，她只是在找借口。小两口到父母给准备的另一屋，推门，开灯，两床崭新的铺盖早就铺好了，草墩盖着的尿盆放在当地，一茶壶热水坐在炉火上给温着。贝娜坐到炕沿儿边，甩动着双腿，看看拱型的窑洞，看那用油漆油出的炕围，看圆滚滚硬邦邦的绣花枕头，她俯下身摸摸被子，被窝里放着热热的葡萄糖瓶子，她冲乔小意笑。

“怎么了？很可笑?”

“不，不，不是……”贝娜忍不住咯咯笑起来，顺势向后一倒，躺在炕上，“记得小品里有一句话说‘你长得好意外啊’，呵呵，我现在觉得我是‘嫁得好意外’啊!”

“我家的情况，我都和你说过的。”

“是啊，可我还是觉得好好意外。”贝娜说，“让我想起那部老电影。”

“《芙蓉镇》？要不就是《老井》。”乔小意把茶壶里的水倒进脸盆，搬条凳子来，蹲下身子给贝娜脱鞋，洗脚。

“小意同志啊，我在想……”

“想什么?”

“明天早上，你是不是会吱扭一声推开院门，端着满荡荡的尿盆，扭动着小屁股往茅房跑。”

“是啊！这有什么，很正常。”

“呵呵……”贝娜说，“和电影里一样?”

“很不真实?”

“真和做梦一样。”贝娜说。

这时，婆婆轻轻地推门进来，把两个馒头放到炉边。她吩咐自己的儿子贝娜要饿了，记得拿给贝娜，馒头烤得酥酥的，解饥又养胃。小意心想贝娜才不稀罕。

小两口躺下，刚刚熄了灯。公公又来了，他在外面隔着窗户低声问，“小意，你睡下了？”

“睡下了。”乔小意搂着贝娜，有点不高兴。

“你起来一下！”

“咋啦？”

“你这孩子，叫你起来，你就起来。”

贝娜的感觉是这家人可真麻烦，公公的口气既鬼祟又暧昧，有什么话不能说嘛。贝娜一个转身，用屁股把乔小意蹶出被窝，嘴里叨叨：“村里人就这样，总是嘀嘀咕咕的。”

乔小意不得不穿衣起床。他出去没一会儿就回来了。

“你妈放心不下你，让你爸叫你过去吃奶啊？”贝娜说。

“什么呀，老爷子刚才抱着被子在外面。”

“怕你冷？”

“不是，叫我去给他开车门。”乔小意说，“他怕村里不听话的孩子……夏天的时候有人把一辆车的后视镜掰了。他去给咱看车。”

“啊……，怎么这样，大冷天的，在车里睡觉可是会憋死人的。”

“我给他开了一条小缝。”

“天一亮，全村可就都知道了，儿子带媳妇回来，老公公去给人家挨冷受冻看车。”

“可他非要去，我也没办法。”

第二天，大年初一一大早，新媳妇要由本家妯娌领着去各家各户拜年。贝娜哪里磕过头啊，但要不磕，村里人会说老乔家的媳妇仗着几个臭钱就不守规矩。乔小意交代那嫂子，程序能简就简，家数能少就少。贝娜却说，没事儿。她给乔小意做鬼脸，低声说："权当你想报仇雪恨找了个理由。"

快中午的时候，贝娜哈腰回来。乔小意赶紧扶人家上炕休息。贝娜和乔小意说："我他妈算是服了！农村人这个农啊……"

乔小意能说什么，他理亏呀，赶紧给贝娜揉腿，煮牛奶。

罢罢罢，日子总算熬到初四，贝娜解放，乔小意解放，乔小意的父母也解放了。小两口要返程，小意的妈妈交代儿子："贝娜嫁你不容易，你对贝娜好点，凡事要忍着点啊。"乔小意什么话也没说，但他非常理解母亲的用心。他上车，用村里人话讲，惴惴地离开村庄，他从车镜里看到站在村口的母亲在偷偷抹眼泪。乔小意心里不舒服，可贝娜同志，却已经兴高采烈摇头摆尾地唱起了歌。

3

回到省城，小两口去贝娜父母家。贝娜像刚从异国他乡旅游回来一样，滔滔不绝地讲在乔小意家四天里的趣闻轶事：

"噢，那些人真是可有意思了，年三十晚上吃饺子，还不准吃光，留下一碗非说是连年有余；初一早上，太阳不露头不能扫地，不准开箱，也不能倒尿盆，说是怕跑了财气，冲了运气；还有啊，妈，你知道吗？那里的人现在拜年还要双膝跪地呢，你是不知道啊，给那些老头老太太磕头，你猜人家怎么着，人家煞有介事地坐在炕上，眼瞅着你跪下，开口叫了奶奶、大爷，才咧着嘴'哎'地答应一声，然后在口袋里开始摩挲，摩挲半天，皱皱巴巴地给你掏出五毛一块来，花五毛一块买一声'奶奶''大爷'多值啊！……还有啊，人家那里的人，可有文化了，我给你说个对联你听听啊，上联，一三五七九；下联，二四六八十……"

“这是哪的对联？”贝娜妈说，“这叫什么对联？我还是第一次听说。”

乔小意当时在客厅看电视，一对母女聊天，内容倒无所谓，但她们说话的语气叫他心里难受。世间万事，不说存在就有存在的理由嘛！她们为什么要这样。就贝娜说的那副对联……乔小意站起来，他准备和贝娜争辩几句，他会说贝娜这样小瞧那副对联恰恰是她没文化。这时，贝娜父亲正从卫生间出来，他看看小意，也觉得这对母女有点过分，于是大声冲在厨房里的贝娜说：“这有什么好奇怪的呢？嗯，尤其是你，贝娜，应该谦虚一些才是，如果你看到对联的横批，说不定就领会这对联的妙处了。”

“横批？”贝娜闪出头来，看一眼乔小意，“有吗？那只是一个嵌在墙上的小神龛，我没发现有什么横批啊。”

“真没有吗？”老丈人看乔小意。

“有的，爸。”乔小意说，“可能被风刮掉了。横批是：厚德载物。”

“哦！”贝娜爸说，“一三五七九，二四六八十，厚德载物。天地神的对联，多好啊！”

乔小意没再说话。他本来话就不多，一个春节过下来，他似乎觉得自己产生了一种说不出的郁闷与孤独。可是，噢，贝娜一直被那么多人爱慕，即便婚后他们还在伺机送她礼物讨她欢心，表面上看，她没给他负担，哪怕是一点点，在别人看来，反倒是他的后盾。可他感觉自己，就像一个守着金山却在巴掌大的菜园里自得其乐的农夫，那座金山纵是光芒四射，却与自己并无多大关系。

节令已过立春，但大雪过后，天气却依然很冷。一大早，到处黑漆漆的，环卫工人就在街道上扫雪了。乔小意捏开床头灯轻手轻脚下地穿衣，但细碎的声音还是惊醒了贝娜，她翻了翻身，恼悻悻地发牢骚："你这上得什么破班啊！今天去辞了算了，搅得人连个囫囵觉都睡不成。"

"嘿嘿，我这就抱衣服去客厅。"

刚结婚那阵子，乔小意上早班，贝娜一定是要和他同时起床的，她会给他煮一碗稠稠的馄饨，外加两颗鸡蛋，怕乔小意犯困，会给他煮牛奶咖啡，临出门还不忘给他装一杯热乎乎的姜红茶，然后，自己穿着棉睡衣开车把小意送到公交公司门口。有那么一天，贝娜刚调转车头，刚下车的乔小意就碰上老张师傅，张师傅推着自行车，用手电筒晃他，走到他跟前就呵呵笑："小意啊，好高的待遇啊……老婆开大奔来送，你都这条件了，还来开公交啊?!"人家当然是开玩笑，可乔小意心里难过了。下班后，他钻到车下检查车，听到几个同事在议论，他们说贝娜那么漂亮一个美女，找乔小意这么一个农村来的穷小子，还用说嘛，不外乎两个原因，要么贝娜本身有什么问题，就找个老实疙瘩，让他觉得逮了便宜拣个漏，说不定这女人都不会生养。要么就是人家贝娜有情人，找乔小意这种没钱没势掀不起大浪的人来充当个门面，你们大家想想，人家凭什么一大早天不亮送他来上班，人家可是开大奔的人啊，你们以为恩爱？狗屁！人家是确认他来上班，一屁股坐到驾驶座上下不来，自己好回去与情人睡回笼觉。乔小意难受死了，因为贝娜与他，无论从哪一点上讲，都不般配，人家这么猜测，也是难免。因此，他开玩笑问贝娜为什么喜欢自己，贝娜嘻嘻一笑，说王八看绿豆，对上眼儿了呗！但从那天起，他就不让贝娜送他了，说影响不好。贝娜"切"一声，一个烂工人，还影响！不送就不送。

乔小意骑车走在冷飕飕的寒风中。虽说只是一份公交司机的工作，但他十分珍惜，四年大学差不多就把他家读成家徒四壁了，找工作时家里又借不少钱，娶个老婆，自己房没置，车没买，却又添了二十万外债。每天，别人看乔小意一身名牌，问他在哪吃饭，说的全是高档餐厅，聊聊蜜月旅游，去的也是巴黎、迪拜。可实际上，有谁知道乔小意真正的感受。眼前什么也不说，他得靠公交司机这份工作还那二十万元的债啊！

提起二十万，乔小意就觉得钝木舂心。二十万在贝娜嘴里——“不就那几个钱嘛”！但对乔小意来说则不然。他家的收入基本来自那六亩山地，两棵核桃树，七棵花椒树，五只下蛋的母鸡，在为这二十万的争吵中，他和贝娜拿计算器算过，六亩山地种玉茭：800×1.2×6=5760（元）；两棵核桃树：1100×0.5×2=1100（元）；那七棵花椒树：5×11×7=385（元）；鸡蛋：13×11×5=715（元）；共计 7960 元。

贝娜说：“不可能，除了这些，你爸你妈不可能没再干点什么，难听话讲，就是闲着在地上剜几锹，说不定还剜出过财主家的一罐银圆呢！”

“贝娜，我们那可是山村，别说财主，就是过去反封斗地找个地主家，都没找出来。”乔小意说，“我爸倒是会吹唢呐，偶尔跑跑事情，可白事 300 元，红事 180 元。全年下来，能挣几个钱？”

“那你妈呢，猪肉那么贵，一圈养十头，也不少钱啊！”

“我妈身子不好，能照顾自己不拖累我爸就不错了。”

说到这，贝娜就耍赖：“那你爸你妈结婚有二十多年了吧，一年一万，怎么也二十万啊。”

乔小意苦笑：“他们不吃不喝不上礼啊？鸡崽、种子、化肥不要钱啊？”但乔小意觉得没必要和一个不知道商店里一瓶醋卖多少钱的女人细数。但他必须让贝娜知道，他家就是倾家荡产也拿不出这二十万。

“那怎么办？”贝娜往乔小意怀里哆，“你就忍心看着这桩婚姻半途告吹？哎呀，小意同志，亲，你总不会不算账吧？这可是在娶一个活着的大美人！你自己算算，你就是娶一个满脸雀斑满嘴黄牙的农村女人，也得这个价吧？以现在的行情，在县城不拘大小，总得有套楼房吧？彩礼不来个88888，也得要个66666吧？结婚那天，不能骑毛驴吧？亲朋好友来了，不能喝西北风吧？亲，亲爱的，你等于投二十万买一支潜力股。再说了，这二十万，我一分钱也不动。我只是为你存着。”

“既然这样，那还何必呢，贝娜？要拿这二十万，我爸我妈我全得去借。”

“借就借呗！我总得对我爸妈有个交代吧！”

“什么交代？”

“他们要我和你写一份协议。”贝娜丑丑地做个鬼脸，“就是个婚姻保证书。你知道我爸我妈是搞什么的，他们怎么会让闺女吃亏呢！”

“嫁给我，你已经吃亏了。”

“所以，你也得受受委屈，让我心里平衡一下嘛。”

乔小意清楚地记得，回老家和父母谈起这件事时，自己羞愧的头低得有多低。在表妹的婚礼上，贝娜那么抢眼的美女他怎么会看不到呢？但他知道那样的女人，自己就是踩上梯子也高攀不上。所以，当有一天贝娜在QQ联系到他，邀请他一起去附近的旅游地玩时，乔小意觉得贝娜是在拿他开玩笑。乔小意婉言谢绝了。不想，很快表妹来了电话，说贝娜没有忽悠他的意思，是真心邀请。表妹在电话那边捂着鼻子极其严肃地跟他说：“你这个土老帽儿，没发现贝娜小姐是看上你了啊？”

这怎么可能呢？

可是，再往后，乔小意确实发现表妹说的越来越是真的了。乔小意当然知道自己几斤几两，可他慢慢发现，在贝娜的朋友圈里，他是唯一一个不会开口就豪车，闭口就洋酒的人，他是唯一可以告诉她们鸭子的妈妈是母鸡，猫咪除了吃肉也要吃草的人，唯一一个不会计较一顿饭吃下来自己是赔是赚的人。乔小意分析，贝娜整天生活在一个钱钱钱的世界里，大概也烦了，也想找点钱以外的感觉了，就贝娜本身来说，除了因为娇生惯养而显得有些跋扈和自我为中心的霸道之外，无论从外形还是内在，贝娜还算是个不错的姑娘。而自己，上过大学，当过兵，转业后到省城有一份正式工作，除了缺钱之外，只要贝娜愿意，自己凭什么不敢娶啊？当然论条件，乔小意是在癞蛤蟆想吃天鹅肉。可天鹅肉都送到嘴边儿了，不吃那不是傻子嘛？

做父母的，哪个不理解孩子啊。自己打拼一辈子，横竖不就是为了儿子嘛！最后老两口横下一条心，豁出去了——借。当然，乔小意也像赌徒一样孤注一掷地在贝娜拿来的保证书上签了字画了押，保证自己对贝娜忠贞不渝，否则这二十万元作为赔偿金全归贝娜。

不管什么金吧，当乔小意站在银行柜台前，看着一沓一沓钱哒哒地经验钞机交给贝娜时，乔小意就觉得自己身上突然长了一个恶性肿瘤，从那以后，它动不动就折磨他。当然，这事被传出去，就有人开导乔小意，娶贝娜这样的女人，二十万算个蛋，就是二百万也不赔啊。

可这，是钱的事吗？乔小意骑车穿过城市，寒风吹起的雪花打在脸上，凉凉的，他感觉自己期期艾艾，莫名的忧伤。

时间长了，乔小意的变化也就让过来人贝娜妈看出，她问贝娜怎么回事。

“什么怎么回事？”贝娜当然一头雾水。

“没发现你老公闷闷不乐吗？”

“没有啊！他那人，就那样，八杆子抡不出一个屁。天生就是闷葫芦。”贝娜蛮不在乎，“哦，不过也正常，他家门楼那么低，自己觉得娶了我攀了高枝，心里自卑呗！”

贝娜妈提醒贝娜：“你别稀里马虎啊，这年头，男人……我可不想那些事发生在你身上。”

“切！”贝娜眉头一皱，“我放他十个胆儿！”

“我觉得吧，”贝娜妈说，“你和小意需要合计合计，准备招个生[①]吧！”

“呵呵，妈，我们还不急，你急个啥劲儿啊？”贝娜没个好心情地说。

4

梧桐飘香，小区里焕发出别样的景象，温和的阳光照在还贴有福字窗花儿的玻璃上，丁香、麦李、碧桃、贴梗海棠开得繁茂，树阴下草坪上零星点缀着黄色蒲公英花，住一层的业主们在自家小院里忙碌。这些小院，是买房时送的，当时父母给贝娜买这底层就是看中了这个小院，他们想象着自己的外孙，仰着充满好奇的小脸在院里玩耍的样子就心动不已。贝娜觉得屋外有小院也挺好，太阳伞一打，摆张桌子，挂几条彩带，就可以开生日Party。不过，大部分人家除了种些月季、芍药、蔷薇、凌霄、马蔺、萱草之类的花卉，和柿子、枣、石榴、山楂图个吉利的树木外，把剩下的部分都用来种菜了。谷雨前后，翻地的、拉肥的、种苗的，家家都挺忙活，邻里间偶尔还串串门，聊聊经验。

贝娜家的小院在窗外，从客厅出了露台便是，拉开窗帘，坐在阳台沙发上，也可以边品茶边欣赏花丛中飞舞的蝴蝶。从一开春，贝娜

---

① 暗指生个孩子。

就发现乔小意特喜欢待在院里，他走物流从北京买来早园竹，从云南网购回香百合，他按花期种了各种花卉，论高低分种了黄瓜、番茄、辣椒、芹菜，从分畦、松土、浇水，但凡有点时间他就待在小院里，就像一位百般尽职的花匠。甚至贝娜拉他去参加朋友们聚会，乔小意坐在那里都心不在焉，别人在预测奥斯卡的获奖影片，想办法买某位明星的演唱会门票，他却私底下和贝娜说也不知道那棵刚移栽的黄瓜是否能活，他不打麻将，不跳舞，不私会朋友，不游泳，除了上班，几乎所有的时间都用来摆弄那几棵苗了。这叫贝娜不知道该是喜来还是忧，喜的是他没有那些不着家男人的恶习，忧的是他投到小院的精力比他们“招生”的要多。问他为什么，他还振振有词，说他要种出营养丰富的有机蔬菜，好保证招来高质量的新生。有几次，他竟然利用倒班的时间，跑到郊区去找粪肥。贝娜觉得乔小意过了。乔小意却说：“咱不种就不种，要种，就要种出个样子来。”

言外之意……噢，贝娜明白了，乔小意这是在显摆，是在寻找自信，当一簇簇青翠的竹子长出新叶，半腿高的百合努出花蕾，别人惊讶这些东西竟然能在北方生长时，贝娜发现乔小意那看似平静的脸上，却掩饰了许多的骄傲。乔小意当过农民，他就要把农民的长处发挥到淋漓尽致，可是……贝娜心想，老娘需要这些吗？不需要。

可是，为了让花开得更好菜长得更旺，乔小意还是坚持要去拉粪。

“你是开我的车去吗？”贝娜问。

“如果不行，我借别人的车也行。”乔小意说。

“臭烘烂气的！再说，我是说，你去了得给人家钱吧，你开辆奔驰，人家不把豆腐卖成肉价钱才怪。”

“你别总是把人往坏处想。”

“哦，这世上好人不少，可没让我遇到啊！就你吧，乔小意，你是好人吗？要不是看我漂亮，有钱，光赚不赔，你会和我结婚吗？”

说到这里，乔小意就不知道该如何回答了。因为娶一个女人是赔是赚，他从来没有想过，婚姻不是做生意吧？再说，两个人组成家庭，就是一个共同体，赚赔都在一个锅里，贝娜怎么会有这种想法呢？

“怎么不说话了？”贝娜问，“默认了，是吧！”

乔小意笑笑，觉得贝娜的认真有点无聊。

“你们这种人，就这样，得了便宜让人说中了，就知道憨憨地装傻。”

“我们这种人也不全都像你想象的那样，不信啊，拉的时候，你也去。”

拉粪的时候，乔小意真还叫上了贝娜。他希望贝娜能通过接近一种生活改变一些看法。乔小意知道这种想法是天真的，孱弱的，但他还是决定试一试。而贝娜也没想那么多，只是当作一次郊游。

抽了个下午，两人驱车前往。

从平坦的柏油路拐进坑坑洼洼的乡间小路后，他们来到一处废旧的厂房前，刚到门口，两只大狗便汪汪猛叫，一个五大三粗的汉子应声从里边的小平房出来，他一身破旧的迷彩服，头发脏得像半年没洗，他打开大门让乔小意把车开进院，乔小意下车叫那汉子“粪师傅”，贝娜留在车上，她用奇怪的眼神看小意。

“他姓冯，我是来拉粪的，为了好记，我就叫他“粪师傅”，冯师傅很好，不会有意见的。”

冯师傅确实不在乎，他见乔小意就像三年前认识的老朋友，他指着墙角七八袋装好的粪说：“我的粪可是纯羊粪，一点土都没掺，怕沉，我都帮你晒干了。”

两人你一言我一语聊得痛快，时不时还幽上一默，或打个小趣儿，就像农村田间地头聊天的一对兄弟。乔小意有点如鱼得水，世界似乎一下广阔了，自如了，随行的贝娜倒成了客。

贝娜推开车门，满地的羊粪叫她无处落脚，她只好又把车门关上。一匹毛发光亮的马，此时正挪着后蹄倾洒如注地尿尿，黄黄的冒着白泡的尿液溅到了乔小意腿上，他也不管，还有栅栏里那些咩咩乱叫的羊，正散发着一股股的膻腥。她看着乔小意和粪师傅把粪一袋袋地抱到后备箱，尽管套了塑料袋，可毕竟里面装的是粪啊！完后，他们，尤其是乔小意还到饮马槽里洗手，天啊，老天啊，想象那嚼着草截儿流着哈拉子的马嘴喝过的水，贝娜就觉得恶心，可乔小意除了洗手，竟然还用那样的水洗了脸。

一切就绪，乔小意把“粪师傅”领到车跟前。贝娜一只手捂着鼻子，一只手把钱夹递给乔小意，乔小意没接。“粪师傅”主动和贝娜打招呼，称她弟妹。贝娜知道这些人嘴甜，先把你忽悠得和亲人一样，然后就动刀子宰人。他一定会说，弟妹啊，你看你都开这么好的车，我们庄稼人挣个钱多不容易，只要你少踩一下油门就是我们一天的工钱，我说了，我的粪可是纯羊粪，这年头，纯的东西，值钱。

“冯师傅，你说吧，多少钱？”贝娜说。

“弟妹，看你说的，不就几袋粪嘛，”“粪师傅”看一眼乔小意说，“又没我什么辛苦。”

“可羊儿们辛苦啊！冯师傅，你也知道，这东西在市里找不上。”

“那肯定是，”“粪师傅”说，“不然，你们也不会大老远跑我这里来。”

“所以，你就开价吧！”贝娜说。

“你看着给吧！不给也行。”

“那可不行，”乔小意在旁边插话，“我知道很多人来买的，我知道在村里挣个钱不容易。”

切！贝娜心想，胳膊肘往哪拐呢？意思是市里人的钱就是大风刮来的啊！

“这样吧，行情我也不知道，我们就给你放一百块，吃亏沾光咱都不说了！”乔小意说。

“多少？”“粪师傅”说。

“一百。”

“那可不行。”

贝娜看一眼乔小意，又看“粪师傅”那双手纹和指甲里都填满黑泥的手。

“冯师傅，我们再加一百，你想想我们就是买菜才花几个钱。”贝娜脸明显不好看了。

“可菜和菜不一样的，”“粪师傅”说，“这样吧，这次就算了，下次你们来了再说。”

“那可不行。”乔小意说。

“就是啊，我们可没有白拿人家东西的习惯。”说罢，贝娜把钱夹打开说，“冯师傅，话说到这里，你就看着拿吧。”

“看来我不拿，你们倒过意不去了啊！”

冯师傅往前走了一步，眼睛往贝娜的钱夹里看，他伸出小拇指，用指甲轻轻拨开贝娜米黄色的钱夹隔层，然后就笑了。他说，“你们这……纯粹就没想给钱嘛！”

“你拿就是了！”乔小意也有点心虚地说。

“是啊，这些钱不够？”贝娜强调一句说。

“不是，不是啊，一水儿的新啊，还都是整张百元的票。”

“那也是钱啊！”

“我怕你们心里不舒服，本想抽盒烟钱算了，结果，你看，抽不出来嘛。”

贝娜和乔小意大感意外。乔小意上前抽一张，递给冯师傅，但冯师傅死活不要，只说太多了，太多了！放一百钱就拉几袋粪走，他会睡不着觉的。最终，冯师傅还是没要他们的钱。临送他们出院门时，还让他们下次一定再来。

在返回的路上，乔小意格外开心，他坐在旁边，摁下车窗，让风吹进来，高兴得像打了胜仗。之后，乔小意更加专注小院的劲头有增无减，大清早天不亮，麻雀刚叫几声，他便跳下床扑到阳台看是不是鸽他的生菜，月季花刚有几个蚜虫他便熬制辣椒水喷洒，一棵茄子苗无故枯死，他打着手电筒夜里刨土非要找到那只虫子，冲完澡，头都枕上枕头了却还在想，满是花苞的石榴树今年能结出多少颗石榴。

“你就不能多点儿心在我身上啊？咱们现在可是在‘招生’呢。”贝娜真的有点忍无可忍了。

“招就是了，这个又不用张贴招生简章。”乔小意说。

“要是招不上，”贝娜说，“或者我不想招了呢。”

“只要能过了你妈那一关就行。”

“你的意思是说，你不在乎，是吗？有没有孩子对你来说无所谓，是吗？”

“我可没这么说。但是，一个女人，应该要做过母亲的，人家说了嘛，否则就不算一个完整的女人。”

“放你娘的屁！那是因为你不是女人。”贝娜白乔小意一眼，“再说了，就你这状态，能招来吗？”

“什么意思？”

“你不明白啊，你干脆搬铺盖卷儿到院里和茄子黄瓜去睡吧。”

乔小意这才意识到，贝娜是吃醋了。不过，他和贝娜差不多有一个月没在一起了。乔小意看着橘黄色的灯光下，贝娜丰挺的乳房与修颀的腿，自己的欲望却调动不起来，显然是不正常的。

5

日子依然还自然平常地继续着，可两人的分歧变得越来越多，有些抬抬杠、拌拌嘴能过去，有些却是根深蒂固的了。

早上的咖啡，贝娜一定是要喝的，否则一天的班坐不下来。即使这样，下班一回来，贝娜还是会来不及换衣服便一头栽在沙发上叫苦。

贝娜在附近一所小学上班，离家不足四公里，还开着车。她不代课，只是个图有虚名的行政人员，挣的那点工资还不够车的消耗，乔小意觉得贝娜是在活受罪。但贝娜一定要去，说没个正式工作，不出三年就得被社会淘汰，紧接着就会被老公淘汰。聊到这些，贝娜就说："现在的男人啊，一个个都是从奴隶到将军。"

"可你知道，我是个穷光蛋。"

"那又怎么样？"

"有女人愿意倒贴啊！"

"我可只是个公交司机。"

"人家又不找你当老公。"贝娜半开玩笑地质问乔小意，"你是不是外面有人了？"

"我？"乔小意说，"你觉得可能吗？"

"那你为什么对我冷淡？"

"没有吧！"

"不过，你可要小心啊，你对我冷淡，可有人对我不冷淡的！"

"这我相信。"

乔小意还是不冷不淡不温不火，这让贝娜心绪难平。她开始觉得与乔小意有种莫名的距离感。是自己太强势？还是乔小意太自卑了。

似乎是，又似乎不是。有一次，她问乔小意："你真觉得，喝白兰地和高粱白没什么区别吗？觉得必胜客的比萨没你家的稀饭南瓜好吃？""是啊！"乔小意的回答斩钉截铁，毫不含糊。

"心里话？"

"当然心里话。"乔小意说话时没有一点嗫嚅。

"当真？"

"当真。"

"你就撇×哇[②]！"贝娜当然不信。可当她看到沉浸在小院里，看幼苗长出嫩叶脸上油然露出喜色的乔小意时，她似乎又觉得乔小意说的是真的。

天热了，小区里树影婆娑。一个女人牵着拉布拉多犬从院门口经过。那女人一头栗色大波浪花，身上穿的宽体裙子玲珑轻逸，脖子、肩头、脚踝，所有露在外面的部分都白嫩水灵，贝娜在阳台上发现乔小意膝上搁着书本，眼睛却盯着女人看。眼神那个专注，那个垂涎啊！想到乔小意的冷淡，她都想照着他的脑袋拍砖头。她隔着玻璃也看那女人，那女人是有风韵，可年龄怎么也四十开外了，而且那女人……风从迎面扑来，完全把她的身腰剥出来了，她居然没有戴文胸。贝娜隔着窗户喊乔小意，问他在干什么。乔小意说："在看书啊——《乡土中国》，费孝通的！"

"哦，还很专心，一定收获不小吧！"贝娜说。

"是呐。"

贝娜没必要点破乔小意。晚饭过后，她提出和乔小意散步，理由当然是坐班看电脑腰椎颈椎都不对劲儿了，再说，吃那么饱也需要消食。乔小意只能答应。小两口走在安静的环区小路上，牵手本是很自

---

② 方言，忽悠的意思。

然的事，乔小意却不自在。他和贝娜聊他们公司的办公室主任，哦，当然是女的，他说他从来没见她好好走过一步路，没听她好好说过一句话，拿捏、虚假、装腔作势，嗲得似乎全天下的男人都喜欢她一样。贝娜知道他是心有所指，就说，萝卜、青菜各有所爱啊，说不定那正是迷倒她老公的地方。

“反正不会迷倒我。”

“哦，那你呢？”贝娜问乔小意，“你喜欢我什么？”

“不知道。”乔小意说的是真话，“你愿意，我愿意，那就在一起了。人家不是说了嘛，爱是说不清的，是冥冥之中的一种注定，说清了，那倒不是爱了！”

“狡……猾！”贝娜说，“你们男人总是这样，一到关键时候，就装疯卖傻。”

“我是真不知道。”

“那你……幸福吗？”贝娜说，“我似乎感觉不到你幸福，可我又不知道你为什么不幸福。”

“幸福，什么是幸福？”乔小意笑笑，他松开贝娜的手，建议贝娜转过身倒着走，那样有益于腰椎。他说，“无灾，无难，吃饱，穿暖，白天有事做，晚上有地儿睡，就是幸福！”

“就这些？”贝娜说，“那你已经实现了。”

“哦……”

“‘哦’是什么意思？”贝娜有点不开心了，“你的意思是你上当了？被骗了？我是地霸恶绅？你说吧，每次带你去聚会，你都没个好心情，搞得我都不愿意带你了。”

“其实我也不稀罕去。”

“然后呢？你在家，闷闷不乐的，好似受了天大的委屈，你知道吗？就连我妈都说……”

“说什么了？”

“说你有心事，闷闷不乐。”贝娜说，“我真是奇了怪了，你有什么理由闷闷不乐？我发现，你们这种人，永远不知好歹，就该留在农村，也许像你爸你妈那样，抱上三窝鸡，种上两亩地，屁颠屁颠的还美在其中。”

“也许吧！”乔小意说，“起码不用背二十万的债。”

贝娜立马停下。她怔怔地看乔小意，眼神那般陌生。不就二十万嘛，似乎我贝娜就稀罕那二十万，他也太伤人心了。

“我没别的意思，我只是这么说。”

可贝娜还是恼了。她再次强调那二十万不是债，是投资，是存款。“就你现在住的房子，开的车子，旁边站着的老婆，乔小意，你觉得你花二十万亏吗？”

“我没说什么啊，只是心里不舒服！”

“你废话你！一分钱不出，白捡个老婆，她有房有车有工作，还倒贴你二十万，那样你就舒服了！可天下有那样的美事吗？小意，恐怕你做梦，都梦不到吧！”

乔小意没做辩解。贝娜说得没错。他只是暗自笑了笑，既苦，又酸。这样，话题就不能再往下继续了。可他心里憋屈，因为他想象中的媳妇是另外一个样子的：她会和他一起动手拉粪、种苗、锄草，而不是因为粪臭就捂鼻子，不会因为看到马尿就恶心，也不会因为他搬过粪袋就不让碰她。回到村里，她和他站在满是蒿草的小路上，不会因为一只绿色的螳螂而乱蹦大叫，甚至还哭出声来。进门后，她会叫一声“妈”，捋起袖子便和婆婆一起动手做饭，她会笑语盈盈地和婆婆说自己的老公像个长不大的孩子，说老公在背后如何如何欺负她。可是，他在贝娜身上没有这样的感受。他有的只是无限的紧张和一丝都不可怠慢的小心翼翼，包括做爱，他也无法放松，他要留心贝娜的反应，他怕碰疼她，怕她会不舒服，怕她因为自己失控而叫出的粗话骂他是流氓。

他知道与贝娜的婚姻出现了问题，也许是因为那二十万？也许是因为那张签字画押的保证书？也许什么都不是。他觉得与贝娜的问题，不是仰不仰慕，同不同情，差不差异，谦不谦让的问题，他们的问题是自始至终的，由来已久的，亘古本质的。因为当他给贝娜讲自己小时候那些爬地沟、掏鸟蛋、往南瓜肚子里拉屎的事时，讲自己除夕如何不睡觉联络小伙伴跳进人家院内偷吃土地爷的供品[3](山西某地风俗，认为除夕吃了土地爷的供品，一年不会牙疼。)时，贝娜丝毫不觉得逗趣儿好笑，反倒认为他乔小意从小就贪图便宜道德败坏，而当贝娜滔滔不绝讲她的拿铁、卡布其诺、爱尔兰咖啡的口感区别时，乔小意也满脸不以为然，说到底就是那杯中药似的苦汤汤嘛。

于是，不管两人是在床上，还在饭桌上，便用“你们这种人”攻击对方。

“我们这种人怎么了？”乔小意觉得伤自尊。

“不是我说，”贝娜也觉得乔小意没给自己留情面，“就该……”

“灭绝是不是？”

“我可没这么说。”

“但你是这么想的！”

“迂腐，落后，抱着臭石头当宝贝，不是吗？回去一次我就领教了，受够了，不是我说，难怪我的姐妹们一再说，就是做一辈子剩女也千万不能找农村的。”

“世故，偏见！”

“你倒是不世故，不偏见，有本事你就呆在农村别到城市里来

---

③ 山西某地风俗，认为除夕吃了土地爷的供品，一年不会牙疼。

呀！我发现到头来，你也没那个骨气。”

哦，他们吵个不停，却没意识到各自是在代表一个群体，在为一个群体而战。争吵当然无果而终，但随着争吵的增多，彼此对对方的伤害也越来越深刻，而他们本来就毫无生机的婚姻，也愈发变得沉闷而死寂了。可人家贝娜不会受多大影响，反正聚会、拼酒、通宵KTV、驴友团野营的机会不断，只要她想，她可以整月不用回家，即便回家，他们之间的话也越来越少，勉勉强强别别扭扭凑凑和和把那顿饭吃完，各自便抱着手机去QQ朋友，微自己的信了。

当然，彼此状况都心知肚明，照此下去，这日子还能过，或过得有意义吗？

“贝娜，咱们还是谈谈吧！”在僵持了一段时间后，乔小意不得不找了机会服软说。

“谈呗！又没谁堵你的嘴。”

“咱们不吵，好吗？以后咱们相处简单点儿，相互迁就一下。人家不是说了嘛，婚姻也需要经营的。”

“我也没想复杂啊！”贝娜一直看着手中的手机，“我要不迁就你，咱们能坚持到现在吗？”

“看来你很委屈啊。可是两人过日子，尤其是咱们这样的，谁不委屈啊！”

“你可以不委屈啊，没有人逼你。”贝娜依然盛气凌人，“我知道婚姻需要经营，可惜咱们的经营理念不同啊。”

“那你说，咱们以后怎么办？”

“该怎么办就怎么办呗。”

“我可不想走到那一步。”乔小意的心凉了半截儿。

“你当然不想啊。你傻啊，别的不说，光那二十万就够你揪心的。”

“你别动不动就钱钱钱的好不好？”

“成天里钱钱钱的是你好不好！”

乔小意难受，悲伤，哭了，又笑。贝娜却完全不当回事。

两人理所应当地进入了冷战期。乔小意跑庙里请大师指点，大师说他与贝娜是有一段姻缘，可姻缘的长短取决于他的容忍度。“容忍度？”乔小意很小心地问大师这仨字的意思。大师没给他解释，只是说“凡事要忍，忍则仁，仁则达，达则万事通”。总之是不要针尖对麦芒，那样对夫妻关系不好，这道理还用讲吗？

6

乔小意一再告诫自己要忍，要忍，他想也许等有个孩子，他和贝娜的问题也就化为乌有了。但问题还是在那年冬天彻底爆发了。

贝娜去海南旅游，眼睛得了急性角膜炎，她便决定提前返程了。提着旅行箱回到家的贝娜，伫立在门口，却猜想着获得自由（哪怕暂时）的乔小意是怎样的生活，哦，一定是家具上落满灰尘，沙发靠枕胡乱扔着，茶几上堆满啤酒瓶和瓜子、杏核一类的果壳，厨房里锅碗瓢盆堆了一水槽，卧室里被子团作一团，垃圾筒里堆满手纸，床头的台灯一直开着，窗帘自始至终没拉开过，没洗的袜子东一只西一只掉在地上，反正他们这种人，只要喂饱肚子，什么都能将就。这倒罢了，说不定就在窗帘后面的阳台上，还有一个未来得及穿衣服的女人，贝娜相信乔小意绝有这可能，几个月了，乔小意总是手机不离身，晚上聊微信聊到很晚，趁她熟睡还到卫生间低声打电话，这样的乔小意只有一种可能——藏有私情。

贝娜调整好呼吸，把钥匙插进锁孔，打开门，看到的景象却完全超乎想象，从过道到客厅，比她在家的时候还要干净，沙发上整齐得像从未坐过人，她放下旅行箱直奔卧室，无论上什么班，这都午夜时分了，乔小意怎么也该在家里，贝娜的心是矛盾的，她希望看到有另外一个女人在她床上，那样，事情就摆到桌面好解决了，这趟海南之行，她最大的收获就是把她与乔小意之间的问题想清楚了，她与乔小意都错了，他们误判了对方也高估了自己，从一开始他们就注定不是一个世界的人。在飞机上，她盘算自己往后的人生，那种难耐与遥遥无期想想都恐惧，她不得不承认自己的婚姻从一开始就是幻想，从一开始就没有半点生动，难道要她永远承受死寂，委曲求全吗？她可不想那样，既然错了，就有错早改，就必须当机立断，这样对谁都好。所以潜意识里，贝娜希望有那么一个女人出现。可她又害怕真有那么一个女人，她受不了那种侮辱，她宁愿看到一张空空的床，她会坐在床上等，一直等乔小意回来，她要他说在她离开的那天他就去那个女人家了，那个女人比她更有钱，比她更爱他，那女人甚至愿意只要他离婚就答应嫁给他。那么……“咱们还是好离好散吧！”贝娜相信，也希望乔小意会说出这句话。

卧室的门开着一条缝，贝娜轻轻推开，伸手打开灯。乔小意躺在整整齐齐的被窝里，睁着眼睛，沉默不语，看贝娜要开口时，他将食指压到自己嘴边示意她轻声。贝娜奇怪乔小意为什么能如此平静，她回来了，事先却没有通知他，哪怕一条短信。她本想说自己眼疼得厉害，但话到嘴边还是打住了。

“你回来了！不是说要多玩几天的嘛。”乔小意微微欠起身，似乎并没有把太多的心思用在一身风尘的贝娜身上。他没有起床来拥抱妻子的意思，也没有问她旅行是否快乐，而是轻轻掀起被子一角，让贝娜看一只毛绒绒的小东西。“看看吧，样子不难看，就是有点瘦，不过过段时间就好了。”

“什么时候的事？”

“哦，刚才，我下班回来，它在院里叫，四脚蜷曲，冷得浑身发抖。我走过去，它一点儿也不怕，还用头蹭着我的腿，喵呜喵呜地叫。”

“然后，你就把它抱回来了？”

“嗯。”

“一只流浪猫？”

“应该是的，可它太瘦了，像几天没吃东西。我喂了它牛奶和火腿。我知道吃咸东西对它不好，可是没办法了，等天亮，我就去给它买猫粮。”

“你把它抱到床上？”

“已经洗过了。你是不知道猫咪有多讨厌洗澡，它又抓又挠，声嘶力竭地乱叫，我的手都被它抓破了。不过，用吹风机给它吹干，它就乖了，往你怀里一窝，唇边含着红红的小舌头，可爱死了。”

“哦，看起来不错。”

“你过来看看，挺好看的，是只灵净的小猫咪。”乔小意坐起来，把猫咪从床上拎起来叫贝娜看，“大耳朵、长尾巴、圆脸、小尖嘴，黄白相间，花纹均匀对称，特别是脖子下面那块白毛，向两边延伸过去，渐渐变细，就像戴了领结一样，哦，你还没见它围着你一跳一跳要食的样子，可爱的像只小山羊。”

猫咪醒了，它离开乔小意的手，在床上躬腰，伸腿，挠床单，然后冲着乔小意激动地抖尾巴。

“你这小东西，又饿了吧！”乔小意看一眼贝娜，伸手从床头柜上拿来火腿肠，咬一口，嚼成泥，再吐到手里放到猫咪嘴边。

“看来小日子不错嘛！”贝娜并没有往床边走一步。

“可能是缘吧，外面大冷的天，它来到咱家，我碰巧又发现了它。”

“你考虑过我的感受吗？”

“我知道你不喜欢小动物，尤其是带毛的。可它太可怜了，咱要不收留，过几天它一准得死。”

“那与我有什么关系？”

“它是个活物，娜娜。我保证等它长大一些，或者一开春天气暖和了，咱就放了它，不管了。”

“那么，我呢？”贝娜依在门框上，她突然感觉累了。

这时，小东西已经吃饱了，它用红红的舌头舔了几下小嘴，跳下床，在窗帘、床角、梳妆台下到处乱转，它围着一盆金钱树急促而叫。

“上帝啊！你这个小东西……”

乔小意披件睡衣，从卧室跑了出去，出门时差点还撞到贝娜。她看着乔小意从旅行箱上跳过去，把一箱牛奶放到餐桌上，他穿着拖鞋，光着腿跑到院子里，不一会儿端半箱子土回来，然后把小猫咪抱出来放到里面。猫咪已来不及选择，喵呜几声，就在牛奶箱里用前爪刨出小坑蹲在里面拉尿了。贝娜看着乔小意忙碌的身影，掩面啜泣了起来，她觉得偌大一大块石头卡在嗓子里无法下咽。

“你怎么了？”等忙活完猫咪，乔小意这才问一直还站在那里的贝娜，“这次去，玩得不痛快吗？”

“乔小意，太过分了吧你！”

“时候不早了，洗洗睡吧！”乔小意去收拾另外一个卧室，“我知道，你不喜欢这长毛的东西，可它实在太可怜。我是应该先向你打个报告来着，可时间不早了，我怕影响你。”

“太过分了。”

“这就算过分了吗？”

“你还想怎么样？”

“有什么办法呢？它是条生命，是个活物，谁让我摊上了呢。”

“那么，我呢？”贝娜差不多要哭出声了，“是死货吗？你看不到吗？”

“你怎么了？”乔小意在另一间卧室铺着床，“你不好好的嘛！”

“事实上，我这次出去……”

“别说了。”

“不是一个人。”

“别说了，贝娜。”

“我想了很多。”

“哦，我们是该好好想一想。可现在咱们需要的是睡觉。”

“你连我吃饭没有都不问。”

“飞机上没餐？再说了，我知道你从来不会亏待自己。”

“乔小意……我……”

“我知道你累了。”

“我是说，我们根本就不是一路人。”

“你说什么？时候不早了，早点睡吧。”

那一夜，贝娜眼含泪水，哭了一夜。她相信乔小意和自己有着同样的感受，他们既便同床共枕，彼此也看不到对方。

最终，两人还是离婚了。但离得极不顺利。乔小意恳求贝娜归还他那二十万元，因为那是父母的血汗钱。可贝娜怎么会给呢？她一定要让乔小意付出代价，她去公交公司又哭又闹，说乔小意背着她通过微信认识了一个老女人，那老女人把他包养了，在她出去旅游期间，他竟然把老女人领回家。他犯了这么大的错，居然还觍着脸和她要钱。

一个同事悄悄问乔小意：“真有这事啊？”

乔小意一脸苦相，说：“人家说有，就有吧！”

“人常说，一日夫妻还百日恩呢，你们何必闹到这般田地！”

乔小意说不出内心的感受。他知道贝娜真的不在乎那二十万，可他在乎，他想尽一切办法，写信，发短信，求表妹说情，他甚至给贝娜跪过，最终还是一分钱也没拿回来。

有一天，因为红灯，乔小意骑着自行车停在十字路口，那辆熟悉的黑色奔驰从眼前缓缓经过，他看到了戴着墨镜美丽依然的贝娜，一个意气风发的男人坐在旁边的副驾驶座上正与她谈笑风生。乔小意感觉像是遇到了熟人，但仅仅是熟人。贝娜的那句“你考虑过我的感受吗？”突然在他耳畔响起。他知道，这话其实正是他要说给贝娜的。

问话不答

他不知道他们具体是做什么工作。用他们的话讲，就是说了，他也不懂。可他们总是烦，即使在他面前强装笑颜时，也无法掩饰。晚上，他们尽可能早早哄孩子上床睡觉，然后各自把自己关进房间里。他不知道一个家为什么会是这样，为什么要这样。虽然他们谁都没有开口，但他还是知趣地关掉电视早早回屋。整个房子顿时因为没有响动变得彻底安静下来。兴许这样，他们能提高效率吧。他这样想。

不论阴晴风雨，凌晨五点他会准时醒来。他尝试过吃药，可毕竟年龄大了，吃什么药都不管用。要在农村，这正是他去往田里的路上，间苗、追肥、培土、锄草，可在这里……他刚一翻身，烦人的床板就嘎吱直响。他赶紧停住，慢慢地躺回原位，但该死的床却并没有闭嘴。他索性穿衣下床，但尽可能做到轻手轻脚，即使开门，他也小心得仿佛那扇门是用豆腐做的。房子里，其他房间的门都关着，儿子的那间门底下透着隐隐的光。这孩子，都几点了，可他一想，兴许儿子已睡下，只是忘记了关灯。他也就没再往前走。

空旷的房子里，他不敢乱走，生怕一不小心碰到哪里发出声响。有一次，媳妇嫌儿子赖床，儿子死皮赖脸百般无辜地求媳妇理解，“一秒钟，一秒钟啊，老婆，我两眼一睁一闭就是一觉！”，他听得都心酸，可有什么办法呢，总不能怪儿媳妇，毕竟儿媳一点也不比儿子轻松。刚来的时候，他会早早起来，然后钻到厨房给他们准备早餐。他知道儿子从小爱吃什么，对媳妇来说不一定合口，但起码她可以吃个现成的，总比她从床上一跳下来就手忙脚慌，临出门像猫一样叼上一口要好得多吧！可终于有一天，他在厨房为他们摊馅儿饼时，儿子穿着睡衣惺忪忪地站到了他身后。

“大，你就别老瞎折腾了，一大早弄得碟动碗响，谁也睡不好。”

“我这是瞎折腾？我还不是想让你们吃上口热饭啊。”

“大，我是吃上热饭了，可到单位打瞌睡被老板炒鱿鱼，恐怕咱连冷饭都没得吃了。”

“我这不闲着也是闲着嘛！”

“那你可以去公园散步，锻炼锻炼身体，还可以跟那些票友学唱京剧。”儿子难为情地指一下媳妇的房间，“人家刚刚睡下。”

“天都要亮了！”

“是啊……，所以……”

是啊，天都要亮了。外面的天空开始泛白。他本打算打开客厅的窗户，让房子透透新鲜空气，但犹豫一下，他还是作罢了。这时，不中用的喉咙突然发起痒，他赶紧回屋把头钻进被子里忍气吞声地咳了几声。他摁住脖子坐在床上，真是百无聊赖。

去哪里，他并不知道，当然去哪里也不重要，他要的只是离开家别惊扰他们睡觉就行。儿子说得好，去公园散散步，可一个农村老汉背着手佝偻着个腰，让人笑话不说，自己也丢不起那个人啊，学京剧就更不用说了，要一个农村老汉捏起嗓子来说话，那怎么可能，就好比让穿惯藏蓝色粗布棉裤的他，一下子换上芭蕾舞裤还要在人前表演，简直是出洋相演闹剧嘛！刚开始的几天，他就在小区附近的街上溜，他见几个和他年龄差不多的老人，拎着马扎到车站去给孩子排队占座。他想到自己的儿子和儿媳每天早上那般像急行军一样抢时间，他就试探着和儿子商量，反正自己醒得早也去给他们排队占座吧。儿子当即就不高兴了，还压低声音求他说："大，你就别给我们添乱了。"

这叫"添乱"？他心里很不是滋味，自己年龄是大了，但还没有到腿脚不灵生活不能自理的地步，他还不是一片好心，想替他们分担一点儿？可儿子不让。也就在那天晚上，儿媳在客厅教育孙子，嗓门蛮大地说："现在啊，爸爸，妈妈，爷爷，咱们全家人都挺不容易，你虽然小，但必须要懂一个道理，我们每个人都需要努力，咱们各自都管好自己，不给别人添麻烦，好吗？"

儿媳说得对，说得好啊！可他怎么听都觉得别扭，他把儿子叫到自己房间："给我买张票吧。我明天就走。我本来在老家待着就挺好的，你硬要把我接到这儿来。你们都忙。我是个闲人，住在一起能有什么好。我一个快死的人，怎么都好将就，可影响你们，最后闹得鸡飞狗跳的，何苦呢。"

"大，我妈不在了，你一个人回老家，整个庄上还不到四户人，你真要有个三长两短，那可咋办？"

"我一个快死的人了，该咋办，就咋办。死了，正好，埋了。"

"要是死不了呢？"儿子满脸忧伤，看着他，"我们得请假吧，回去伺候三天两天不解决问题吧，时间长了，哪个单位会允许，这还不说一来一去的路费。最终，你不还得来和我们一起住啊！"

"可是，我在这儿，白吃白喝，什么事都顶不上，我这里……"他拍拍胸脯。

“我知道，我什么都知道。大，这不是没办法嘛！”儿子说，“其实人家(指儿媳)比我压力大，工作，家里，孩子，哪个都脱不了手。”

“这我知道。”

“所以，人家发发闷气，你也就别往心里去。”

“可我是个废人，什么忙都帮不上。”

“只要你健健康康，平平安安，不让我们分心，就是帮我们最大的忙啊。”

唉！这些道理，他心里明镜一样。他在街上来回溜达，走走停停，停停看看，看栅栏上满爬的紫藤，摸摸在老家时从未见过的白色蜀葵，偶尔冲着一只树枝上的喜鹊发会儿呆。有一次看到草坪上长满蒲公英，一簇一簇的，有正开花的，有已经顶上了白色花伞的，他知道要是来一场风，白色的花伞四处飞扬，第二年这片草坪是何等的光景，又刚刚下过一场春雨，地根正湿，他便弯腰拔了起来，没一会儿，一个穿工装的人出现在他面前，没好气地说，大爷，你没看到这是草坪啊！“爱护草坪，人人有责”！三岁的孩子都知道。他回头一看，是个三十多岁的年轻女人，从说话的口音和神态上看，她也来自农村。他马上就对人家产生了一种天然的好感。他冲人家笑。人家却板着脸，像个雕塑。

“我不是说你们这些人，越有钱越抠，几根野菜的便宜都要占！我可告诉你啊，这草坪可刚刚喷过药，你不怕中毒要了老命，你就拔。再说了，每天这里不是狗尿，就是猫屎的，你也不嫌脏啊？”对方说。

他觉得自己比窦娥还冤，但知道对方是误会自己了，便心平气和地说：“我没别的意思，我只是说，这东西要不拔，一场风过来明年可就不得了了。”

那女人呵呵笑，像看穿了他灵机一动中产生的狡辩一般。女人的眼神是那样可怕，那样寒冷。他在农村里从未见过女人居然还有这样的眼神。他不置可否地站在那里，觉得自己就像被人抓了正着的贼。他满脸通红，无地自容得恨不得抽自己嘴巴。

慢慢的，他发现，除了昼夜交替，时间对他来说，是没用的。在他们醒来时他早早离家出门，在他们晚上下班到家前，他又要赶着回去。孙子的一日三餐都在幼儿园，他和他们一样，早餐和午饭在外面自行解决，晚上等他们回来后，才能正而八经地吃上一顿正餐。他们说了，大家都这样，能像他们这样的，已经算是幸福的了。有一次，他们倒是和他说过，他只需要早晨出去走走，等他们上班一走，他便可以回家，那么大一个家随他怎么待怎么享用都行。可他们想过吗，那么大的一个家啊，光他一个人，那和在外面大街上有什么区别，不是看那一堵堵的墙，就是盯着一块电视屏幕看，与其那样，还不如待在大街上。

在他发现自己在街上溜，他的毫无目的和无所事事总是引来别人警觉的目光时，他从早市上那些摆地摊的那里得到灵感，鞋垫，袜子，驾驶证皮套，钥匙链，没个成本，先不说赚不赚，起码有个事干，如果能挣上三块两块的早饭钱，那就更好不过了。他回家，从他们的地下室里找到一个不带箱子的简易拉杆，上面绑上一个空牛奶箱，背面挂个马扎，买卖就开张了。至于卖什么，他是动了脑筋的，鞋垫袜子自己没进货渠道，还讲不清材质，驾驶证套和钥匙链万一用不住人家会找回来打嘴仗，他注意到周围的小区不少是旧房子，而且逛早市和街上闲散的人大部分也都是上年纪的人，他就决定卖蟑螂药，这东西不受天气不受季节影响，不讲款式不过时，再说了，他也只是让自己有个事做，卖与不卖都无所谓。

他最先选中的地方是公园门口。尤其是双休日，那里热闹得像赶集，一对年轻夫妇，一双年迈的老人，带着孩子，那种齐家来公园游玩的场面是他最喜欢看的，小宝贝在前面蹦蹦跳跳，老两口小两口有说有笑跟在后面，他们脸上洋溢的幸福总能令他愉悦。天凉的时候，他坐在朝阳的地方，天热时他就挪到背阴处。偶尔会有个把顾客来买蟑螂药，人家问他效果怎么样，他倒实诚，说这东西不是咱自己造的自己也不知道，要是愿意就买回去试试，有人因此放弃了，有人就因为他的诚实反而买上一包。就那么小小的一包东西，卖一包挣五毛钱，好的时候一天卖个十来包，坏的时候两三天不开张，当然了，他不会为此伤心动肺，因为他待在那里，更多的目的是看着人来人往别人的热闹，自己好打发时间。

可他在那里待了不到两个月就不得不离开了。因为公园里搞郁金香花展，来看花的人山人海，这样一来，存车成了问题。有一天，突然来了两个年轻后生，他们叫他让开，得腾地方。他觉得奇怪，平时里他一直在那里，没有谁说碍谁的事啊，可两后生横眉冷对气势汹汹，两条大粗腿往他面前一撑，他就给人家躲开了。老亦老了，又不是自家地盘，何必要生是非。他看着两后生拎着锤子，前后左右，往地上砸了钢筋，扯起警戒带，便开始收费，车辆不论大小，存放时间不管长短，一律每车每次二十元。可他知道公园门口往北走三百米就是一家酒店的停车场，只要不是饭点儿，那里基本上都空着，而且一小时收三元，怎么也比这合算。

这也太黑了。已经提着马扎换了一个地方的他，看着两个后生手里大把大把的钱，心里不舒服，但他绝不是嫉妒，人比人气死人，尤其是在当下这个社会。他四下张望，好不容易才看到一个穿着制服的人在维护秩序，他便起身走了过去。

“同志，”他以年长人特有的谦和打断了人家的工作，“我想问你一个事。”

“有什么事就快说吧，大爷，我正忙着呢！”

“那两个人，是你们的人吗？”他指了指正忙着收费的两个后生。

“他们……？怎么可能？”穿制服的人有点不耐烦，“怎么了，大爷，他们惹你了？”

“那倒没有。”

“那你问那么多干嘛？”

“一辆车，他们收二十块钱！”

“你不往他们那里存，不就行了！”

“我没往他们那里存车。”

“那你觉得吃自家的饭操人家的心，有意思吗？”

他灰溜溜地离开，坐回到原地，拧开随身带的水壶喝了一口水，又把纸箱上的药包摆好，两眼木讷地看来往的行人。事情本就过去了。那天天不错，红彤彤的太阳还有一丝小风，来看花展的人越来越多，两个后生的生意自然更加火爆。有人不大计较，花二十块钱买个开心，值。可有人不这样认为，没一会儿就有一个瘦瘦的，脸上还有几个红痘的女人来到他面前，她弯腰叫他大爷，问他知道不知道附近哪里还有停车场。他知道的，他不能骗她啊。他朝北指了指，说了那家酒店的名字，还好心地告诉人家，三百米，三百米就到。女人回到车上，和自己的孩子嘀咕几句，开车从他面前经过时，孩子隔着车窗还向他可爱地摆手。可他没发现旁边的后生正用什么眼光看他。他压根儿就没往那个方向看。那种年轻人不值得他看。后来，又有人来问他停车的事，他都好心地告诉人家了，他重复着说往北三百米，三百米就到。当他正为问路人省了不少停车费而心情舒畅时，刚才的后生已经站在他面前了。那后生连拉带拽把他拖到一边。

“老头儿，你是怎么了？不想活了吗？”后生满脸杀气。

“人家问我话……”

“问你妈个蛋了你，你知不知道，多嘴人是什么下场？”

“你这孩子，怎么说话呢！”

“孩子？我是你大爷！”那后生左右扫视一眼，趁转身之机一拳打到他脸上。

他就眼前一片漆黑了。他趔趔趄趄靠在树上，心里有说不出的委屈。等他定定神，睁开眼时，周围的一切正常得像什么事情都没发生。可他装蟑螂药的牛奶箱翻了，马扎倒在一边。这时，另一个后生脸带笑容地向他走来。来扶他，百般心疼地摸他脸上的伤，一边说：“老爷爷，你看你，你在那里坐得好好的，怎么就靠树这里了呢？你说你多这事干吗！你也许不知道，那小子脾气可坏呢，看不顺眼连他爹都打。走，咱们坐回去，咱不理他。不过啊，老爷爷，你都这么大年纪了，别看人家挣几个钱就着急上火，待会儿啊，我给你打发几个车主来，叫他们买你的蟑螂药，咱不着急了啊，你说好不好？”

“他，打人。”他说。

“什么呀，谁打人了？你可别血口喷人啊。你问旁边的人，谁打你了，你问问。”

他当然没问。知道问也白问。

晚上回家，他和他们一五一十地把白天的事说了。他们一个口径都说是他不对，说他好好卖自己的蟑螂药，干吗掺和人家的事！他辩解说，他没掺和，只是有人来和他问话。他们身临其境地知道当时的那种情况。他们说他天真，他们以种种的事例给他以谆谆教诲。然后要求他换地方，因为公园门口是再不能去了。在他们眼里，他挨了一拳头，没被打成半口气，已是天大的幸运。

“那去哪儿呢？到哪，我总不能一天不说话吧！”

“大，你为什么就非得要说话啊？不说话，没人当你哑巴。”

他尽管心里憋屈。也知道儿子为自己好。他说：“那我该怎么办？”

这好办。有着硕士学历的儿子还给他想不出一个招儿来？他到地下室找来一块长方形纸板，用大号毛笔在上面写了“问话不答”四个字。打了孔，系好绳，叫他把牌子挂到拉杆儿上。

后来，他照着儿子的吩咐把“问话不答”的牌子挂拉杆儿上了。但这个挡箭牌用处并不大，因为还是有人找他问长问短。人们想一个在十字路口坐着马扎卖蟑螂药的老汉，即便不是老居民，也是附近的常住户。他们问他最近的超市、花店、菜市场，问他价格便宜的旅店，哦，路口东南角是一家医院，也有人向他打听这家医院各科的权威专家是谁，问他怎么能挂到排名靠前的号等等。有些他知道，有些他不知道，譬如那家医院妇科的两个专家，一个叫黄晓玉，一个叫余田英，黄晓玉看功能性出血拿手，余田英擅长不孕不育。这些他都是从来来往往的人那里听来的，一次说两次说，时间长了他总是比第一次来两眼一抹黑的人要知道的多吧。但每次有人来问，他抬头看看人家，就用手指指拉杆儿上的牌子。少数人能理解，可能是这老人家怕惹事不便说。但更多的人却从牌子里看到另外一层意思：他什么都知道，就是不答。可能给点好处，他才答。

“大爷，你就告告我附近哪有便宜旅店，这总行吧！”常常有农村来的病人家属问他。

他用手指指“问话不答”的牌子。

“我买你一包蟑螂药，怎么样？”

他不答话。心想，你一个看病的买蟑螂药干吗。

“两包，大爷，你看我在这里人生地不熟的，你就告我个这，不为难吧！”

他心里难受。因为他知道过了十字路口往西五百米有个地下室改造的旅店，每床每晚十块钱。这些农村人来个钱不容易，他多想告诉他们，可他知道那些手举“便宜旅店便宜住”却一旦顾客上钩就敲诈勒索的人就在附近。他只好昧良心(他觉得是昧良心)摇摇头，再次将手指向那个牌子。问话的人火了，冷冰冰地甩给他一句“现在社会是怎么了，怎么都是这种人。”

他难受啊，可又没办法。他觉得这个牌子还是有漏洞的，终于有一天它给他带来了灾祸。那是一天中午，他刚吃过饭坐着马扎靠在树下休息，一个蓬头垢面满身汗味的年轻人跑来，年轻人跑得上气不接下气，简直急坏了，甚至抓狂，年轻人跑到他面前抬起胳膊抹去额头上的汗。他不知道年轻人怎么了，以为只是在他这里停住脚喘口气，可他没想到年轻人是冲他来的。他被年轻人跑来时带起的风吹醒，他怔怔地看着年轻人半哈着腰不停地咽唾沫。年轻人也盯着他，眼泪汪汪，在冲他张口说第一句话时索性坐在地上。年轻人把手搭在他的膝盖上。

“大爷……，”年轻人捂着胸口，努力让自己平静下来，“那个谁，那个家伙呢?”

他没听懂年轻人的意思。他觉得自己与这个陌生人没有共同认识的人。

“就你旁边，那家伙，”年轻人断断续续，继续说，“卖钱包的。刚才还……”

他专心听着，同时回忆刚才的事。他旁边是有一个小伙子在割皮带，顺带卖手工钱包。那家伙嘴里吆喝的是正宗牛皮，他捡起过边角料，搁到嘴里都吹不过气去，那些买家也是笨蛋，哪有真皮吹不过气的啊。

“我，我就蹲在这里，挑了一个钱包，我就穿这身衣服，当时还冲你笑了笑。”年轻人爬起来站到自己曾经蹲过的地方。“结果，把我的钱包落他这了。我这是出去干活，钱，和证件都在里面。你得告诉我那家伙去哪了。他一定就在附近。”

他知道他来这个路口之前，那家伙是在这里，还特能说会道，在给买家推销皮带和钱包时，总说自己常年在这里摆摊，家也在附近住。可那家伙说谎，因为有几次他分明看到那家伙收摊后在临近的站牌上了638路公共汽车，那路车可是开往郊区的。平时没生意做时，那家伙主动和他聊过，但他们聊的都是大话题，第三次世界大战，四九年新中国成立时如果不叫中华人民共和国而叫中华民国也许台独就没戏唱了等等，涉及私人的问题，一句都没有。显然，一切如年轻人所说的，那家伙早跑得无影无踪了。那家伙也确实说家里有事刚刚收摊离开啊。

年轻人急坏了。几次问他，他都摇头。他的意思是说他真不知。年轻人看那个“问话不答”的牌子，开始还忍着，带着哭腔摇他的肩膀，慢慢地就失控了，开始用力捶他的胸，抽他的脸。一边说：“我叫你装糊涂，装糊涂！”

“你别这样，我真不认识他。”被打疼了的他，这么说。

可年轻人根本不信，把所有的怨气撒到了他身上。年轻人把他推倒了，用腿踢他的腰和腿。他被踢得满地打滚。在那个晃来晃去的世界里，他看到有几个人在不远处拿着手机拍照摄像，但没一个人过来拉架。他本能地用胳膊护住头，他莫名其妙地产生一个奇怪的想法，希望这个年轻人下手重一点，最好对准他的要害狠狠来上一下，那样好彻底送他去见阎王。

年轻人却没有这样，当他知道从老头这里什么也得不到时，他的理智恢复了，他住了手，愤怒地撕碎那张“问话不答”的牌子，匆匆地离开了。

后来，警车把他送回了家。年轻人离开不到五分钟，警车来了，警察叫他复述当时的情况，描述年轻人的长相。他说自己也不知道怎么回事，因为惊慌也记不清年轻人的长相了。警察说："不用怕，大爷，我们可以调附近的监控录像，这个坏蛋，我们一定会替你抓住。"听到"坏蛋"两个字，那个年轻人充满哭腔的声音与充满伤心的眼神，一下就在他的脑海里清晰映现了。可他却对警察心平气和地说："警察同志，这事我看就算了。我没受什么伤。就不耽误你们了，你们那么忙！"警察和他要家人的联系方式，他说没有，再说了，他自己能回家。其实，他的衣服内揣里就放着儿子的手机号码。当然了，警察同志还是坚持要送他回家。

整个下午，他都躺在床上，虽说没有伤筋动骨，可毕竟年龄大了，哪儿碰一下哪儿就疼啊。

晚上，儿子儿媳孙子一起进门。鼻青脸肿的他，怎么可能能瞒得过去呢？儿子问他怎么会弄成这个样子。他说是自己不小心，从过街天桥上滚了下来。

他们都相信了。没再问他什么。

晚饭过后，他们早早把孩子哄上床，又各自把自己关进房间里了。在儿子出来上厕所时，他把儿子叫进自己的房间，他说："孩子，那个牌子好像不大管用。我想让你重新给我写个牌子。"

"行啊。大，你说写啥管用？"

"你就写'本人哑巴，问话不答。'"

"知道了。你先睡吧，我写好了，给你放到屋门口。"

儿子上完厕所，随着屋门"咔"的一声轻响，整个房子顿时安静下来。他们又都去忙了。他不知道他们具体是做什么工作。

这是若干天里最普通的一天。天都要亮了，他搓搓脸，俯下身，从柜角取出拉杆，挂上儿子新写的牌子，屏住呼吸，轻手轻脚地出了家门。

槐花，香啊香

1

就是在今天，她也依然只是个县城里一家小餐馆的服务员。但这丝毫没有改变人们对她的看法。她性情傲慢，不愿和人相处，即便对一起长大的姐妹，也是不冷不热待理不理的，她的朋友，自然也就由七八个，变成五六个，直到最后一个不剩。好在，她对此不以为然，依然不卑不亢，我行我素地生活。当别人问起时，她的父母和丈夫便用乡下人的说法告诉人家，生就的骨头，造就的命，兴许槐花就是这样一个人吧！

可事实上，果真如此吗？

那晚，在浑浑噩噩的酒吧里，他收到一条短信，神情马上不自在起来。他满面慌张，身体往后一靠，还抬高胳膊用手挡住手机屏幕。

对面坐的朋友笑他："老哥，有新收获啊！"

"尽胡说，你小子知道个屁。"

朋友诋毁自己："我大概，也就，只配，知道个，屁！"

音乐被吆五喝六的吵叫声撕拽得支离破碎。一张张酒精脸，歪七扭八，借着昏暗掩饰了萎靡和颓废。朋友突然拽住一位正要从他身边经过的女服务员，要人家带他上厕所，否则，他就尿在座位上。朋友脖子上戴着指头粗的金链子，满嘴油渍，他知道这种人除了钱，其实屁也不是。可他不能得罪他，得罪了他，就等于得罪了厅长，厅长手不大，可握着他的前途。当然他知道，这年头，除了钱，其实，什么也只能算个屁。

"谁啊，哥？"朋友推开服务员，"杀伤力这么大。我看你都没心情喝了。"

"还能有谁！"他说。

"要不我说女人麻烦，哥，在你这位置上，应酬可是排山倒海，嫂子这样，有点过啊！"

"你小子呀！"他摇摇头。

"明白了，"朋友笑，"兄弟绝对明白了。肯定是正点！哥，要信我，就叫来，一起喝几杯。要不，咱们结束？你去忙你的——正事。"

"什么正事？"

"对对对，不是正事，"朋友说，"是美事。"

两人出了酒吧，朋友东倒西歪地拍他的肩，拥抱他，用耳语提醒他一定要保重身体后，便打车走了。他抓着手机站在街上，周边到处是雨后清新的空气和淡淡的槐花香。零星过往的车灯照到他，他就憨憨地笑。

这一夜，他没去K歌、按摩和足疗，而是直接回家。

回家后，他试探妻子，说有个老家的小学同学要来。妻子说，女同学吧。他支吾一声，说是槐花。他马上慷慨陈词，说他们至少十年没见，然后轻描淡写地把槐花描述成一个臃肿破败满脸沧桑的农村妇女。他要让妻子相信，他和槐花没什么，过去的那点微不足道的暧昧，完全可以忽略不计，毕竟他的身份、地位、价值取向和审美观，一路高歌猛到今天，就是忆苦思甜，也不会搞到槐花身上。妻子拍他的小脸，叫他放心，男人嘛，决定要干什么，就去干什么，瞻前顾后哪能有出息，既然是老家人，山不亲水亲，就不能太寡淡。

“我该热情下？”他说。

“当然。”妻子说。

“请人家到家里来？”

“可以。”

“不妥吧！”

“有什么不妥？”

“我是说不方便。”

“你是说我在不方便吧？”妻子笑着说，“到时候我给你躲开。你不会还要留人家过夜吧？！”

“那可说不准。”他开个玩笑说。

“也好，正好圆圆你的童子梦。我会成人之美的，老公。”

“真的？”

“真的。别的男人在外面吃香喝辣的，我老公就梦想一碗家乡的酸菜汤，我能不让？”

他顿生了见槐花的冲动，想让槐花看看他的生活，他两百平方米的房子和高级小轿车。

2

第二天上午，他回槐花的短信，说前一夜喝高了，然后告诉槐花，近期他不出差。接下来，他等槐花的短信。结果白等一上午。

他有点担心。槐花说不定是几番挣扎，最终才鼓足勇气发短信给他的。槐花一定羞愧了，正后悔，恨不得抽自己嘴巴。他想按号码打回去，又觉得不妥，农村人事多，他怕给槐花惹麻烦，谁敢保证前一夜的那条短信不是阴谋。于是，他觉得经历丰富的自己，被个槐花搅得有点心神不宁，真是可笑。

其实，一年前他和槐花偷偷见过一面。一年前，他也是突然收到槐花的短信：

咱们班，混得最好的就数你了。有空，回来看看。我请你吃饭。我写的文章，居然在市报登了，你说可笑不可笑?!

槐花让他猜她是谁。还用猜？只有槐花才喜欢用“你说可笑不可笑!”。当时他还奇怪，多年不联系，槐花怎么突然冒出来了。农村人基本上无事不登三宝殿，槐花主动联系他，肯定是有事。他又觉得可能是自己太世故了，难道没事槐花就不能联系他？后来又有一次，槐花在短信里要和他聊文学。天啊，这让他越发觉得可笑，他决然没有小看谁，但他怎么和槐花聊文学呢，和她讲米兰·昆德拉、雷蒙德·卡佛、麦克·尤恩吗？但不管怎样，槐花给他的信号是，他是她一生最惦念，最想见的人，只是以前苦于种种原因，不联系罢了。

一年前的夏天他到地方开会，那地方离槐花也就三四十公里。在一天中午，他专门打车去看槐花。到了后，他就站在马路对面看着槐花从餐馆里推门出来，黑色半袖线织衫，多褶黑裙子，两腿光着，脚上一双低跟方口鞋，头发只是用手随便捋到脑后，用白手绢扎着。槐花过了马路，简单明了地冲他一笑。

“不着急走吧？”她说。

“倒是能坐上一会儿。”他说。

“那就上家里坐吧！”

他们重新又穿过马路，走过一段吵闹的大街，拐进一条小巷子。巷子又窄又深，一路缓坡，到处是雨水冲出的沟壑。她说其实有条大路能通上去的，可那样就得多走二十分钟。他问她好吗。她说挺好，没灾没难的，一天三顿一顿没少。他说，他指的不是这些。她在前面走着，说人活着有什么好坏，其实都一样。

槐花住的房子是租的。打开院门，到处干干净净。她住过的地方，肯定是这样，他对她根深蒂固的印象就是干净。进了院子，槐花插上门，就像小时候她父母不在，她和他反锁在她家院子里玩。

“家里人呢？”

“闺女和小子放暑假回老家了，他在外面干活。”

开了门，槐花撩起纱帘让他进屋。屋里阴森森的，空间很小，靠北一个大炕，门对面是张铁管单人床，南边摆着一个扣箱和用砖支着一条腿的单门衣柜，房顶的梁和椽子黑黢黢的，几处渗土的地方用塑料布钉着。槐花让他坐，他寻找可以坐的凳子或椅子。可是没有。他只能坐在炕沿儿上。槐花站在门口砖垒的炭火旁给他倒水。

他看着槐花打开一个塑料袋，把里面的橘子粉倒进杯里，热水冲开，用长柄铁勺搅匀后，取一个空杯子来，倒了几倒，最后倒进一个淡绿色的瓷杯里。她说家里没人喝茶，也就不备茶。她把杯子递给他，告诉他那是她的杯子。

哦！他双手捧着杯子，她的杯子，像小时候抿她用葡萄糖瓶装的泡几块青果的水一样，轻轻抿了一口。他背后的炕上铺着米色四边带穗市面上很少见到的线毯。她告诉他说房东人不错，每月只收她六十块钱房租。他说这房子旧成这样，也小，一家人住在一起，肯定挤。说到这里，他绕不过去地问她："他呢？"

槐花当然知道指的是谁，不屑一提地说："他还能干什么，当装卸工。"

她从来就没看上过这个男人，他觉得委屈了槐花，毕竟槐花与大多数村里女人不一样，她文化不高，但内心里是个阳春白雪的女人。一个个夜晚，她趴在巴掌宽的窗台上"写作"，而她的男人光背坐在门槛上，用抠过脚的手又去抠牙缝，这样的夫妻如何能有调可搭。

"吃饭走了？"他在说槐花的男人。

"不，中午不回来。"她说。

"你们不是一类人！"他说。

她完全被他看穿了。这让她有点儿无处招架。时隔多年，他还是那么懂她。她不知道该感动，还是尴尬。院里，几只麻雀落到刚刚挂果的苹果树上，交头接耳地叽喳几声飞走了。她又给他倒水，借机坐到他旁边。

"其实人，这人可没意思呢！"槐花比记忆中胖了，乌黑发亮的头发也变干涩了，眼角处有几条浅浅的皱纹。她说，"我老了吧？"

"谁不老？"

"你就不老。"

他不置可否地笑笑。

"这么多年，有想过我吗？"她问他。

"你说呢？"他总是这么猾头。

她没逼他，其实想与不想，都一样，什么都不可能改变。她感慨说，还是小时候好。小时候，别人总说他们是小两口，因为他们是班上唯一不划界的同桌。每年夏天，槐花把自家院里的槐花藏到书包里，上课才偷偷给他吃，惹得别的男生嫉妒。还有一次，别人把他推到她怀里，他躲闪不及不小心摸了她刚刚隆起的乳房，槐花打了他，背地里却又向他道歉。可如今，他还没有真正见过槐花发育成熟的乳房，它已经喂过孩子，坍塌成饼了。

“你是不知道那次多叫人心惊肉跳。”她看他一眼，“和他就没有，一次也没有。有时候，我就觉得自己想哭，亏！”

他不作声。

他们都不知道该说什么。所以，只好转移话题。她让他躺会儿吧。他说不困。但他判断，他要躺下，她一准儿会躺在他旁边，她那双忧怨的眼睛隐藏不了什么。这时，他才意识到槐花把院门上锁是有意而为。院里静静的，槐花在等着顺其自然水到渠成的事情发生，这可是个天赐良机的中午，他们应该有了成年人的坦荡与勇气。

可他做不到。槐花衣服上散发出的一股股油烟味儿，让他不舒服，她的身体既臃肿又松懈，也没有什么美可言了。可槐花真的想要的只是一次性爱？他无法把槐花想象成任何一个女人，他没有自信把自己掩饰到滴水不漏。所以，他们什么也没做，只是象征性地拥抱了一下。分手时，他告诉她有机会就到省城走走。

她说，肯定会的。

3

中午时候，槐花回短信，说下午到省城，让他去车站接她。

槐花说来就来，让他感觉被将了一军。他猜不出这些年槐花身上发生了什么，如今的槐花变得叫他有点瞠目结舌。他努力安慰自己，槐花一定是来办事的，只不过看在“过去”的份上，顺便打扰他一下，他不该这般敏感。可槐花有什么事可办呢？他实在盘算不出一个可能来。难道她——是要上演一年前那个中午的第二幕？如果真是，槐花这是怎么了？难道蓦然人生大悟，一种强烈如火山喷发般的力量摧毁了从前“不可以”的理由？这般年龄了，难道还会为和某个男人的性事而梦寐以求，心神不宁？

他百思不得其解。陷入了矛盾。但他又不能不见槐花。下午五点钟，他来到出站口广场。他有点烦，几次希望厅长来电话，或哪里发生个突发事件需要他立刻离开。火车进站，出站口拥挤着张望的眼睛，小情侣们相拥而抱，老朋友们拍肩握手，他双手插在裤兜里看着槐花从人群中分离出来。他向她走了几步，更多的是出于礼貌。

“早来了?”她问他。

“也没有，刚刚来一会儿。”他嘴角轻翘，他的眼神游移着，不知道该看哪里。

这次，槐花穿一件水红色长款薄上衣，下面一条收口白裤子，里面套着黑秋衣，脚上穿着黑丝袜，感觉有点不协调，但一看就是费了不少心思。他问她饿不饿，饿了就先吃饭。她说，还行。那就先安排住处吧。她说怎么都行，一副完全把自己交给他的样子。

在最繁华的地段，选家高档酒店登记了房间。他想，农村人到城市，不就是坐坐电梯，看看高楼，感受感受熙熙攘攘的人群，车水马龙的街道嘛。他把房间选在酒店最高层，坐电梯时，槐花本能地搂住了他的胳膊，说有点头晕。他们一起踩着红色地毯在悠扬的音乐中，打开房门。他插上电卡，开灯，给她准备拖鞋，用电热壶去开水，做到了应尽的体贴。槐花从一进门，就战战兢兢地四处打量。

“这得多少钱?”槐花说。

“没多少钱。”他说。

槐花有点不适应，显然眼前的一切超出了她的想象。她用手摸摸舒适的被子和漂亮的床旗，拉开厚实的遮光窗帘，隔着落地玻璃往外看，卫生间几乎是透明的，一块大玻璃让里面一览无余。屋子里灯光柔和，槐花多少显出了些他印象中的美。他想，槐花要在省城，保养和打扮一下，那肯定也是个漂亮的女人。水开了，他用开水把房间里的杯子、面池、坐便器都烫了一遍，他说现在的东西什么也不可信，很多东西看上去干净，其实很脏。然后他说她，去冲个澡吧。

“现在？”她马上意识到自己过于神经过敏，太大惊小怪了，于是她放缓语气“哦”了一声。她进了卫生间，却在里面转来转去。她洗了手，把外套脱下来。她知道他在外面可以看到她的一举一动。

“要不，我先出去一下吧，在楼下大厅里待会儿。”他能感觉到她的不自在。

“别，”她生怕他就这么走了，“你又不是外人。”

她在卫生间，隔着玻璃往外看。“酒店怎么能这样？”她说，“要两人住，一个人在里面洗澡，另一个人在外面看？”

他这才想起来房间与卫生间的那块玻璃吓到槐花了。说实际的，这样的情景他经历多了，他是喜欢那些女人在他的眼前，慢慢地脱掉衣服，然后冲澡，他喜欢女人湿淋淋的样子。他是没有见过槐花的身体，可他不能，也不想，他没有心潮澎湃地与槐花来一次床笫之欢的心理准备。他告诉槐花摁下门后的开关，遮玻璃的卷帘就会自动放下来。槐花很自责地在卫生间说，其实不拉也行。他说，还是拉上吧！

“你们是不是经常在一起洗澡？”槐花说。

“有过，但不经常。”他说。

“哦，我还以为城市里的人都是和老婆一起洗呢。”

槐花摁了那个开关。他站在过道处，听着槐花窸窸窣窣脱衣服，给她讲这样设计是为那些玩浪漫的人准备的。卫生间的门虚掩着，槐花不会不知道，但没有来上锁。他把门轻轻关上，回到房间半躺在床上看电视。槐花出来时，他竟然睡着了。槐花穿着薄薄的秋衣秋裤，坐到他旁边。只不过，她没有像其他女人那样，扑到他身上解他的裤带，没有伏到他耳边哼哼唧唧发情呻吟，也没有腰肢轻摇故作羞涩地媚笑。她的身体碰到了他，他欠欠身，醒了，想起来。她说，不用，就躺着吧。他真就没动。

“你来，他知道？”他问她。

“知道。”她说，“我跟他说了。”

“没管你？”

“他有什么资格管我。”她不想说自己的丈夫，就和他说，“这么多年，你想过咱俩会有今天吗？”

“没有。”他直截了当地说。

“我也没有。”她拉开被子，双腿伸进去，“你家肯定也和这里一样漂亮！”

“差不多。比这大。”

“多大？”

“两百多平方米。”

“那得多大啊！开舞厅啊。”她说，“不过，你有钱，就是住四百平方米，也应该。”

“也不是你想象的那样。”

“唉！反正啊，和你比呀，咱们简直就是麻雀与凤凰。”

“其实都一样。”他说。

“一样？”她用廉价的塑料梳子梳着头发，“我们那叫活着，你们叫享受！”她说着把被子往上拉了拉。然后假装看电视。

“你想过没有？”她平静地问他，可没等他回答她就说，“其实我可想呢，有时候会生闷气，有时候气自己笨，也有时候觉得自己为什么那么——不要脸。”

“你别责怪自己，很多事情不由人！”他大脑里快速闪现了好几个和他做过爱的女人。

"我知道，你肯定有很多女人。现在的男人，哪还有个好东西，你也不是好东西。"

"这我承认。"

"可在你那个位置，就不能是好东西！"她说。

说到这里，她把话打住。她在等他，希望他来证实他不是好东西。他不是傻子。他在想槐花这算什么，一夜情？旧梦新圆？而他呢？自我奉献？还是大公无私大救星？毕竟槐花是槐花啊！他说先吃饭吧。槐花没反对。而在其他时候，他会让酒店把餐送到房间里来，他喜欢和赤条条的女人坐在床上用餐。

到了餐厅，他问她吃什么。她让他看着点，两个原则，不要太贵，她能吃。他懂"她能吃"的意思，山珍海味的西点大餐，槐花定然是吃不了的。但他又不能在这种高档餐厅里点些凉拌黄瓜、清炒土豆丝，再来碗酸菜揪片儿汤，即便可以，也没有啊。

"那咱就点几个家常菜，一人喝上一碗稀饭。"

"那敢情好。"

他把服务员叫来，翻着菜谱点了几个量不大，但很精致的菜，然后按位要了辽参。

他们边吃边聊。她喜欢他多年乡音没改。他说，不是没改，只是对她没改。她说自己工作的餐馆不大，食客都是受苦人，大部分是到城里打工的农村人，在那里，一块一个小菜，三块一碗面，花上十块钱，不能说吃好，但肯定能吃饱。三五个人，拿瓶高粱白，吃个七头八十，就算大餐。他给她盘里夹菜。他其实最烦别人在餐桌上乱给人夹菜，但他觉得有必要给槐花夹，问槐花好吃不。槐花说，好吃，还说大城市里的菜就是比小县城的味道好。

"那就多住几天，我带你把各种好吃的吃个遍。"

"以后吧，这次不行，我就请了一天假，明天就得回去。"

“这么急？我还想请你到家里坐坐。”

“哦，我可想去呢，可是——”她舀一勺他说的稀饭送到嘴里，“你不想让我活了？”

“你放心，”他想起妻子说过的话，“她不在，去北京了。”

“那我也不去。”

“为什么？”

“你家房子肯定和金銮殿一样，我去看看，倒没什么，问题是再回到我那个窝，我的日子还怎么过！你还是饶了我吧。”槐花说的是大实话。

他们说了说市报刊发她文章的事。她坦言，市报用她的文章，也是因为有位编辑下乡扶贫时曾在她家住过。槐花慢慢喝着稀饭，用勺子搅出一段黑乎乎毛毛刺刺的东西。她问是什么。他让她吃吃看。她吃了，说好吃。然后他们聊到房子，她说她在县城刚买了房子。

“好事。”他说。

“好事？”她说，“什么好事！是没办法。”

“反正得买，那就迟不如早。”

“可钱呢？我家可没养下金元宝的鸡，靠天吃饭的庄稼人，土里刨食，哪来的钱？”槐花的表情变得沉重了许多，正式了许多，“去年和你联系那阵子，正吵吵这事，以他的意思是不买，我也知道要指望他，连个首付都付不起。可我决定买，村里几乎没年轻人了，将来总不能让我家儿子在村里打光棍吧。”

“没办法，眼下就这形势。”

“要去年买了，还赚了呢。等到今年，倒好，一平方米涨了五百。我们就是黑天白夜连轴干，也没有房价涨得快。”

“最后多少钱一平方米？”

“二千四。”她说，“一套下来，连装修，怎么也得三十好几万，那么多钱，就是把我卖了，卖上一千次，也挣不下啊。”

“还有他呢，将来还有你儿子，总会有办法的。”

“可眼下的坎儿都过不了。这几天开发公司催说，五天内交不上，房子就给别人了。”

“交多少？”

“先交百分之六十，十六万九。我手头有几个，从亲戚朋友那里借了点儿，实指望我小姑子能扛个大头，结果她家孩子病了一场，我还怎么好意思开口。”

“钱是不好借，人家有钱不会放家里，再说借给你，你是买房子，人家有这个钱，自己早想着别处挣钱了。”

“谁说不是！”

吃完饭，槐花抢着付款。服务员站在他旁边，把账单递给他。他从钱包里掏出六张百元钞票给了服务员，说多余的不用找，算作小费。槐花本来从包里拿出的钱包，又悄悄放了回去。回到房间，槐花一句话也不说。他知道她在想什么，安慰她，别管那么多，偶尔一次，又不是天天如此。槐花不理解，几个小菜，一盘葱花饼，两碗米汤，就六百？还有，剩下的钱说不找就不找了，倒也大方。他说，也就十七八块。槐花说十六块，她就能到省城打个来回。

“账不能那么算，槐花。”

“那该怎么算？”槐花把包放到床头柜上，情绪低落，“不过，钱是你的，爱给谁给谁！”

槐花问他房间的价格。他不会告诉她。他一点儿也没有摆阔的意思，他只想让槐花舒舒服服休息上一晚。槐花情绪不好，几乎低落到极点。他看了看表。这让她开始忙乱起来，她问他是要急着回吗。他说不是，是看看几点儿了，她是不是该休息了。

“那你呢？”她开始脱衣服。

“我没事。”

“我不是这个意思。”她突然满脸涨红地问他，“住这里，还是一会儿回家?”

他苦笑着说：“回吧!”

“那你还等什么?”她脱掉衣服，露出了劣质的乳罩。

“什么?”他其实心知肚明，知道没一点躲闪余地了。“不不不，槐花，咱们不能。”他从椅子上站了起来。

槐花坐在床上，半仰着脸看着他，她什么也不说，只是眼泪吧嗒吧嗒地往下流。槐花把本来去解胸罩的手，改去抓旁边的衣服。

“槐花，你怎么了你?”他也着急了。

“我真的那么难看？你一眼也不能看了?”她说。

“不，不是的。”

“我原以为，你会——”她泣不成声，“你知道我多想给你吗？你知道只有给了你，我才能张口吗?”

“你想说什么就说吧!”

“不了。”槐花收拾着下床，“这次我来，我是和他挑明了的。他没有反对。所以，你不该担心。我觉得我还是槐花，可现在看来，我已经不是了，我还凭什么和你张口。”

“你讲，槐花。你别作贱自己。”

“我挑明了和你说吧。”槐花完全把头低下去了，“我是来借钱的，我实在走投无路了。”

“借多少?”

“不管多少，这个口我不张了。嫁汉嫁汉，穿衣吃饭，这房子他爱买不买。”

他紧紧搂住槐花，一边问她到底还差多少。可槐花死活不说。槐花就这么犟。他试着问，十万够不够，十五万够不够，最后他说这首付他给先交了。她只是哭，不理他。他稳住她，给她倒水。过了一会儿，槐花冷静了，长叹一声，和他说她要到她小姑子家里去住，她小姑子一家就在省城。槐花从包里取出破得不能再破的手机给小姑子拨了电话。小姑子把住处发给她。

他只能由着她。他开车送她。路上，她把脸一直转向窗外，姑爷、小姑子都有工作，条件不会差。可没想，当他们到那里后，看到的，却是令他，更是令她大失所望。那是一个城中村，街巷拥挤脏乱，乱哄哄的人群像流浪者集散地，到处脏兮兮的，污水横流。槐花小姑子住的院子比槐花县城里租的还要差，房子又矮又旧，院子里堆满了散发着臭气的废旧报纸和各类瓶子。天已经很热了，火炉还生在屋里。小姑子张罗着要给他们煮挂面。他站在门口说不用了。他进不了屋，屋里容不下他们三个人。

“你们就住这房子——”槐花和小姑子说。

“就这房子，一个月还一百八呢。”小姑子说，“本想换个地方，不想孩子这一病，花那么多钱。我们就先凑和着吧！”她很难为情地跟嫂子说，知道她哥买房子，可她实在帮衬不上，实在过意不去。

他没说什么。当然槐花也没有，也不会挽留他多坐一会儿。他开车走在灯火通明繁华似锦的城市里，心里说不清是什么滋味。夜深了，他收到妻子发来的短信，提醒他“要是给不了她幸福，就别脱她的衣服。”他摇着头，笑了笑。

陌生人的玩笑

1

那天，吃过午饭，我去晒太阳，刚到广场就被一个小子拦住。那小子半大不大，十七八岁的样子，穿一件记者和作家们爱穿的风衣，双手插着裤兜半倚在栏杆上，眼睛跟着行人左右乱转。我从他面前走过，他拦住我，说要请我。我很纳闷，以为他认错了人。他却侧眼瞟着马路对面的咖啡厅，伸手拍我的肩膀。在别人眼里，我们就像是一对好久没见的哥们儿。其实，他正看着的咖啡厅，新开时间不长，门面装得很考究，很豪华，很欧美，我知道，要我，就是扒光了衣服卖了屁股，也不够进去喝上一杯的。但他怎么会平白无故请我呢？我说，我饱了，哥儿们肚里满膛膛的全是饺子。其实当时我紧张得要命，我怕他骗我，就像马三立的相声那样，逗我玩儿。可他说，吃饱了也不行，兄弟我今天非得请你，那决心，似乎我不接受他就会死一样。

于是，我稀里糊涂，被一个陌生人半推半搡拉进咖啡厅，猛吃一顿渴望已久又不可企及的西餐。饭后，那小子走了，把我一个人撂在街上，可谁能体会我内心里奇妙的幸福啊。我慢慢地往回走，朝着回家的方向，那种慢是我故意所为，生怕我走快了，哪一步把幸福丢掉。走到我们小区门口时，我停了下来。小区离我所站的地方是一个长长的巷子，感觉起来有点像书上说的女人的阴道，而我住在里面却没有子宫那么温暖，我必须得停下来。把领口上的扣子系住只是个借口，我实在不想回到家因为母亲的唠叨把一切毁掉，我坐了下来，幸福的心情也坐了下来，陪着我，滋润着我，让那身上本没有多少温度的阳光，变得暖烘烘的。

那是一种不想让人打扰又稍纵即逝的感觉，我小心翼翼地呵护着它，又美滋滋地让它一直往我的内心里钻，钻啊，钻啊，钻得越深，幸福的感觉就扎根越深。

“阿弥陀佛。”

一个僧人谁知道什么时候站在了我面前。我不情愿地甚至颇为反感地抬起头，看着这个除了帽子是黑色貂毛的(至少像貂毛一样光滑、高档)，通体土黄，土黄色的布底鞋，土黄色的棉袍，胸前的念珠比手中的念珠大不了多少的僧人，心想他能从我这里得到什么呢？什么也得不到的，我想这个渺小的我，离他那庞大的希望太遥远了。僧人却无头无尾地冲我说：

“施主，你不必惊慌，这世上万事有因缘，你我的今天啊，早在若干年前就注定了。”

我想我给他的一定是一对怔怔的莫名其妙的眼睛。

他坐了下来，就坐在我旁边，很亲切地给我讲，说什么人本来是什么都可以看清的，外来的东西多了，就把我们的眼睛给弥障了，于是我们就看不清了，想不明了，至死活在一个糊涂的世界里。他说，那些放不下的，舍不弃的，想得到的，包括时间，都使我们变得越来越迷茫。

“你是——”我是想问他和我说这些有什么用，我根本不关心这些，要是劝我出家的话，就趁早打住。

“你是我师傅。”他说，“十五年前，我们在这里有过一面之交。”

这里？十五前，这里还是个花园，里面长满了密密匝匝的灌木和不像样子的槐树，花园中央有个钟塔，一个仿欧式的钟塔，以习以为常无人在意的声音提醒着时间。我当时在干什么？那时我还是孩子。

他说，他也不知道我在干什么，当时他在离我顶多三米远的地方向一对年轻男女乞讨，他两天没吃东西了，他并没希望得到钱，他看着他们手里的包子。女青年终于发现了他眼中的饥饿，便把手中的包子递给他。他满心喜悦地准备去接，包子却被旁边的男青年夺去了，那人是女青年的朋友、恋人、同事都无关紧要，可他不该把包子咬一口，扔到地上，再用脚踫了几下。包子就悲惨得可想而知了。他怔怔地站在那里，却不是思索，他只是在犹豫要不要守住一个人最起码的自尊。那是在大街上，多少人来来往往，又有多少双眼睛。他试探着，慢慢弯曲身体，一边用眼角余光观察四周，于是他看到了我。他说我当时正在微笑，在我的微笑里，他一下子意识到自己与自尊再不相干了，韩信胯下之辱只是在常人的眼里，他却由此得到了力量，看到了光明，看到了前程，他毫不迟疑地弯腰拣起包子，顺便把面子放下了，他连泥带沙地把包子放到嘴里，他从这样的包子中嚼出了生命的本真。他说，如果没有我，就不会有我面前的这个智空法师。

僧人没说更多的事走了。他只是路过。不过，他所说的事，我没半点儿印象。

我坐在路旁的椅子上，无求、无盼、无向往地看着街上的行人，懒洋洋地享受着被人们疏忽的阳光。看出来了吧，我是个无所事事的人，无所事事也许是多余、失落、无聊的代名词，可我想不明眼前人的忙碌与我的无所事事，相对于一个下午的光阴，又有多少实质意义上的不同？

一辆顶灯闪烁的警车，就是在这个时候从东向西驶过十字路口靠到路边的，从上面下来两个警察，一男一女，其中那个女的我认识，是分管我们的片警，说实在，她要是脱掉那身制服，换上柔软的裙子，还是个相当漂亮的女人。可男警察就要显得冷漠与威风凛凛得多了，一双眼睛如×光发射器似的，可他能把我怎么样，没有人能把我怎么样。他们气势汹汹地向我走来，在我面前停下。我主动和他们说，刚才有人请我吃西餐，还有个和尚神神叨叨地和我说了一气。其实我也知道他们不是为这来的，女警察扒开我的双腿，站在中间，用阿姨一样的手捧住我的脸，用阿姨一样的眼神看着我。没等她开口，旁边的男警察就警告我，要说老老实实地交待，否则我把你铐到树上去。

切，我才不吃这套。我白了他们一眼。女警察使眼色把男警察支开，面带温和，一边用眨动的眼帘，来说明我们的关系不错，可她表现得太过了，他的睫毛几次划到我脸上。女警察是准备好足够耐心的，可旁边的男警察催催催，催命似的。女警察就受影响了，意志就不坚定了，她的眼神发生化学反应，信任与期待开始雾化，怀疑与失望越来越清晰了，好像我一开头就在拿他们开玩笑。狗屁，我心想，只有老天爷才有工夫和你们开玩笑，他把你们分成这样一拨那样一拨，自己好待到一边去看热闹。可谁能把老天爷怎么样？老天爷要失业下岗，所有的人都和我一样了，那么多闲人可怎么办？总不能让他们脱鞋，解裤，排成一排，蹲到悬崖边上冲着太平洋放屁吧！呵呵，如果面前的女警察撅着屁股，半弯着腰，蹲在悬崖边上，朝太平洋放屁多有意思啊。我看到她脖子皮层下的血管热血澎湃，耳廓边上的绒毛被阳光照得金黄，不由得笑出声来。

男警察又在催：“走吧，就是耗到明天，这小子也就这毬样儿。”

既然这样，还有什么好说的？我转头，把目光挪到女警察身后更为广阔的地方。警察就知道工作到此结束了。男警察忍无可忍，动身先走。女警察也无不失望地和我说：“狄俄尼索斯，再见！”

“再见！”我高高地举了一下胳膊，算作回应。

我的幸福完全被摧毁了。我从内衣里拎出半瓶高粱白，往嘴边一竖，天空被酒瓶顶得老高，阳光便开始在我的酒瓶里东摇西晃了。

接下来该我姐出场了。每天下午这个时候，她都会出门。我姐爱穿高跟儿鞋，跟儿细尖细尖的那种，走路时，每五步半就会放缓脚步甩一次头发，所以她走路很有规律，大老远就能听出来。但她脾气极坏，缺乏耐心(也许只是对我)，以往要发现我喝酒，她就会抢走，谁知道她为什么，也许她讨厌酒鬼，可我知道她自己也喝。她真的出来了，我赶紧快咽几口，把瓶里所有的酒喝光，一滴也不剩，然后用舌头堵住瓶口，闭上眼睛，看她怎么样。

很快就听到她在我身后停下来，她身上那坚硬的金属扣子还嚓嚓地磨到椅子靠背。她抬起了胳膊，露出她引以自豪的手指，让长长的指甲在我脸上划动，那感觉很奇妙，有不可预知的危险，又交织着牵魂动魄的酥麻，我想拒绝，又想接受。我姐的耐心很有限的，我必须在她发怒之前睁开眼睛。我看到我姐两片丰满红润的嘴唇，那应该是安吉丽娜·朱莉的嘴，因为她的嘴比安吉丽娜·朱莉的丝毫不逊色。我姐伸手抓住我嘴里的酒瓶，眼神复杂，好像发现我脸上爬满了虫子。我笑了笑。她才没心情和我浪费时间呢，她拍拍我的脸：“喝吧，喝吧，总有一天喝死你！不过，我可告诉你，喝归喝，可无论警察问你什么，你都说不知道！”

莫名其妙！她知道警察问我过话？她在保护我吗？她一定是怕我给她惹麻烦，她总说够累了，也有莫名的火气。我坐直了，准备告诉她“我什么也没说”时，她已经扭着腰肢，颇为招摇地踩着斑马线过马路了。

原来，我们邻居家的苏小然失踪了。

那个女警察觉得我应该知道些情况。有一次她逗我说要给我介绍对象，问我喜欢哪类女人，林黛玉？王熙凤？貂蝉？西施？赵飞燕？我一律摇头。她咧嘴笑我，人不咋样儿，眼光还挺高。我说，拿死人哄我有什么意思？再说，我喜欢什么人为什么要告诉她。偏不偏正不正，这时苏小然骑车从我们面前经过，那轻盈的身影像滑冰一样，我发现她一只鞋带开了，随着车轮在空中划着圈儿。女警察眼睛噌得一亮，用手摸我后脑勺，夸过我眼力不错。

所以，刚才女警察上来第一句话就是：“小然丢了，你知道吧？”

“当然知道，”我说，“迟早的事儿。”

“为什么，你看到小然了？”

“嗯。”

“什么时候？”

“昨晚上。”

“告诉阿姨，在哪儿，谁带她走的？是男的女的？多大，长什么样儿？”

“蛇。”

“什么！阿姨可不想听你讲童话。老老实实地说。”

“我没讲童话。真是一条蛇，胳膊来粗。绿色的，背上有花纹。”

听起来不可思议吧，一个二十岁的姑娘怎么可能被一条蛇带走。警察不会相信，其他人也不会相信。可世上所有的童话，仅仅是童话吗？两只手紧紧抓住一段肉体，谁就敢承认抓住的不是一段虚无呢？

小然与蛇的故事很多人知道，我们小区一个自称作家的男人，就很想把它写成童话。但小然说，要写我早写了，还劳您大驾！小然非常清楚自己与那条蛇的关系，她说，在蛇面前她才是真的小然，那个唱歌、跳舞、找男生接吻、喜欢做爱的小然不是她，真的小然阴柔、文静、善良、知书达理、自卑、充满了恐惧。小然说，除了那条蛇，没有人真正认识她。我说不对，至少还有我。小然说你也算一个吧。所以，我和小然的关系是建立在某种超常之上、相通之中的，我们的世界独立于常识的世界之外。

这里我不得不啰唆几句。其实小然与蛇渊源已久，只是她没有意识到。她和其他城市里的人一样，所有时光被刚性的建筑与严格的制度、规则塞满了，她的自然与自在完全退到了梦中。一天晚上，她梦到一条蛇从水塘里出来，那条蛇一边上升，一边向她靠近。她站在岸边瞠目结舌，等蛇上岸时俨然变成了一个通体素装、面庞俊朗的男子。小然没见过白马王子，她想象书中的白马王子应该就是那个样子的，他站在她面前什么都不说，只是用眼睛看她，就让她心里发酥，全身发麻了。第二天，她约同学一起去看蛇。在标本馆里，她把一条三十多斤重的蛇缠到脖子上。看蛇那长长的芯子在她面前晃来晃去，同学们被吓坏了，她却大声和他们调侃，说这条蛇是她的新郎。那天同学们相机闪光灯频闪的场景就常常出现在她以后的记忆里，相册里她与蛇拍的照片也成了她以后最常看最爱看的部分。有一次，她告诉我，她的眼睛与蛇的眼睛蕴含着同样的东西，凄美与忧伤。不过，她觉得蛇不该是那样的，《动物世界》里的蛇凶猛、勇敢，可盘在她脖子上的蛇为什么那般服帖呢？在没有见到那条蛇之前，小然认为自己见到只是蛇的标本、躯壳。

四年前的暑假，小然在大山里见到了真正的蛇，活着的蛇，生机勃勃的蛇，也就是后来她常常称为老公的蛇。回来之后，她就说，总有一天她会跟那条蛇走的，她会嫁给它，做它的新娘。当时，我还奇怪，怎么可能？苏小然说，怎么不可能？做人有什么意思，我就是要做蛇的新娘。

我问她："那你怎么走？"

"我会骑到它背上，它张翅膀，一跃身冲上天，然后看哪儿风景好，比方说夏威夷、西西里岛、马达加斯加，我们就落到哪儿。"

我算是看透了，小然比我还能异想天开，还能胡侃。

可她说这是真的，不信你等着瞧。

瞧个屁。我心想，让你表哥带你走还差不多。小然自小就很喜欢她表哥，也许她做梦蛇幻化成的男子就是她表哥。不过，她从不承认。没想到，苏小然真的被蛇带走了。人们再想讨厌她都没机会了，他们视她为讨债的魔鬼，说她把父母的积蓄全都花光了，还给她配了阴亲，冠冕堂皇地说是为了小然，可苏小然需要吗？有谁真正了解她？在她爬在床边，耷拉着脑袋说"好吧，我死，我早一天死，你们早一天解脱"时，谁知道她有多痛苦。

她的父母同样充满痛苦，为她这个罪孽的存在，也为他们对这个罪孽的造就。他们完全把她看成一个罪孽了，她根本不是他们的宝贝女儿，不是他们的希望所在，不是他们生活的力量，她的存在如一场噩梦在光天化日之下的继续，他们累了，无论是中止还是断送，只想尽快结束，其中包括他们自己。所以，他们毒咒般地对说，"那你去死啊，今天就死，现在就死！"

可苏小然倔强着，头倒在床边，帽子掉在地上，露出一个断筋葫芦似的光头。我发现她一点儿都不绝望，当然也谈不上什么希望，她看着自己如蜘蛛丝一样的哈喇子慢慢拉长、拉长、拉长，直到垂到地上。她斜眼看着他们，她的父母，露出了坚强的但也十分可怕的微笑。

知道吗？我一直站在苏小然这边，一直会，即使是罪孽。可是谁造成了这罪孽，罪孽本身有什么罪啊？可惜我与他们之间永远隔着一层玻璃，没有人愿意听我好好讲讲苏小然，偏偏又没有谁比我更了解苏小然，我恨我没本事带苏小然远走高飞，天上，地下，水里，土里，狗熊的鬃发、鲸鱼的肚子，哪都行，就是变成蚂蚁、麻雀、灰老鼠、曲蟮都无所谓。

整个下午，时间都不在场。我坐在椅子上，直到太阳落下几个遛狗人从面前走过时，我才起身回家。我们的小区很破旧，千补万丁，由两排八栋苏联时期兵工厂常见的人字顶砖混结构楼房组成。回到家，我妈问我，又喝了？我不搭她的话，知道她只是在例行公事。我囫囵吞枣地把饭吃完，着急慌忙地回我住的地下室。

这里说明一下，我们家只有两间屋子，是我爸死后单位出于照顾给分的，我姐长大了，大家都觉得我不适应和她们住在一起，便有好心人让出一间地下室给我。所以大部分时间我并不在家，我有时躲在屋里看书，或胡乱想点东西，有时到街上晒太阳。我妈根本无从知道我的行踪，因为她的下半身瘫痪了，能做的事情只是把红塑料盆放进被窝里接些屎尿，或提起我姐早给她身边准备好的暖瓶给自己倒口水，接下来就是看电视，看电视，看电视。电视就是她的一切。

“你就别再喝了啊！”

我妈妈又来了，听起来却是假惺惺的。

我当然还会喝，我怎么可能不喝呢。我说，“狄俄尼索斯不喝，还是狄俄尼索斯吗？”

“谁？你说谁？”

“一个朋友。”

我妈当然不认识狄俄尼索斯，她只认识王宝钏、薛仁贵、佘太君、穆桂英。她在背后骂我："你就不能认识几个正经人吗？"我懒得理她。我跑下楼，推开自己的屋门。苏小然盖着被子躺在我的床上如熟睡的公主。我双膝跪下向她求饶："亲爱的，你的狄俄尼索斯回来了。亲爱的，亲爱的，真对不起啊，我真该死！你放心，为了得到你的宽恕，我会把我的全部财富、生命，包括我的醉境，全都给你。"

我在背我写的诗，苏小然不笑，我从来没有逗笑她的本事。我看着她，看到春天杨絮飞舞的黄昏里奔跑的她，阳光一道一道斜照下来，照着她发亮的长发；看到细雨濛濛的早晨，她打着花伞走在湿漉漉的小巷；看到她依在窗前，用木梳一下一下地梳理头发。

我慢慢爬上床，钻进被窝里，将她紧紧搂住。我们的身体上面是一层一层的人，他们正在关心以色列、巴勒斯坦，在担心金融危机、房价、股市，在考虑如何教育子女或安抚自己的情人。

2

我想不起床，就不起床，反正起来我没事可做。外面，一群孩子在玩雪，他们的笑声和脚底带起的雪屑泥巴一起打到我的玻璃上。噢、噢噢，难怪屋里这么冷，原来下雪了，真可惜我没酒了。

苏小然还躺在我的旁边。我伸手拍拍她的脸。

"嗨，他还活着吗？"

"活得好着呢，他死不了！"

"那你去看看，看看他是死是活。"

我姐已替我妈倒掉尿盆，洗过脸，梳好头发，她自己正在刷牙。瘫痪的我妈非要我姐到地下室来看我。我姐嚓嚓嚓刷牙，把满嘴的牙膏沫和不耐烦吐到盆里，推门出来。我赶紧用力咳嗽几声。

"听到了，他在呢。"我姐向妈妈汇报。

我抚摸着苏小然冰冷的脸，心想这该死的早晨为什么就没有在昨夜消失呢，我为这鲜明的早晨难过。当然每个早晨，总会有人站在镜子前，看着自己，对，就是把目光投向阳光照亮的远方，也是看着自己，提醒自己打起精神来，新的一天开始了！一切黑暗、颓废、自卑、倒霉、龌龊都将过去。可诸如此类的游戏果真有效吗？我这样说，是因为小然坚持认为，她与早晨有着千丝万缕的联系，她甚至直截了当地说是早晨注定了她。因为她是在一九八八年秋天的一个早晨被母亲林语妃怀上的。

那时，她爸爸苏伯拉与妈妈林语妃已经结婚五年，婚姻却正陷入危机。苏伯拉痛苦不堪，他常常借外出之机，寻找女人，以此来冲淡妻子林语妃在脑中的印象。可林语妃如魔鬼，一个叫人无法摆脱的魔鬼，他越是找别的女人，她的形象就越在自己心中变得完美，他简直不知道自己如何是好。他开着一辆卡车在公路上，目不斜视，向前、向前，一直向前奔跑，好让自己在抛置、剥落、放弃中忘记什么，驾驶室里发动机嗡嗡作响，他从镜子里看，一眼就看穿了装腔作势的自己。他知道自己有多么可笑，多么的狗屁不是，而这样的心情让他意识到自己走上了绝境。他回想着最近一段时间的可恶，暮色刚至，还不到六点钟，他就把车停在路边的小饭店门前。他既不是加油，也不给水箱加水，更不是为刹车片降温，为的只是一个年纪轻轻、床上技巧倒挺娴熟、经验丰富的小姑娘，他和她已经发生过五次关系了，他都不愿意问起她的名字。他只是想用她打败心中的林语妃，可是，他很快就发现毫无意义。他再次走进了饭店，就发现那姑娘没一点可爱之处，脖子竟然有一缕一缕的黑泥。他难以忍受，跑出来伏在方向盘上呕吐不止。

苏伯拉痛下决心要结束这一切。天亮的时候，他回到家。妻子林语妃是醒着的，似乎刚醒。他到卫生间里先进行洗漱，眼睛却不由得从镜子里去观察林语妃，最后索性让目光匍匐进了卧室。他看到脸蛋圆润、身姿舒展的林语妃，看到了她的满足与舒坦，她润泽的嘴唇与透亮的眼睛，这完全是一夜浪漫的延续，而非对一夜疲惫的修整，除此之外，他看不出什么东西。他觉得看到的只是一具光鲜躯体，或一个壳。他慢慢地捧起水，水从指间流走，无可阻挡的。床上的林语妃在伸胳膊，扭动身体，然后将头枕在胳膊上，目光投向窗外。她的滋润正好说明了他的不存在。他在哪里？在她那里，在这个家，他都找不到自己。他用指甲去抠面盆，也许那点残留的香皂泥就是自己，他摸到了，但很快就会被林语妃清除得一干二净。客厅里的钟表嘀答嘀答的，但哪一秒是属于自己呢？苏伯拉定格在那里，指间的水落到面盆里，却如重石一样敲击着他的心。这到底为什么？难道这就是自己想要的？屋里很热，林语妃两条赤裸的腿伸了出来，那腿没有年龄，还像当初，和当年在裙子下面时一模一样。苏伯拉无法忍受了，如毁灭前的疯狂，他压制着，故意把水撩得很响，故意把香皂盒碰到地上发出噼哩叭啦的响声。林语妃却安然自若，五年了，她总是这样。苏伯拉机械地抬着手，水沿着胳膊流进袖筒里，很冷，却无法让他冷静。他不知道心中的烈火是怎么点燃的，屋里的空气弥漫着清香，他翕张着鼻翼，想试图分解出不属于林语妃的那部分，可他已经没有一点耐心了，如果再不发作身体就会爆炸。一种朦胧马上将他笼罩，而喷发的火焰却愈燃愈烈。他努力镇定的，但终究没能镇定，当腿一旦迈开就无法收住了。他跑出卫生间，没感觉跳跃便骑到林语妃身上了，疯狂而粗野拉开被子，与林语妃做爱，他要在她的身体里找到什么，也许是答案，也许是原因，也许是自己。林语妃是无所谓的，一次与无数次并没有什么区别。

这一幕，若干年后苏小然写进了小说。开始她无法想象一个女人被口口声声说爱自己的男人强暴的滋味，但当小然也以身体体会到女人大地般的浑厚与天空般的无尽之后，就理解了当时的林语妃。那具压在女人身体上的身体算得了什么呢？他能在无尽中，寻找和捕捉中真正想要的东西吗？他太盲目，太眼花缭乱了。所以，那只能是一次不计后果的危险游戏。苏伯拉施尽招数，体力耗尽，最终败下阵来，他躺在一边，侧头看着林语妃，她正慢慢合上双腿，她的神情告诉他，她刚刚看了一场无所谓的闹剧。

苏伯拉懊悔不已，吁吁地喘着粗气，可怜兮兮地向林语妃道歉："对不起。"

"没这个必要。"林语妃并没有怪罪他，因为她毫发无损。

苏伯拉倒自惭形秽，他说："你说说吧。"

"昨天晚上，我是一个人值的班。"林语妃解释说。

"这我知道。"

"那个同事又病了，好几天了，我没让别人来顶班。

"这我知道。你喜欢一个人。"

"是，晚上事少，根本用不着两个人。"

苏伯拉脑子里马上闪出一个偌大的机房，机房里除了嗡嗡的机器声，再无别音，机房外是空荡荡的楼道，林语妃一个人待在机房里，真的就不害怕？他说："这些我都知道。我是问你，咱们两个。咱们以后怎么办？我受够了！"

"你想怎样？"

"我能怎样？"

"你还要我怎样？"林语妃说，"我一辈子都毁在你手里了。"

于是他们开始争吵。苏伯拉光着身子，跳下床，坐到沙发上哆嗦着双手起草离婚协议。林语妃根本不在乎，知道他又在犯混。从那以后，苏伯拉积极要求跑长途，但再也没有在路边的小饭店停过车。林语妃也没有在离婚协议上签字，她不想离婚，因为除了这个形同虚设的婚姻之外，她还有什么呢，更糟的是很快她就发现自己怀孕了，一个生命在她的体内开始成长。

第二年夏天，苏小然在市中心医院出生，苏伯拉与林语妃的关系也出现了转机。他们把离婚协议烧掉，如同葬送一段历史。晚上，他们躺在一起，虽然中间还有空隙，但再装不下另外一个男人了。

苏小然从小生活在自我感觉的幸福之中。早晨，爸爸苏伯拉会跑进卧室来，把头伸进被窝里当大灰狼，用舌头舔她的脚心，把她的脚丫子含到嘴里，学着大灰狼的口气："哇，好鲜的小羊蹄子啊！"会拿着电动剃须刀，趴到她耳边哧啦哧拉刮胡子，说自己是农民伯伯开镰割麦子。妈妈林语妃则在客厅里慰衬衣，擦皮鞋，或收拾家。

但就在她十四岁那年，一切都变了，整个生活颠了个个儿。那时她还正做着作家梦，梦到自己横跨亚欧大陆，肩背行囊，走在波伏娃与萨特的门前。她先去了萨特家，几次伸手都没敲门，又来到波伏娃门前，波伏娃在屋里看书，发现了她，投给她几个复杂的眼神，这时，她被妈妈的哭声惊醒，她听到妈妈重复地问爸爸："你说，还要我怎么样？"

"谁让你这样了？是你愿意，是你选择的，没有谁逼你。"

"我还有别的选择余地吗？"

"有，你当然有，你现在就有。"

"好，那你……别碰我，离我远点儿。"

苏小然从中听出了父母之间根深蒂固的矛盾。接着是沉默。又过了一会儿，爸爸出来开门走了。

爸爸真的走了，从此回家的次数更少，时间更晚了。妈妈和她提起爸爸，也由"你爸"变成了"他"。那个早晨在小然心里造成了很大的阴影，她的人生也变得摇摇晃晃不真实起来。她意识到自己其实是父母的一次意外，一个错。小然陷入沉默，从早到晚不说一句话，就像盼着早晨突然消失在某个夜晚一样，盼着自己一觉睡下去再不用醒来。

一个早晨，苏小然正赖在床上。屋外，一阵子窸窣后，妈妈走了。又过一阵子，传来开门声，开始她本以为是爸爸回来了，却没料是表哥。她表哥站在小然床前，半天不动，小然翘起下巴冲表哥故作可爱。表哥蹲下来，用眼睛看她的脸，也许当时是看他的脖子，她没管他，甚至还毫无目的用伸到床边的手抓弄表哥的头发。可她万没料到表哥是在解鞋带儿，他气都不吭一声，直接跳上床，钻进了她的被窝。小然懵了，全身麻木，几乎失去知觉，她记不得自己是面对还是背对着表哥，表哥的鼻子有没有碰过她的脸，或后脑勺。他的手呢？是压在她的乳房上，还是放在了腰间，她完全没有记忆了。她只记得自己心跳不已，全身紧紧缩成一团。接下来就是宁静了，那种树梢顶上没有风声没有鸟鸣的宁静，宁静过后，还是宁静。再接下来，表哥站在厚厚的窗帘前，给她一个肃穆又虚幻的背影，他对刚刚发生的事，不作片言只语的评价，只是说："你听，小然，外面下着雨。"

是的，雨滴从窗外的一片树叶打到另一片树叶，噗噗地响。

尽管事后，她知道那是妈妈的精心安排，但表哥就如一支黑暗山洞里穿出的箭，没有给她躲闪的机会，就稳稳地扎到她灵魂深处了。很快，她们的关系进入到第二阶段，他们开始常常散步，一起聊天，一起到肯德基吃汉堡，甚至彼此交换吸管，两人分吃一个苹果，他们觉得谈什么都有乐趣，觉得只要在一起就是彼此傻笑都很有意思。

高二的时候，苏小然和妈妈说她喜欢表哥，将来要嫁给表哥。妈妈说，那不行，你永远也不可能嫁给表哥。

"不嫁就不嫁，婚姻有什么，充其量只不过是一种形式，一个破婚姻算什么啊？"

林语妃惶恐不安，毫无下话。

“怎么？难道还要让我像你一样！”苏小然笑笑。小然看着妈妈的嘴唇抖动不停，仿佛从一个噩梦中还没有醒来，就又进入了另一个噩梦。

但她与表哥的交往并没有停止，他们齐头共枕，一起手拉手在均匀的呼吸中，如躺在阿拉丁的神毯上，飞啊，飞啊，飞啊，让他们离开身体飞得越来越远。

“可是，你表哥还是娶了另一个姑娘。还记得吗，小然？你倚在窗前，心灰意冷，万念俱灰。我站在楼下，叫你，你一定还记得走进我的屋子时的样子，你孤独，无助，绝望，你是无处可去，才走进了我的屋，你居然在我的床上发现了《查拉图斯特拉如是说》。”我说：“那本书很有意思，上帝因为怜悯过度而累死了。其实，我不必需要上帝，而自己做超人。”

你的目光不停地移来移去，注意的却是我屋子的脏乱与臭气。

3

现在，我得起床了。屋里太冷，我不得不到外面去晒太阳。

可为什么明朗朗的阳光，还这么冷呢？就像我姐，一副笑脸之中总让人感觉不到亲切，我从我家门口走过，我妈问干我什么去，我姐却说，去，让他去，他爱干什么就干什么去。

我姐常常骂我，没一口好气，但我不敢和她顶嘴。自从我爸心脏病突发，死在女人的肚皮上后，我姐就是这个家实质性的家长了，我要不听话，她就把一整根葱塞进我嘴里，让我吃下，却不准我发出声音，也不准哭。所以我离她尽量远远的。可我无法在太阳下站着不动，天气实在太冷了，我只能到街上转悠。我意外地发现苏小然的父母，背着大包小包的，我知道里面是苏小然的东西，他们要把它们扔掉。我跟踪在他们后面，给苏小然捡回来那只毛毛熊，我知道它是小然最喜欢的东西了，在她孤独的时候，那是她唯一的伙伴。

我把毛毛熊带回家，用毛毛熊光滑的鼻子摩挲她的脸，小然却毫无喜色。当然了，我知道这个时候，她最希望看到的还是她表哥，她认为对表哥的才是真正的爱情，她说过，真正的爱情是不会事先确定对象的，长相、爱好、学识、家庭条件都没用，是同事、上司、表哥、堂弟，甚至是父亲，都有可能。爱情永远是精神上的，人类学、社会学或遗传学的干扰，那是因为人为的自私。是啊，我——你的狄俄尼索斯，很是同意的，爱情既然是一半身体对自己另一半身体的渴望，天啊，那谁知道那一半身体就不会是在表哥身上呢？当然，我是不赞同只有一个一半身体适合你的，即便是只有一个，那你的眼睛就像那个僧人说的那样，出现了弥障呢？分不清，看错了呢？

但没有谁肯承认这个错的，除非这个错对他有利。这与二十多年前，小然的父母以及贺家桥完全一样。二十六年前，小然的妈妈林语妃决然不会想到，她的丈夫竟然会是苏伯拉。那时，她刚从一所中专学校毕业分配到天太公司从事化验工作，同批进厂的大学生贺家桥已经开始追求她，他们一起参加新职工入厂培训，贺家桥坐在最前排的最左角，林语妃坐在最后一排的最右角，贺家桥一次回头，就正巧与抬起头来的林语妃对上了，他们的目光横跨整个会场，没有一双眼睛能够对他们构成阻挡，他们强烈的心心相通与心照不宣简直无法形容，似乎过去所有的时光，一切的努力，都是为了那一刻。他们在公司组织的联欢会上再次相遇，他们被选定为主持人，当他们牵手从幕后走到前台，短短七八米的距离，就已经彼此明白手里牵的是谁了。

苏伯拉来到天太却是第二年的事情。他来自农村，没有一点儿城市人的样子。报到那天，他推开宿舍门，把肩上背包放到床上，想和躺在床上的贺家桥打声招呼，他却发现了贺家桥放到桌子上的擦手油，床下整齐的皮鞋，他就转头安心收拾自己的行李了。但林语妃却必须得认识苏伯拉，想绕都绕不过去。她去贺家桥的宿舍就等于进了苏伯拉的宿舍，贺家桥和林语妃聊天也不可能把苏伯拉完全屏蔽。不过，林语妃来宿舍，苏伯拉常常就出去买烟，或端一盆脏衣服去水房，一去就一上午，直到估计林语妃离开。也有的时候，苏伯拉回来时，林语妃并没有离开。林语妃表现得大大方方，他倒显得别别扭扭。林语妃半躺在他的床上，为突然进来手足无措的苏伯拉忍不住地笑。苏伯拉不知道他们在笑什么，就在他推门的前一分钟，贺家桥还正在绘声绘色地说，一天晚上醒来，发现对面床上的苏伯拉脱得白光光的一摊肉，简直像条大白鲸。苏伯拉睡觉竟脱得一丝不挂。床的主人回来，林语妃起身离开苏伯拉的床，坐到贺家桥那边，贺家桥和苏伯拉说，老兄，以后，语妃来你也别走了，你要不在，她就不好意思坐到我这里了。苏伯拉笑笑，晚上，他偷偷地收集林语妃留在他床上的头发，拣起她掉在他床上的瓜子皮放到嘴里嚼着入睡。

腊月的一天，天非常冷，大概和现在差不多，反正冷得够呛，林语妃和贺家桥把苏伯拉拉到天太公司门口的裁缝店，之前，她和贺家桥在那里做过几身衣服，那个裁缝的手艺很好。这里插一句，裁缝就是我妈，因为没有城市户口，没有工作，我爸的工资又不够支撑家用，我妈报了个裁缝班学习三个月，就在天太公司门口开了裁缝店。到了裁缝店，林语妃和贺家桥一起对苏伯拉动起手脚，贺家桥抬他的双臂，林语妃撩他的外衣，我妈给他量腰围，量好尺寸，我妈在案头上画草图，林语妃和我妈商量，这老兄比贺家桥稍胖，个子不低，不该选开叉抹角的，以苏伯拉的身板看，选三个扣的比两个扣的好看。苏伯拉这才知道他们是自作主张要给他做西装，他说不做不做，转身要走，结果被线给绊住，他的毛衣脱线了，闹了他一个大红脸。第二天，林语妃带着针去苏伯拉宿舍，才发现那件毛衣已经破得不可收拾，毛线化了，背心处被汗溻了，还补了一块针脚不匀的布补丁。她回去后，私下里就给苏伯拉织了一件新的，然后让贺家桥偷偷塞给他，当然他嘴上说不接受是假的，因为那是林语妃亲手织的。从那以后，贺家桥和林语妃开小灶炖排骨、煲鸡汤时，他也就留下来搭个帮手。他们在一起玩的机会越来越多，贺家桥一点儿也不担心，因为他与林语妃的关系在天太已经公开，正准备在春暖花开时，选个日子举行婚礼呢。

四个月后，贺家桥到上海出差，林语妃要骑车去送。那时，天太公司虽说在市里，但实际上是郊区，到火车站需要经过几个村，公交车还只有一早一晚两班。倒是有附近农民开的小三轮和摩的，但毕竟不够浪漫。林语妃骑车送他没问题，但回来一个人走多叫人担心，中间有六七公里的路呢。他们自然想到了室友苏伯拉。

一周后，贺家桥出差回来，情况就全变了，紧紧搂着他的腰把他送到火车站，站台上含情脉脉、荡漾在爱情之中的林语妃，居然告诉他，把过去当作回忆吧！我不会和你结婚了。贺家桥问她为什么。她说，一切都是老天爷的安排，我认了，你也得认。半个月后，林语妃与苏伯拉闪电结婚。事情到这一步，贺家桥就再没必要再问下去了。贺家桥没想到自己身边潜伏的是一条狼。不久，贺家桥调离了天太。

不到一个月，贺家桥也随即结婚了。和他结婚的女人是他随便捡来的，随便一天，随便的一条街上，他在随便的一条长椅子上坐下来。一个姑娘坐在旁边。他看着前方，却和姑娘聊天，贸然向姑娘开始求婚。他根本不怕姑娘站起来抽他耳光，或唾他一脸。撑开的雨伞挡在他们中间，贺家桥继续把故事演绎下去，他掏出笔，撕下一片烟盒，在上面写下自己的电话号码，放到伞下。第二天，那姑娘来电了，同意和他去正式登记。

而苏伯拉与林语妃的情形，并不像他们彼此预想的那样。黄昏，林语妃和苏伯拉到一边是潺潺流水，一边是树木的草坡上散步，苏伯拉全身心体会林语妃，而林语妃却融身于过去或记忆中。苏伯拉问林语妃，是不是后悔了，如果后悔，她还可以选择。林语妃坐到草地上，微微向前倾着身体，说还有什么用。婚后第二天，林语妃便开始提醒苏伯拉，走路能不能挺直腰，老往前弯着像长了痔疮；吃饭能不能别出声；能不能别嚼着满嘴的食物讲话；吃饱了能不能别打那个嗝儿，打嗝能不能到卫生间去；刷牙能不能把牙刷洗干净，每次牙刷上都留有牙膏；穿衣服能不能把内衣穿得舒展些等等。苏伯拉说行行行，一次改不了，两次改，两次改不了，三次改，总有改到你满意的时候，但实际上他也知道这不是问题的核心所在。没坚持多久，他们的矛盾终于爆发。

4

外面冷风习习，我看到有人陆续去小然家了，先是她表哥，后来是贺家桥，他们在这个时候，去干什么呢？

我妈听着动静，冲着我喊：“混小子，你不去看看吗？”

我说：“什么？”

其实我知道她是想让我去打听一下小然家的情况。真搞不明白我妈为什么对小然家那么关心。尽管她也听林语妃说自己活得够难了，说自己活着只是为母亲与女儿，至于其他人，那全是社会的强加。林语妃一直看起来消极颓废，如失去理想与动力。我妈却坚持认为林语妃是在骗人，林语妃容貌姣美，气质超群，走到哪里，都会成为焦点，这样的人怎么会消极颓废呢？我妈对苏伯拉倒是充满同情，纵然苏伯拉有些事情做得叫人难以理解，她也认为那都是苦于林语妃的所迫。这其中有一个原因是因为我爸，因为我爸死在人家肚皮上的那个女人正是林语妃的妈妈。我妈原以为让他把做好的衣服送到林语妃家，对我爸的工作，和为我和我姐争取到农转非的指标有好处，毕竟林语妃的父亲是天太公司的一名领导，谁想事情没办成，我爸就出事了。从那以后，我妈怎么看都觉得林语妃完全继承并发扬了她妈的骚，只不过她更加深藏不露罢了。因此，我妈把很多精力用来监视林语妃，并把逮着的蛛丝马迹统统告诉苏伯拉。为此，她竟然去敲了林语妃的门。林语妃当然不知道原因，打开门，客气地招呼她，让她进屋说话。我妈却只站在门口探头探脑对屋里扫视。当然她一无所获，屋里被林语妃收拾得一尘不染，这一定是对厮混的精心掩饰，这样的收拾怎么会留下痕迹呢？她转身下楼，看似无关紧要地把最重要的内容以顺便的口气说出来："你可真行啊，语妃！"

林语妃身材颀长，肤色嫩白，大眼小嘴，红裙子，湿着头发，站在门里，不明白她的意思。

"干什么我都听不到你一点点的动静。"我妈接着说。

"知道你身体不太好，怕影响你，我都要求小然尽量轻手轻脚。"

"嗨，没的事儿！以后啊，你该干啥就干啥，放不开手脚，拿捏着，多憋屈得慌。听不到你们的动静，多叫人担心啊。"

林语妃不知我妈所云。不久以后，我妈就听到了令她兴奋的声音，楼上的林语妃终于发狂地叫了，就是那种女人性事高潮，努力控制又控制不住，最终彻底释放时才能发出的声音。那天苏伯拉正好出差，苏小然一夜未归，林语妃能干什么好事呢？第二天，我妈把出差回来的苏伯拉叫进屋，中午就听到苏伯拉把林语妃给修理了一顿。为了抓住林语妃更多的把柄，我妈一年四季都坐床上，一边看电视，一有动静就透过竹帘看楼道里出出进进的人。苏小然与她表哥的事情就是被她这样发现的，因此，在我妈眼里，小然是个更糟糕更一塌糊涂的女孩儿。她和我姐说，林语妃贱，苏小然那个小×比她妈更贱。她甚至提醒我，不能靠近她啊，如果她要让你上床，你可不能答应。

“那我以后不去她家了。”

“不，你该去还是去。只是别让小×妮子要了你。”

“呵呵，要是我巴不得呢！”我故意气我妈。

“那你就别想再回来了。”

事实上，我已经和小然算是极好的朋友了，因为有些话她只和我讲，比方说，她说瘦男人下面大，鼻子大的男人下面也大。她用手指在我的额头画圈，一脸的坏笑。她坐在床上，我坐在她对面椅子上，她眨着眼看我，像观察一个新物种，看久了，就笑，笑完了，又看。她突然跳下床，光着脚丫子，跑到厨房取一瓶酒来，递给我。

“干吗？”

“干了！”

“我？”我怔怔地看着她，“我没喝过酒。”

“那你喝过水没有？”

苏小然从我手中夺走酒瓶，用牙咬开，仰起脖子，就往嘴里灌，咕噜咕噜的，和喝水一样。天啊！我怎么能让小然这么喝呢，我马上抢过来。小然的脸已经绯红，眼睛透灵灵的，一边抹着嘴角，一边说，心疼我了吧？我点点头。她看着那酒，我就把它竖进自己嘴里了。她双臂抱膝，坐到床上，叫我狄俄尼索斯，我侧眼看她，她微翘着下巴，半眯着眼，红润的双唇，好看极了。喝完了，她把酒瓶拿过去套到大脚拇指上，残酒沿着玻璃内壁慢慢汇成滴状，滑到瓶口，湿润着她的脚趾，她问我：“像什么？”

“没长毛的老鼠。”

“知道我想的是什么？——你的小鸡鸡！”

她半抬着脸瞟我，又伸手从褥子下摸出烟来点上，样子很老练，袅袅的烟云让她的眼神变得萧条、苍老、疲惫，又缥缈、虚幻、无目标、无意义。酒瓶被她从脚趾上拔下来，她把嘴里的烟吐进去，又递给我，问我什么味儿。我说，烟味儿。

她哧哧地笑，“可怜的孩儿！就没有鸡尾酒的味道？”

“我没喝过鸡尾酒。”

“你怎么什么都没有过，那你干过女人吗？”她又笑，“没有。”她替我回答。她向后一躺，跷起一条腿，用脚趾示意我过去，我不知所措地把手挡在了两腿间。她的脚是那么好看，可露在外面的腿又那么强大，甚至可以说有点慓悍。“哈哈”小然失声大笑起来。她的头向后仰着，双手高举，烟灰落到了她脸上，她说，“你好可爱！”她猛吸一口烟，把剩下的多半截儿扔到地上。她跳下床，在拉我起立的同时直接把我的裤子脱了下去。一切都暴露在她面前了，我不知道她看到没有，但在我听到她说“好丑啊！”时，她已经又蹦到床上了。她一脸的难受，然后把被子抓过来，把头埋进去呜呜地哭，歇斯底里，不知道缘由。

那段时间，她极其反常，要么安静，一声不吭，要么兴奋，张牙舞爪，我知道她一定是出了问题，因为她的枕头下面老是放着安眠药和止痛片，她老说头痛，莫名其妙地痛。没过多久，她去了爸爸的老家，一个叫姆西瓦的山村。姆西瓦背靠大山，面朝平滩，村庄在郁郁葱葱的树丛中，白天浮云当空，夜间繁星如织。小然远离了城市，却接近了爸爸，她看到了小时候爸爸常常给她讲的，姆西瓦人下地回来，舀一瓢冷水牛饮，姆西瓦人端碗坐在树下一边吃饭聊天，姆西瓦人人如此，天天如此，没哪个穿西装打领带的家伙来告诉他们这样不对。

小然就是在姆西瓦见到那条蛇的。她说从没见过那么帅气富有神韵的蛇。当小然被确诊为鼻癌之后，苏伯拉专门到乡下去找过那条蛇，想除掉它。林语妃骂他瞎折腾，讲迷信。可她不得不承认，苏小然烦躁的眼神，在看到与蛇的相片时，就会平静下来，甚至她咽不下饭，把碗摔到地上狂躁不安时，只要一提到蛇，就会安稳下来。小然常常看着和蛇的相片发呆，总说一句："我受够了，受够了！"林语妃要去夺她和蛇的相片，她就把手果刀比到自己脖子上。可他们哪里知道小然的内心？他们说小然是在耍泼、发疯，可如果他们看到过她写的《蒲公英》的话，就不会这么说了，小然在里面写道：

人们都到城里去看红火了。我躺在床上，望着一盏就要熄灭的灯。灯盏里的油不多了，它亮不了多久了，看来等不到他们回来我就会耗尽体力，悄然死去了。我不知道该不该留恋这个世界，也许我该去想想表哥，那个令人喜欢又叫人讨厌的男人。可我实在没有力气了，我连眼皮都无法抬起。表哥，我还想坚持一下，想看到你的脸，想让你在我身边，你知道吗，他们骗了我们，你并不是我表哥，你是舅舅抱来的儿子，可他们就是不让我嫁给你。还是想想我们同床的感觉吧，我也只有想想的份了，即使你决定离婚，来娶我，我现在这个样子，也不会接受了。可我，不知为什么，就是特想你，想躺在你怀里，死在你怀里。哥，我听到了我的脉搏声了，你能听到吗，我真的要死了，要死了……

"小然！"有人在叫我。

我睁开眼睛，看到表哥站在面前。他双唇微闭，看上去一点儿也没有说话的意思。他好像就这样看了我很久，天啊，这段时间我去了哪里？为什么要闭上眼？可恶的灯啊，为什么不能再亮一点，让我把表哥看个清楚。哥，过来抱抱我吧，我是那么想你，哪怕过来摸摸我的脸。可是，他就是不过来。寒风从门缝袭来，摇晃着奄奄一息的灯，如奄奄一息的我，我的身体开始变冷，慢慢失去知觉。我真的要去了，这个世界与我无关了，这世界太安静了，我害怕，我都能听到我心跳的声了，它正在变弱，正在变冷！

显然，小然在乎的根本不是那条蛇。

我还是决定上楼去一趟小然家，为自己，也为小然。

她父母坐在客厅沙发上，茶几对面的木折叠椅上坐着贺家桥。我在门口站了一下，便进了小然的卧室，她表哥在那里。

苏小然的表哥打开小然的电脑，里面全是空的，他拉开写字台的抽屉，里面放着几本杂志，还有几张蛇的图片。那些图片都用针扎过，用刀划过。他来到小然的床边，用手触摸着床单，如抚摸小然的脸。可惜这个家伙从不看小然的小说，如果他看过，就知道小说里，那个不相信与表哥有血缘关系，想方设法搞到舅舅、舅妈与表哥的血型，结果果然发现她与表哥不是真表兄妹的女孩子，就是小然了。小然知道后，逼问她妈妈，林语妃说了实话。她跑到表哥楼下，哭了半宿，直到夜深人静，才打车回家。这是她决定去姆西瓦之前发生的，从姆西瓦回来，她就去学校办了辍学手续，在家专门从事写作。终于有大块的时间做自己喜欢的事情了，小然却更加沉闷。

客厅里，贺家桥在安慰林语妃：“事到如今，就只好等等看了。你们可不能倒下！”

苏伯拉很客气地说：“你放心。不过，如果这孩子实在找不回来，那些钱我们会还给你的。”

“看你说的。咱不提那码事。”贺家桥说。

“姑父，用不着谢他，不就十万嘛，想还他，从我这里拿。”小然的表哥插话说。

“没你什么事。”林语妃在客厅里呵斥他，“你还添什么乱。”

贺家桥赶紧说：“这是我家贺庆的心愿，伯拉、语妃，你们别往心里去。”说完，他就找借口走了。

小然的表哥神秘兮兮地低声问我：“是不是你把小然藏起来了？”

我装着没听到，反问他：“什么？”

他说：“就是，你也别承认啊。”

苏小然讨厌死那个贺庆了。她说过，就是把她扔到深山老沟里喂狼，也不要和贺庆配什么阴亲。

这我知道，她表哥也知道。

小然给贺庆配阴亲的事，是小然从姆西瓦回来后发生的。从姆西瓦回来后，小然依然在烦恼中无法解脱，她与父母同在一个屋檐下，却行同路人。她看着一对虚伪的夫妻，终于因为她的辍学由虚伪变得真实了，每天里一日三餐，一盏灯照着三张死气沉沉的脸，她说：“这家也叫家吗？”

“怎么不叫了？”林语妃一下把碗筷蹾到桌上，“我看你是长大了，翅膀硬了！”

“她本来就是大姑娘了。”爸爸说。

“你有什么资格说话。”

林语妃气坏了，她已经三天没理苏小然，没和苏小然说一句话了。她不停地做家务，把家里的床单、被罩、枕巾、沙发套洗了一遍又一遍。小然也满腔火气，忍了几忍，最终还是把话挑明了，她把积压在心头多年的话说了出来：“你们别以为都是为了我，我告诉你们，我不需要，我受够了，受够了！”

“好，我也受够了，”林语妃说，“大家都受够了！”

“好啊，你终于还是把话说出来了。” 苏伯拉说。

那天晚上，小然反倒睡得出奇地香。她睡在了安详的宁静与酥软的踏实之上。半夜，屋外传来打闹声，打闹是明打明的，没有一点的顾忌、隐晦、回避。被吵醒的小然穿过客厅，直接推开父母的门，满脸酒气的爸爸正骑在妈妈双腿上，一只手揪着妈妈的头发，另一只手在妈妈的胸上乱拧乱掐，两只乳房上已经红一块紫一块了。小然居然没有丝毫的同情，她甚至认为那样的爸爸，才像自己真正的爸爸。她就站在门口，妈妈使出浑身力气，把身上的苏伯拉推下去，赶紧用夏被裹住身体。两个女人，一对母女，彼此看着。现实的清晰让她们无法用眼中的迷雾遮盖。

第二天，小然去了人才市场，在那里，她遇到了贺庆。熙熙攘攘的人群中，贺庆身穿着白色网孔T恤，很清秀，很爽洁，他好像左右顾盼，但没有半点迟疑地朝苏小然走来。苏小然并没多看了他一眼，她正和一家公司洽谈工作内容及劳动报酬，那家公司要她留下联系方式，这时一只手突然就搭到她肩上，她扭头看到了贺庆。她跟贺庆来到贺庆家。贺庆特能侃，油腔滑调，目中无人，显摆他优越的条件，可她告诉他自己毫无兴趣，但他说他父亲是贺家桥时，本来决定离开的她，就决定留下来了了。她和他讲的条件是每月二十块钱，如果能提供卫生巾，一分不要也可以。而她的工作，只是搬到他家来住，只要让贺庆的妈妈感觉偌大的家里不只她一个人就行。

不久后，贺庆就与苏小然混到一起了。但并不是真正意义上的一起。他们只是一次次地做爱，甚至做爱成瘾。贺庆发现，每一次做爱，无论他多么尽心尽力，和小然的距离丝毫不会发生改变。他们相互抚摸，彼此接吻，身体起伏跌宕，进而忘我陶醉，但他并不满足。因为这并不是他想要的，他要在苏小然这里得到其他女人无法给他的东西。他爱她，小然当然对贺庆说，爱，爱，爱，不爱，怎么还和你做爱呢？可那些话太空洞了，如黑暗中飘浮的羽毛。贺庆就伤心地哭，小然不耐烦地提醒他，少给老娘讨厌啊，老娘生来就是坏女孩，破女人，我就是喜欢见异思迁，发神经。可是，小然却与贺庆一直保持着这种时断时续无法定义的关系，她有时恨贺庆，觉得他难缠，无聊，有时又及不可待地需要他。两个月前，贺庆突发意外死于车祸。贺家桥说，他儿子闭眼说的最后一句话，就是娶小然。那时小然也已经不久于人世了，癌细胞已经在她的全身扩散。

可我知道，小然的表哥看不上这小子，认为贺庆只是个摆花架子的家伙，因为他年纪轻轻，已是一位拥有五百万资产公司的经理了。我看着他很认真地收拾着小然书架上的书，他并不稀罕那些书，甚至对它们充满仇恨，他认为是这些书，书中的天真烂漫害了小然。我帮他整理，偶尔发现一本《结构人类学》，克洛德·列维——斯特劳斯写的，我递给他，他不懂我的意思，对我说："要喜欢，你就拿去！"

这可能是我与他最大的不同，如果他多读些书的话，这个世界上就有两个人理解小然了。我没有再待下去，而是带着那本《结构人类学》离开了小然家。在楼道里，我遇到了我们小区的一个作家，他很好事，拿走了我的《结构人类学》，他还讥笑我一个傻子也能看懂这书？

我回到家时，我姐正披头散发地往腿上套一双丝袜，她裹了一件长羽绒大衣，穿着棉拖鞋，要去小区门口的市场买菜。我跟在她后面，她问我跟着她干什么。我说不干什么，其实我是到街上的垃圾桶里拣矿泉水、啤酒瓶或易拉罐，屋里太冷了，如果没有酒，我真不知道晚上能不能挨过去。我刚捡完一个垃圾桶，就听到有人在身后问我："哥儿们，最近手头紧？"

我扭头一看，从那熟悉的风衣就认出是那天请我吃西餐的小子。他正心不在焉朝着我姐的背影看。他问我："认识？"

"当然。"我说，"我们是相当地认识！"

“我也认识。”

这不奇怪，我知道认识我姐的人多着呢，我姐也说她认识很多人。

“呵呵，是你们小区的吧？”

“她是我姐。”

他呵呵地笑了：“真是太有意思了，真是太巧了。咱哥儿们真是有缘！”他像小流氓一样拍我屁股，“走吧，咱们去你家。”

我不明白他的意思。

“走吧！”他就像狗一样抬起腿，让我看看他的裤裆，他的裤裆破了一个大洞。

我把那小子带回家，告诉他我妈可真是个好裁缝，她高超的缝制手艺好多年没有施展了，这样可以让她露一手了。那小子见我妈，就像见他妈一样，他把裤子脱下来递给我妈，自己就躲进我姐的屋子里看我姐的巨幅相片了，他大赞我姐漂亮，还说什么如果有这么一个漂亮的姐姐就好了……

谁知，我竟因此酿成了大错。

那小子走后，我姐回来发现钱包里的钱不见了。她问我那人是谁。我说是一个朋友。她又问他叫什么，什么朋友，住哪里。我说不知道。

5

那天中午，我被罚不准吃饭。我饿着肚子又到街上闲逛，坐在椅子上，正好碰到苏小然的表哥，他“狄俄尼索斯”“狄俄尼索斯”地叫我，这也正好说明他根本不知道我的名字。我不想理他。他还是走过来，要我帮忙把小然的东西搬走。我说那好，你得先请我吃东西。

我和他进了附近的肯德基，选二楼靠窗的桌子坐下来。我像松鼠一样，捧着汉堡吃，从他那回忆连连的眼神里，我看出他想和我谈谈，他从内心里承认我比他更了解小然，他说："小然这几年不容易！"

"当然！"我说。

苏小然的童年本来是天真烂漫的，可当她发现自己的妈妈夜里的精心打扮，只是为了躺到床上后自慰时，就开始后悔过去的烂漫了。所有的过去让她觉得恶心，原来自己一直活在一种欺骗和虚假之中。曾经有人说过贺家桥回天太公司担任总经理，纯粹是为了她妈妈，因为那样，他就可以利用她妈值夜班的时候在他的办公室里与她幽会了。也就是自从贺家桥回到天太公司后，小然父母的关系就急骤恶化了。她爸爸一连几周都不回家，只要回家，就会酗酒，然后酒气冲天地扑进卧室对她妈妈毒打。每次，她爸都大呼小喊，她妈要不忍气吞声，要不就像段木头一样麻木。过后，她爸瘫在地上哭，她妈则求她爸去外面找个女人吧！她爸却求林语妃，咱们离婚吧。那时，小然恨透了妈妈，甚至看到爸爸骑在妈妈身上，都想说，活该，还是打得轻，这样的女人，就该打。她真的把神洁与肮脏混淆到一块了。

我和小然的表哥说："你以为一个女孩子两手空空地离开家，容易吗？我永远也忘不了，小然那天离开时的神情。她从我身边走过，好几次停下来。"

"可她不该那么糟贱自己。"小然表哥说。

怎么是糟贱？你怎么不觉得是解救呢？我知道他是说贺庆配不上小然。贺庆那小子有点娘娘腔，办事优柔寡断，爱吹嘘，再说，在没有遇到苏小然之前，贺庆已经阅女无数。可他哪里知道，当贺庆以八〇后年轻人的无所谓与开放和苏小然聊天时，小然只是在做自己的事情，在想自己的将来。说实在，贺庆开始并没有把苏小然当好姑娘，她处处流露出来的处世不惊、大大咧咧和无拘无束，加上她低开领、短裙子，躺在床上常常能露出内裤的装束，哪一条都让贺庆觉得苏小然是个经世很深开放到随便的女孩。一个下午，趁着妈妈去打牌，贺庆经过一阵子设计好的嬉笑打闹后，突然把小然抱在怀里，小然并没有推脱，只是在他压到她身上脱她内裤时，才向他叫停。他怔怔地看着她。她若有所思。

小然说："你想要也可以，可我不能白给你。"

"你想要什么？"贺庆心想，只要她开口她就完了，他和她做上这一次，以后就是她求他，他也再会不理她了。小然扫视屋里，让贺庆猜。贺庆哪有心情，他只想赶快开始接下来的事情，只要不是星星、月亮、结婚戒指就行。苏小然就说要一个金框子，镀金的也行。贺庆心不在焉地接了一句，装你的婚礼照？苏小然告诉他，不，是装我的遗像。他嗯嗯地答应了，他脱掉了她的内裤。他万没想到那是小然的第一次。事后，他看着小然的身体，感觉一个完美的雪梨被自己带着豁口的牙无端地咬了一口。

"她为什么要告诉你这些？"

我想起当时的小然，"她是这么说的。她说，到后来，她不知道干什么的时候，就找人做那事。她有一个暗语，她会说'我饿了'，凡是能听懂这句话的人，她就和他做。"

"真他妈的！"小然的表哥骂了一句，"是为了钱？我知道为了逼她上学，家里不给她一分钱，我给她，她又不要。"

"不是，但是给，她也不反对，有的男人第二天会带她去商店，可有一个人，她是次次都会要钱。"

"谁？"

"贺庆。"我说，"不光这些，她每次还把和别的男人的细节讲给贺庆，每个细节都讲，然后就和他做，完了，让他掏钱。"

“变态！”

“和小然在一起过的男人，很多。”

小然的表哥脸色煞白，他盯着我，问：“你呢？”

“什么？”

“这里面——也包括——你？”

我呵呵地笑，吃到嘴里的鸡肉突然从我嘴里掉出来。我说：“怎么可能？”

“那段时间她住在哪里？贺庆家？”

“早不在了。”

自从贺家桥无意间发现苏小然是林语妃的女儿，就不让她在他家住了。从贺家桥家出来，小然随便到附近的城中村找了一间每月只要一百五十块钱的房子，直到我一次无意在菜市场遇到她。那时，她已经瘦得不成人样儿了，我以为她是在减肥，她说不是减，是食欲不好，有好几个月根本吃不下东西。她提着一把香蕉，无精打采，毫无光泽，更别谈什么气韵了。她问我要不要去她家坐坐，我同意了。她摇摇晃晃地带我穿过很窄的巷子，打开大铁门，又穿过光线很暗，两边放着自行车与杂物的过道，左拐右拐，上到五楼。她的屋子更是不堪形容，九平方米大，靠窗的地方用铝合金隔出一个不到一米宽的厨房，里面摆着脏兮兮的电磁炉，厕所在一进门的右边，小的只能容下一个人，还是坑式便池，便坑前放着塑料桶。靠厕所的那面墙，放着一张双人床，床与厨房之间是一个两开门的带穿衣镜的柜子，柜子旁边摆着一台掉壳的电脑，一盏十分简易的台灯摆放在床头的靠背椅子上，台灯旁放着烟、打火机、烟灰缸，她的鞋和脏衣物就扔在地上。我问她：“你不是写文章嘛，挣的稿费呢？”

“还不够交水电费，再说，我也懒得写了。”

“我觉得不对劲儿！回家之后，就告诉她父母，带他们找到了她。”

“可那已经晚了。”

“是，她的脖子上长出了两个疙瘩，一天比一天大。他们带她去医院做了检查，诊断为恶性肿瘤。”苏小然的表哥眨眨眼，把泪收了回去。

“她开始不配合治疗，只是想死。到后来，她突然不想死了，她想坚持治疗下去。”

“到那个时候，谁都会配合治疗。”

“不是的。”我想起了那次去医院看她，她用非常微弱的声音，偷偷告诉我：“我爸抱我妈了，他们的手握在一起。”我问小然的表哥：“你知道她为什么放弃治疗，不配合吗？”

“她想死，她讨厌这个世界。”

“不，还有一个原因。化疗会掉头发，她不愿意让你看到她的样子。所以，她宁愿让贺庆守在她身边。”

“好好好，不说了。”小然的表哥让我打住。

我向苏小然的表哥提出想买瓶酒，他很慷慨地给我一张五十元的大钞。

我们一起去收拾小然的东西，边收拾，边聊天，讲一些小然的过去，比方说他结婚的时候，小然送他风铃，因为声音不够好听，他换成了新娘女朋友送的，小然哭了，还把烟头摁在自己手腕上；比方有一次小然和他外出，要和他合影，他说有什么好照的，小然转身离开，无论他怎么央求她都不往他身边站。许多许多的事情，只有他讲的部分，再把小然讲给我的另一部分加在一起，才能变得完整。“其实，很多时候，”我说，“我们活在片面中，部分中，真正的整体，谁也无法看到。”小然的表哥看我，和我说，“是小然这么说吧！”

我笑笑。

收拾完之后，我用小然表哥给我的钱，买了三瓶高粱白，藏回了地下室。

天快黑的时候，我姐突然叫我跟她走。我不知道去干什么，只是跟她在后面，她一路上净在打电话。我们去的地方竟是派出所，那个热心的女警察等在门口，她领着我们穿过过道，在一扇门前停下，她轻轻拉开一条缝，让我往里看，我一眼就认出是偷我姐钱的小子了，他手腕上的铐子闪闪发亮。

“你可认准了啊！”

“当然。”

“这是个惯偷，没正当职业，大本事没有，就干些偷鸡摸狗的事儿。”女警察告诉我姐，一边和我说，“要有苏小然的消息，也一定告诉阿姨，说不定，阿姨一高兴，给你介绍女朋友！”

门里那个小偷还在和警察评理，说偷我姐的钱是活该，这钱本来就是他的，只不过他给了我姐，可他觉得给得冤枉，因为我姐并没有让他满意。

女警察问我姐：“你们认识？”

我姐说：“不认识。”

“真的不认识？”

“也许以前见过，但记不起来了。”

我姐拿回自己丢掉的钱。在回家的路上，她掏出十块钱，要我去买酒。我不敢接受。

她很真心地说：“去吧，姐给你的。算是奖励。”

我摇摇头说：“是我不该认识那小子。”

“不，为你替我保守秘密。其实你知道姐是干什么的？”

“你说你在一家电台做夜班编辑。”

“你相信？”

“至少，妈相信。”

“所以，姐要谢谢你！”

这和我印象中的姐不一样。其实，我真不知道我姐是做什么的，她做什么我才不管呢。我们回到家，小然家有很多人在吵，听声音有苏伯拉、林语妃、贺家桥，还有一个女人，应该是贺家桥的妻子吧。我妈又想让我去探听。这次，我姐发话了：“你还是先管好你自己吧！”

但楼上的吵闹声还是传了下来，从有一句没一句的话语中，能听出来，贺家桥利用了自己的儿子。因为他妻子在医院里遇到儿子出事那天晚上的急救大夫，大夫说，贺庆根本就没有急救，出事当场就死了。那贺家桥宁愿拿出十万，给贺庆配阴亲，根本不是贺庆的什么遗愿，纯粹是一个圈套。这十万恰恰是小然一年多来住院花去的费用，这正好是贺家桥长期以来与林语妃关系暧昧的证据。林语妃说冤枉，贺家桥骂自己的妻子混账。他们站在自己的立场争吵不休。最后，林语妃说，小然是把家里的钱花光了，还借下了外债，但这钱既然不是贺庆的所愿，小然与贺庆的阴亲还是取消了为好。贺家桥一再强调，贺庆是这个心愿的，只是没机会说出来。

小然，你看看，这个世界，确实是不由你，不由我，不由任何人啊。每个人都想主宰，决定，操纵，可最后呢？

外面起风了，呼呼的，我喝了一瓶酒，又把第二瓶喝下去了，我的头晕晕的，很快就睡着了。临睡前，我还想第二天就给小然找一个喜欢的地方安置她。她以前问过我，人死之后，被火化会不会痛。我说，等我试过了以后告诉你。她就说，人火化一定很痛的，要是埋土里就好了，那样就可以变成树，就可以借着树的花呼吸空气，树的叶享受阳光了。我说，那我就变成一只鸟儿，落到树上给你唱歌。

夜很深了，一辆警车驶进我们小区。两个警察带着那个小偷直接来到我的住处，他们本不抱希望，可当刺眼的手电光照到我的床上时，他们就恨不得踹我几脚了。他们没想到真的被一个傻子耍了。那个小偷，也被眼前的景象惊呆了，他说："看，我说得没错吧，那次吃饭，这个傻子说过的。"

其实，他完全是在胡说八道，我从来就没有告诉过他一句关于我和小然的事。

两个警察拉开被子，想揪我起来，可他们拉不起来了，我的身体与旁边小然的一样冰凉。他们说我是醉死的，也许说是冻死的，无所谓，反正是死了，我却因祸得福，从此和苏小然永远待在了一起，因为对他们来说，处理的无非只是两具尸体罢了。

正月里的一个晚上，大雪纷飞，我们小区的那个作家和智空法师，坐在小偷曾经请我吃过西餐的咖啡厅里，探讨一些根源性的本质性的基础性的问题。作家说，他最近在看列维斯特劳斯的书，斯特劳斯认为，结构不是人为的结构，而是无意识的世界的基本模型。从这个意义上说，结构主义颠覆了传统的以人为主体的主体主义哲学。因此，作为个体生命的选择，在很多时候都是受潜在的很多结构所决定的。

智空法师问，你是想说那个结构是神，是上帝吗？

作家说，不知道，因为他不了解神与上帝。

智空法师说，他不了解结构，也不了解什么结构主义。

两个人会意地笑了，不再谈论这些深奥的东西，而把话题转向世俗。作家说自己之所以写作，是想和更多的陌生人熟悉起来。而智空法师说，二十七年前，他把一对从火车站骑自行车回来的恋人逼到玉米地里，当他着的面做了一次爱，为的是向躲在不远处的"加里森敢死队"成员证明自己的勇敢。事后，他并没有成为敢死队成员，那帮可恶的家伙骗了他，说那只是一个玩笑。这件事引起他很多的思考，越思考他觉得自己越糊涂了，他一直想搞清楚玩笑与人生，玩笑与他，玩笑与那对恋人之间存在着什么内在联系，于是出了家。

无罪的罪犯

就在我决定放弃刑警工作的那天上午，一个女人死了。死在酒店里。经验告诉我，在一个密不透风的空间里，尸体用不了多久就会腐烂，况且是三伏天。报警人说，“请勿打扰”的牌子一直挂在门上，四十八小时内，也未见有客人或其他人出入过房间，服务员觉得蹊跷，还有一种怪味，便以催款的名义打开了房门。结果客人躺在床上，已经成了一具死尸。我踩着柔软的地毯靠近房间，这种事对我来说，早已习以为常。可跟在我身后的年轻女服务员，就显得神情紧张了。她大概还在怪怨，经理怎么把这种倒霉事派给了自己呢。本来，最该来的是那位楼层服务员，她第一时间发现了警情，可她被吓坏了，她一直躲在休息室里，双臂裹着发抖的身体谁也不见。在我的示意下，女服务员将房卡对准门上的感应器，门锁战战兢兢，刚刚发出“嗞”的一声响，她就逃也似的跑掉了。

我进入房间。确实闻到一股怪异的味道。我注意到，那个房间窗户朝南，光线很好，死者躺在床上，衣帽整齐，素颜井然，一个拉杆箱原封不动立在床边，一个手提软包温顺地放在枕头边，像只乖巧的猫。房间里，电视、水壶、茶杯、酒店为客人准备的牙膏、牙刷、梳子、毛巾、卫生纸，统统都完好如初，用于取电的房卡也没插上，拖鞋倒是换好了，可她的靴子没来得及拿走。看样子，她一进房间就迫不急待地去找那张床。她一定没想到，那是一张死亡之床。

没一会儿，我的同事一位称职的法医赶来，本能地拍照、摄像，收集各类证据。我却莫名地想多看几眼死者，她鼻翼微翘，眉毛舒展，耳廓清丽，唇线流畅，双腿圆润光滑，手指匀称纤细，是我看到的最漂亮的一具尸体了。我说不出那种漂亮是不是美，但我觉得，那种漂亮与这个躁狂的时代很不搭界，甚至还是一种对抗。唯一美中不足的是，她的嘴一直张着。我猜不出那种口型代表的是呼喊，还是无望。我核对了她放在床头柜上的证件，她三十六岁，汉族，本市人。那她，为什么要登记酒店呢？出差？还是刚从外地回来？兴许是等自己的情人。总台的服务员回忆说，两天前的那个晚上，她从酒店的正门进来，她言语不多，神情自然，漂亮的外表与优雅的举止，还叫服务员们在私底下里夸奖羡慕。

“她是怎么死的呢？为什么要死？”

“从现象上来看，基本可以排除他杀。”同事说。

同事查看了死者的指甲、眼角膜、口腔，以及后颈处的紫红色片斑。我打开了那个拉杆箱，它是新的，似乎一次都没用过，奇怪的是里面装的全是男人的衣物，属于女性的，只有一条黑色丁字内裤，和一个网纹文胸。我看了看同事。他向我摇头，似乎所有的证据都令他失望。我翻了死者的软包，里面没有药片，更没有供我们怀疑的液体，钱包、化妆品、湿巾、半卷卫生纸、手机，这再正常不过了。于是，我查看她的手机，手机开着，四十八小时内没有任何通话记录和短信。同事说兴许她进行过删除，可他马上又做出判断，死者在入住酒店的当晚，就死了。应该是某种突发性疾病要了她的命。

“哦！”我坐到死者的旁边。有种说不出的难受。我知道她与我毫不相干，可就是身不由己，我想着她进入房间，将“请勿打扰”的牌子挂到门外，碰上门，应该还长叹一声，然后弯腰脱掉皮靴，换上酒店里的软拖鞋，我不知道她有没有去照镜子，猜不出她有没有在乎脸色，她就那样和衣躺到床上。她累吗？仅仅就一个拉杆箱的重量让她感觉累了吗？还是另有原因，我不知道。但我知道一种莫名的痛攻击了她，像一个埋伏已久的军团终于等到时机，那种摧毁，那种报复，可想而知。而她，突然发现自己是那样脆弱，她本想要反抗的，她不相信命运，却发现自己力不从心。当然了，这一切都只是想象，兴许从一开始她就顺从了放弃了，因为从表情上，我看不出她有任何抗争的迹象。

“伙计，来帮一下忙。”我对同事说。我真的不想她的嘴就那么张着。

“什么？”同事不解地看我。

“她的嘴，她和这个世界要说的话应该都说完了。”

“我看未必。”同事开玩笑，“也许她想对你的话，还一句都没说呢！”

“来吧，伙计，女人都是爱美的。”

“可她死了。”

“死了，她也是女人。”

同事左手摁住死者的头，右手揉搓死者的脸。可他太敷衍了，死者的嘴最终还是没能合上。

勘察完现场后，我们联系了死者的家属。十五分钟后，一个人高马大、派头十足的男人出现在我们面前，他挺着大肚，手腕上戴着价格不菲的珠串。他坐在死者的腿边，足足沉默了三分钟。我以为他被眼前的情景怔住了，毕竟夫妻一场啊，多么的不幸啊。我猜想他随时有可能站起来冲我们大哭大叫，说不定还会用重量级的身体冲撞我们，蛮缠地逼问我们他妻子的死因。可他没有。他沉着镇静，还满怀歉意地对我们表示感谢，似乎妻子太不懂事了，自己结束生命还给别人制造如此的麻烦。没成想，男人接受了事实，按照程序，我们也准备做不立案处理。后来，他慢慢起身，长吁一口气，释然地告诉我们，其实他妻子活得很不容易，这样的结果对她来说，兴许是一次彻底解脱。可他从进门到出门去楼道里打电话，都没有认真地看过一眼妻子。我多么想骂他一声王八蛋啊，因为我想骂所有说这种话的人是王八蛋。

后事自然由人家家人来处理。我的心却堵得要死。中午，我就去找我的同学王小贵喝酒。他在一家殡仪公司上班，我莫名地想和他聊聊这事。阳光像燃着火焰的热箭，密匝匝地从空中射下来，在去往那条僻静小巷的路上，我满脑子是上午的那个女人，她怎么就死了呢？在这个躁狂的时代，我说不出她要存活会有多大意义，但我就是希望她活。

当我踏进殡仪公司的门面房时，王小贵正坐在那张简陋的办公桌后，他的背后堆满了花圈、寿衣和各种殡葬用品，因为房间的地势比马路低，外面又是茂密的树荫，店里的光线自然有点暗。可王小贵也不至于总是那样的无精打采，一脸惨白啊！我多么希望他也大腹便便，嘴叼烟把儿，一块口香糖在嘴里嚼啊嚼啊，一直嚼到这地球停转，可王小贵就是不争气，龌里龌龊，一百次见他也没个变化。

“又死人了？”他见我进来，便指着一个圆凳示意我坐下。自从我照顾过他一次生意后，他就总爱用这话和我打招呼。我本想说是，奇怪的是，我却没说。

“我看出来了，一定是。反正，咱俩是和死人干上了。可是，却天壤之别。”他笑了笑，说，“我又去应聘了，结果……”

我知道他又失败了，只好用冠冕堂皇的话安慰他。其实，我也为他感到不公，在学校时，他可是科科拔尖儿的高材生，人不丑，品质也没问题，但那身威武的制服就是落不到他身上。他到殡仪公司上班后，我曾建议他和他的女友一起看《入殓师》，可他说，看也白看，女人就是女人。是啊，我们同病相怜，因为我们的女友都在要求我们放弃我们的工作。我女朋友要我为她提供一种安稳、踏实、规律、浪漫的生活，可刑警工作保证不了。他也一样，他的女朋友每次见他都说他身上一股恶心的死人味。有什么办法呢！开公司、坐奔驰、当大官，哪个男人不想！可眼前的一日三餐得吃，房租得交吧，头疼感冒得吃药吧！王小贵双眼低垂，当然不是怨天尤人，他只是有点心灰意冷。我说我女朋友又提她那位表姐了，她说她表姐那样的生活才是生活，而我们这些人，充其量只是活着，我和她说过想见见她表姐，可她不让，她说，我见了一定会承受不住打击，她可不想看我跳楼。我说，我的时间大限到了。

“今天？”

“嗯，否则就和我吹。”

“不至于吧。”王小贵不相信。

他不了解我的女友。不过，我也没有把更多的情况告诉他。我的女友还为我想好了后路，她说等我辞职后，就到她表姐夫的公司里工作。她表姐夫有的是钱，开着三座煤矿，一个物流公司。可我不知道到那种公司我能干啥。她说在她表姐夫的公司里，就是啥也不干，光收拾收拾应酬时剩下的烟酒就够我发大财了。

“你真的要辞啊？”

“要不还能怎么办？”

“我说……你可真够暴殄天物的啊！好端端的工作，警校学的那些东西你舍得扔？”

“所以说，小贵，走吧，咱们喝点儿去。就旁边，有电话，也不误你事。”我说道。

他沉默不语，然后猛地站起来，有点不管不顾的二劲儿。他简单收拾一下。就在我们准备离开时，电话响了。一个女人死了。死在家里。他必须半个小时内赶到，这是公司的承诺。他一手抓着电话，另一只手在纸上核对对方的住址和联系电话。三位一组三位一组的数字重复着。我听得真切。那些数字一个一个像精灵一样从我脑海里跳出，在我眼前汇集成那个人高马大、派头十足的男人，上午那位死者的丈夫。于是，我要求和王小贵一起去，多一个人帮忙，王小贵当然乐得开心。我们把殡仪服务的东西装上面包车，王小贵扔给我一身他们的工装。

事主正是上午的那个男人。从一进门，我就被他大得离谱的房子吓了一跳。但要论品味，却不好恭维，厨房是地中海乡村风格，卧室与客厅却装修得如中世纪的欧洲宫廷，一间屋子里摆满了各种运动器材，还有一间放着仿明清的红木博古架，给人的感觉是，各个房子各具特色，却互不搭调。我觉得有这种想法的主人实在是朵奇葩，或是，男女主人的审美和情趣，根本就不在一条线上。从我们进门开始，那男人就一直坐在客厅沙发上，我从他的脸上看不出有一点惋惜、懊悔与忧伤。王小贵见他时，表情也怪怪的，似乎这单利润丰厚的生意并不能令他欢喜。

我们走到男人面前，介绍我们的服务内容、收费及工作流程，男人没有一点耐心，他的眼睛看着我们胸牌上的工号，思想却在九霄云外，好在他没认出我来，全然把我当成了殡仪公司的员工了。旁边那些帮忙的人，觉得我们如此正式的交谈会触动男人的忧伤，便替他做主，只要我们的服务，明码标价服务态度好，钱的事不用我们考虑。

接下来，我们动手将屋里所有喜庆的东西收掉，用白纸将镜面和反光的东西糊上。我去摘下死者生前的相片，我看到相片里的她，身穿泳装在海水中恣意地奔跑，如花的脸上沾满水花，相片精美，相框上却落满了厚厚的垢尘。我能想象当时的她有多么朝气，她沿着海水的曲线踏浪而来，爽朗的笑声能穿越开阔的大海，她那奔跑着的白皙而又优雅的脚，每一步都踏在生活之上，如此激情澎湃的女人怎么会满足于一帧相片呢?!

那些人，她过去的同学、同事、姨妈、表弟、妹妹在谈论她，我能听得出，她曾经是一位多才多艺的女人，她能歌善舞，充满理想，在单位里是节目主持人、小夜莺、跳绳高手、模特队长、爱心组织发起人、诗社社长，在亲友中她性格开朗，喜欢说笑，总能带给大家欢乐，甚至在回忆到某个滑稽的场合时，她们还会为当时的情景破涕为笑。可那只是以前。最近的几年，她变了，有几个同学说，每次同学们聚会，无论以什么理由叫她，她都拒绝了。开始大家以为是她太有钱了，与大家拉开了距离，可偶尔在大街上相遇，她给人的感觉却是那般的随和，大家明显感觉到，是她自己不愿意出门了，迫于某种原因，她想离得大家远远的。

我们选择东墙为死者设起灵堂。人们七嘴八舌，自觉干些力所能及的事。我发现其中有一间屋子的门始终关着。有人说，死者十岁的儿子在里面。一个十岁的孩子！这时王小贵让我向家属要一张死者的免冠相(用于制作遗像)。那男人站起来，表现得手足无措，我看着他推开了那扇门，可我万没想到我的女朋友会在里面。她正作为最靠实最贴心的人，陪着那个十岁的孩子。按理说，她应该能听出我的声音的，可她为什么没有出来呢？我站在门口，惊讶地看她，她拉开梳妆台的抽屉，娴熟地从一个信封里取出死者的相片递给我。她借机低声问我怎么会在这里。

“那你呢，你为什么会在这里。”

“这是我表姐家。死了的是我表姐。”

“我来帮王小贵的忙。”

她明显生气了。当然她不能大喊大叫。她狠狠地低声对我说，“真有你的！”

她的表姐夫，那个男人这时已经站到她身后，他把她交给我，让我们有什么需要的就直接找她。她向我摆出一副公事公办的样子，随后她就忙前忙后，去应付那些找她的人了。这不是她表姐家嘛，她怎么能如此熟悉，还那般轻车熟路。

灵堂设好，亲朋好友们陆续给死者上香。死者的儿子却不到旁边守孝，我注意到死者的儿子脸上同样没有一点忧伤，反倒是满脸的漠然，他偶尔流露出的恐慌，也只是因为家里突然来了这么多人，而非母亲的死。两支红烛，清烟袅袅，死者凝滞着微笑被框在挂了黑纱的相框里。人们还在谈论她，说她如此衣食无忧幸福无比的生活，怎么就享受不了呢。人们向男人打听她的身体状况。他说她的身体一直很好，她参加合唱团，报着拉丁舞班，练着瑜珈，一个月前刚刚做过体检，所有指标都很正常。她有自己的车，一周只去寄宿学校接送一次孩子，家里还雇有保姆，似乎她活着的意义，只是为了尽情去享受生活。“这么好的条件啊，可她没命！”他说，“我去矿上待了两天，上午回来发现她躺在床上，唉，不知道啥时候，就没了。”我不由得转头看他，猜不出他为什么要说谎，为什么不承认他的妻子是死在酒店里。唉！在人们的声声叹惜中，我进屋去找我的女友，她正和几个女人在收拾死者的衣物，所有的柜门都打开了，地上，床上，全是衣服，她们在逐件剪下衣服上的金属扣子。我意外地发现了那个拉杆箱，它已经被腾空，里面的男人衣物被整整齐齐地挂在柜子里，她们把死者的内裤与纹胸扔进在里面，我动手翻了，却没有找到那条黑色的丁字裤和网状文胸。

那天晚上很晚的时候，我和王小贵还坐在殡仪公司的门面店里。他累了，没有一点兴奋。我们脑海中的影像交集就是那个男人。过了一会儿他说，上午他去应聘的就是那个男人的公司。我附和着，不发表什么看法。我满脑子涌动的都是那个死者的死因，我推开店门到大街上给同事打了电话。同事骂我疯了，说我是狗拿耗子。我极力让自己平静下来，想到那个“请勿打扰”的牌子后，便返回王小贵的店里，一盏白哗哗的节能灯照着我，还有王小贵。他让我说说白天的案子。我没心情说，我只是说，就一个女人，三十多岁，死在酒店里。

“哦！”王小贵看着我说，“你不觉得今天的事有点怪？”

“你是说妻子死了，老公却不伤心？”

“不是，你没注意到吗，我们忙活半天，他们家的邻居却始终没有露面。”

“这有什么奇怪的！”

“也是啊……”王小贵笑笑，“那么你女朋友呢？你真的要为她放弃你的工作吗？”

我笑笑，没有作答。他哪里知道在我们离开事主家返回殡仪公司的路上，我的女友已经给我发了一条微信，她说她表姐死了，十岁的孩子需要照顾，她决定担起重任，所以没办法再嫁给我了。我没有回复。一个女人做出如此伟大的选择，我能不成全吗？只是一想到她的伟大，我就想笑。

因此，我没必要放弃我的刑警工作了。在这个躁狂的世界里，现在我依然穿梭在一起起突发案件中。慢慢地，我喜欢上了这份工作，因为我知道不是每一位死者都会在临死前挂出那块“请勿打扰”的牌子。我干工作确实也比以前更卖力了，奇怪的是，我觉得我似乎从头到尾始终在侦破的是同一个案子。

亲爱的马克

1

其实就是灌一肚子猫尿，胡捧乱吹说一通废话，完了，迷迷糊糊到歌厅鬼哭狼嚎糟践上几首本来挺好听的歌。我老婆廖晓萍却非说那叫加深了解增进感情，中国人讲情重义，饭不吃酒不喝，哪里来的情，重得哪门子义啊。有一阵子，她拿她们领导对我的印象教训我，说我这个人啊智商有余情商不足。言外之意就是说，现在社会上混，哥要的不是清高，而是庸俗。当然，我从来没有说过饭局庸俗，也没有和我老婆摆过孔圣人君子之交淡如水的大道理。我老婆上过大学，多少还算个知识分子，这些东西她不会不懂。所以，我只是萎萎缩缩皱皱巴巴向老婆求饶，说我整不了那套，那场面想想都难受。

“喝两盅酒你就难受，难道看人家坐小轿车住大房子你不难受？什么整了整不了，整不了，学，谁天生是什么都会的。再说，又不是让你上刀山下火海，难道你还想重蹈覆辙走老秦的路?”

说起老秦，可真有几句话要说。老秦是个20世纪60年代毕业的老牌大学生，到我们单位时凭着一手几近书法家的好字留在了厂办，又凭着一篇篇送到《人民日报》刊登都不逊色的好文章当上了秘书。他先后伺候过四任厂长、七任经理，到头来依然还是个秘书，第五任经理时候，人家给了他一个带括弧的副科待遇，那个括弧一直带到退休。有人曾经替他鸣不平，可领导说了，老秦文章写得不错，不容置疑，无可挑剔，但文章写得好不一定都得当领导啊。我大学中文系毕业后，被招到我们单位给老秦当助手，老秦可没少对我下功夫，从遣词造句，到标点符号，可说是兢兢业业手把手地教，尤其是领导讲话稿，他叫我平时就要注意收集领导的讲话，及早提炼出讲话精神，不同的领导要用不同的语气，喜欢儒雅的就要多引经据典，注重气势的就要写得浩然磅礴，强调逻辑的就要层次分明数据确凿。刚开始老秦鼓励我，帝王将相千千万，千古文章就几篇。可他退休时，却把我叫到办公室，对我语重心长地来了另一种谆谆教诲，他让我把他当成反面教材，他用这一辈子的经历总结出一条经验——秀才无用！让我千万别像他由最初的令人羡慕的“会写”，变成最后一个可悲的“只会写”。

知道这辈子我为什么混成这个样子吗？我清楚地记得老秦收拾着那成堆的获奖证书对我说，一不抽，二不喝，三不嫖，四不赌。

这不是很好吗？

是很好。人家也说你很好，但那只是在嘴上。其实人家是在骂你，没出息！

回家后，我把这些话讲给我老婆。廖晓萍说老秦总算大彻大悟了，可惜为时晚矣。我说，也不尽然，也许老秦有老秦的境界，我在老秦办公桌玻璃板底下见过一个“得意淡然，失意坦然”的贴子。廖晓萍很凝重地笑了一下，说老秦要不那样，他还能怎样？

想起老秦来，我就浑身不舒服。一天下午，我老婆廖晓萍回来，气呼呼地将手里提的一袋排骨放到厨房。这是我们事先说好的，我们正在努力增加营养，我们在实施光辉的“造人”计划。那倒不是因为我们二人世界过腻了，主要是考虑到随着年龄增长，对下一代培育不利，作为有知识有文化的一代新人，不能自私到不考虑人类的繁衍质量与发展前途吧。我把排骨倒到盆里冲洗。廖晓萍切葱剥蒜准备大料桂皮之类的调料，不过，她的脸一直阴着，一声不吭。

这让我有点手足无措，我只好一遍一遍洗排骨。我深信我老婆是爱我的，尽管她看不上我做的家务，总嫌我菜择不干净，菜根处的泥没抠出来，地板擦得质量太差，毛巾没拧干让台面上留下了水印，新洗的衣服总搭不整齐，不是扣子没扣好，就是底边儿没抻展，但我还没见过她的脸会阴到如此的地步。

过了一会儿，终于憋不住的廖晓萍总算开口说话了，而且一听就是经过认真思考的，否则她也不会拿日本人来说事。她讲的那些我知道，在日本，男人下班没有饭局直接回家，会被女人看不起的。又是饭局。饭局，饭局，有一段时间了，我突然发现我们似乎总在谈论这个话题，饭局成为一天不提就过不去的议题。我故作笑脸打岔说，好在咱不是日本男人，咱绝对是纯种正宗中国男人。她开始不理我。隔了十来分钟，突然看似随口却很正式地告诉我，马克要提拔了，马上的事儿。

谁？你说马克？怎么可能？他又不是马克思的侄儿，再说马克思都死多少年了，想帮也帮不上他啊。再说了，凭他什么啊？德？那小子连公厕里卫生纸的光都沾，每次上厕所都要多揪几截儿装口袋里回家用。才？我不是贬低他，我半拉眼也看不上他，文章水平高低且先不说，连沆瀣一气的“瀣”都能读成“qī ”。

可廖晓萍说，猫有猫道鼠有鼠道，马克自有人家马克的道儿，马克媳妇周婧就说了，马克一天到晚不在家吃饭，再不提拔都说不过去了。你以为人家吃饱了撑的，喜欢独自一个人在外面玩潇洒啊？告诉你吧，在你埋头给领导写讲话稿的时候，人家正在陪领导喝酒泡脚呢。

不可能。

不信咱们就等着瞧。

后来，我和廖晓萍抬了几句嘴，我的大体意思是说这种人口蜜腹剑，成天哈巴狗一样围着领导转，当个勤务搞个杂还行，别的还是免了吧。

廖晓萍白我一眼说，当你的领导总行吧。

就他？我说，狗屎！

你才狗屎呢，自己臭，无能，还不听人劝，你成天里写解放思想、转变观念、与时俱进，可我看你怎么就是一块腐朽的榆木疙瘩呢。廖晓萍站在地里，手里提刀，眼睛直勾勾地盯着我。好家伙，那是怎样的一双眼睛啊！我是一点儿遮挡都没有。她的目光让我紧张、发冷，似乎我本质的愚笨以前掩藏得太深，这会儿才在她面暴露出来一样。可我分明记得，我们谈恋爱的时候，廖晓萍对我用的词那可是直率、厚道、可爱啊。现在我怎么就——愚蠢、腐朽、无能了呢？尤其是“无能”，和“阳痿早泄”有什么区别？她差点就说“你不是个男人”了。

廖晓萍把刀哐啷一声扔到菜板上，把我从水池边儿挤开，捞出排骨装入塑料袋放进冰箱，自己抱着肩膀到阳台上站着去了。

这种情形我以前可没遇过。我没想我们会有这一天。看看我们可爱的家，椭圆型抹角的沙发，很小，但舒适，足够我们坐在上面相拥亲吻；茶几也不大，但上面摆着的玻璃鱼缸里，几条红尾孔雀在游来游去，有一条母鱼眼看就要分娩当妈妈了，旁边还摆着《育儿宝典》；地上铺着深蓝色地毯，尽管不是纯毛的，但不影响我们在上面打闹，顺势完成夫妻的妙事。现在却一下变得死气沉沉起来。

我变着法子讨好廖晓萍，说些体贴的话，许诺双休日一起到森林公园去野炊，回来后再到花市上逛逛，我们的家需要有几盆红红绿绿的小花了。我甚至建议在哪里放绿萝，哪里放清香木，哪里放海棠。廖晓萍却始终不搭话。我没敢靠近她，因为她在哭。现实总是喜欢把美好的想象搞到支离破碎。我隔着窗户看楼下，人家一对对从私家车里下来的小夫妻，大包小包的，别说私家车了，连这不到五十平方米的房子还是我们租来的，同样是女人，廖晓萍没理由不哭。

晚饭我们必须是要吃的，当然这正是廖晓萍的伟大之处，她不会因为生气而降罪于我的胃，只是炖排骨换成了稀粥和凉拌茴子白。就在那天晚上，我们躺在床上，廖晓萍正式向我宣布我们“造人”计划中止，理由是孩子是爱情的结晶，它是来和父母一起分享幸福的，而不是与我们来共担忧愁的，如果我们不能给孩子提供该有的条件，那我们没理由让他来与我们一起受苦。

从那以后，我发现廖晓萍还给我挤牙膏，倒刷牙水，但不会像从前那样把我的头搂到怀里帮我掏耳屎了，出门时必不可少的拥抱，也在某一天早上悄然结束了，我去抱她，她不温不火地躲开了，她让我还是留点力气去做更重要的事情吧。

2

我承认我不算聪明，但绝没笨到傻蛋的地步。周五下午，单位人事和组织部门的人把我们召集到三楼会议，马克人模人样儿地也坐在大家中间，但开会没多久，他就被通知离开会场回避一下。接下来，我们每个人手里发了一张考察表。还用说吗，关于马克那小子的。有几个同事在底下窃窃私语，可管什么用呢，人事部门的人在介绍马克的优点，大家做同事的嘛，就是满心不乐意，可有谁会在“提拔”一栏里不打对钩呢，再说了，你不打有什么用，票又轮不你统计，领导看中的人会得不到提拔？我一边笑着打对钩，一边向主任提议让马克请客，尽管真正的我伤心的几乎想去撞墙。

晚上马克真的请客。马克亲自来叫我，说谁不去都可以，但我不能不去。

他妈的，算他小子还有点良心。老秦退休的时候，公司按着阶梯式人才发展目标，招聘这小子进来给我当助手。马克的招牌不小，某某大学中文系毕业，结果一到实际中，他就给那赫赫有名的母校丢脸了，每当接到一篇稿子的任务时，他就趴在桌子上像只没腰的马蜂一样冲我发嗲：“师傅——救命啊!”那些五W、引题正文之类的理论他也能说个七七八八，但就是写出来的东西不成样子，语句狗屁不通，词也驴头不对马嘴。毕竟还在三个月的试用期里，大学生“一毕业就失业”的压力很大，找个工作不容易，我想帮也就帮了。好在这小子嘴甜，每次到主任那里交差，总是先把我从人品到文笔夸耀一番。三个月试用期满，我发现主任却不怎么给他安排写材料的工作了。有一次，主任和我聊天，无意中说让马克写材料确实有点难为他。他爱跑，在办公室坐不住。那让他干点适合的工作吧。

我也希望他能少在办公室里呆，省得他那张嘚啵嘴烦我，每天只要他往椅子上一坐，什么中文系的女生太丑，倒贴没人要还挺自命清高，艺术系的女生一半是烂货，男生们却趋之若鹜，什么哪个同学的姑妈夸他帅气，看他的眼神啊，我操他姥姥的，就像看一只鸭子一样，真叫他不知道该高兴还是厌恶。要不就是他同学的同学聪明绝顶，又好运，嫁给一个城中村村长家的儿子，结婚那天开口钱就得了五十万，还说要给他介绍村主任家的女儿做媳妇呢。他说副村长家的也行，只要有钱。他讲话眉飞色舞、绘声绘色，常常自己激动得捶胸顿足。有几次，他中午吃饭回来，脸蛋喝得和猴屁股似的，身子往下一出溜，两腿向旁边一甩，头靠椅背呼呼地睡大觉。老天，我不知道单位要这样的人干吗，难道准备让他参加全国睡觉打呼噜大赛？他清醒的时候，开口一个师傅闭口一师傅的，总是“您长”“您短”，恭维得你都没招架，他说我对他的恩重如山，简直比再生父母还再生父母，那份抬举，让你鸡皮疙瘩扑愣愣一地，起身都能把你绊倒。

那天晚上，马克请客，把我拉到一个以前我从未去过的地方。

怎么？其他人呢？等坐到预定的桌子上后，我发现只有我和马克。

说实际的，要换个日子，这地方，就是天王老子请，我也不来。一个废弃的大厂房，光线暗得不注意就能撞人身上，到处乱糟糟的，西装领带、热裤二股筋、披头散发、血唇纹身、冒泡儿的啤酒、猫脸狗脸的面具，舞台上却灯光刺眼、热舞劲歌，音乐要么铿锵高亢，节奏强烈得让你的肚皮都跟着抖，要么柔腻，酥骨抽筋，让你感觉自己被陷进了巧克力池里……你想看看对方的表情，你就得把鼻子碰到对方鼻子上，想和对方说话，你就得放开嗓门喊着说。

没有其他人。我知道其他人也该请，但不是今天。今天我就请最亲最近最重要的人。

就我一个？

不，咱们主任也来，他有事稍晚一点儿。

谁的意思？

当然是我啊。

你请我——还有主任——来这种地方？

这地方怎么了，师傅？ 这地方好啊，不用轻声细语。来，师傅，你也试试，大声喊一声。马克举起一杯啤酒，先带头喊了一声：我，马克，今天高兴。我，来喝酒，还有我师傅，他今儿也来了！

周围的人和聋子一样，提着嗓门说他们的话，喝他们的酒。我问马克，主任也来这种地方？马克怪异地看我，当然，为什么不啊？

大概半个小时左右后，一只戴猫头鹰面具的女服务员，半挽着我们主任的胳膊把他送到我对面坐下。她俯下身嘴唇贴着主任的耳朵说了几句，主任点点头，眼睛却看着我和马克，然后拍一下服务员的小手，让她走了。马克起身给主任倒酒，我们一起干下第一杯。主任用手指指我，示意我听他说。我聚了聚神。

他说，这里好啊，可能第一次来有点儿不习惯，但来上两次从此就爱上了。现在觉得太乱，太吵，但就是这么吵，这么乱，还有这么多人来，这就说明有它的道理。来，咱俩单独走上一个。

马克把注意力放到台上的热舞上，他手指习惯性地敲击桌面，脑袋跟着音乐左右乱晃。装吧，装吧！我知道马克是在演戏，难道这顿晚餐的真正目的不是我？傻子也知道马克这是搬主任来当他的说客，想来安抚我。马克，你到底虚什么啊。其实根本没这个必要，我就是一百个不乐意也已经在你的考察表上打提拔的钩钩了，我就是一万个不舒服，也会举杯恭喜你步步高升。台上的热舞越跳越辣，那些甩来甩去的女人屁股说不定哪一下就甩到某个客人的怀里，还有那些女人高高抬起的大腿，是不是若隐若现地告诉你下面藏一个精致美妙的燕巢啊？马克起身举着双手，边鼓掌边高呼，时不时还打个口哨，激动之时自己端起啤酒大口大口喝，几次因为用力过猛还把啤酒溅到我的脸上。主任和我说，看，这就是马克，绝对的真，性情，本真！

对，这当然是马克。他要不这样，还不是他呢。我这么想，但没这么说，好像我就是假的一样。可我何必在主任面前表达对马克的不满呢！所以，我夸马克，马克这样真性情的人太少了。现在的人啊，都太能装深沉了，难听一点儿讲，就是太装逼了。

呵呵，没想到啊，你也会说这样的话啊！

我的话完全出乎了主任的意料，更出乎我的意料。我不知道自己的脸红了没有，反正没有感觉有什么不对劲儿，就如我老婆讲的那样，说几句假话又不会死人。

我说，随着文明进程的不断推进，我们人类是越来越虚伪了啊，人活一辈子，短短几十年，应该像马克这样，尽可能真地活才对。

是啊。主任举着杯子。

我想我的话会让主任节省不少的唾沫，他直截了当和我说，因为马克的事下午他还担心我心里有疙瘩，现在看来，他是完全多虑了。

马克招呼服务员收走了空瓶，又重新送来十二瓶。

我才没那么小肚量，主任，世间万物所有的事情看来起来很偶然，其实最终是一种必然。只不过看透的人说必然，没看透的人说是偶然罢了。我说。

这不会是老秦对你说的吧！一定不是。

不是。

好。看来我对你太不了解了。我们主任几乎是大声喊着对我，这得怪你，现在可不是酒香不怕巷子深的年代，你得学会表现，懂得推销，就和做广告一样，你得让人知道你是谁，你有什么能耐。

看来，马克这方面的做得不错。

是，马克是很出色，咱们经理都说喜欢他呢。

我“哦”了一声。

当然，不是说你不行，或表现不好。主任给自己满上一杯，是我的问题，是我没给你创造机会，这是我的失职，我自罚一杯。

那是该罚。我也给自己倒上一杯，毫不客气地说，我陪主任你这一杯，然后我也自罚一杯，毕竟作为下属没能让领导发现我的能力，本身就是一种能力的缺乏。

我是做好了准备要表现一下的，他马克不就是能喝吗？我也行。说不说吧，喝到现在，我舌头不短，脑袋不重，说话没有语无伦次，举起杯子在微弱的光线中，我还能看到我老婆廖晓萍投给我的赞赏的笑容。主任把马克一把拉过来，一边对我说，好，今儿咱们都放开，有多大能耐就使多大能耐。马克却无不关心地和我说，师傅，您自己掂量啊，咱们喝好，但不要喝多。

你看不起你师傅不是？还是你付不起酒钱？

马克咚咚咚给自己满上。好，既然说到这里，我没话说，干。

我们喝了很多酒，很多，喝到最后主任搂着我的脖子，脸贴脸和我说，我算是长见识了，原来兄弟你是深藏不露啊。我相信主任的话，酒喝到那份上，他就是想说假话都不可能了。然后，我们站在酒吧门口，主任絮絮叨叨拉着我的手不放，总之一个意思，我的表现让他刮目相看。

当然啦！马克也抓住时机不忘在主任面前唱赞歌。他说，主任也不看看那是谁，我师傅，那岂是一般的师傅？

等把主任送走，马克却虚情假意地握住我的手问我，回家能不能交代得过去，如果不行，就开房间，他陪我。

我笑笑，一把推开他，自己摆手打车。

回到家，廖晓萍给我准备好了洗澡水，桌子上摆着半瓶葡萄糖（据说可以解酒），热情的像个想套我口袋里钱的女服务生。我低着头和她说话一动不敢动。她问我为什么。我说，我一仰脖子，就成鲸鱼了，啤酒会喷到屋顶上，我可不想在自己家制造那样的喷泉。晓萍呵呵地笑，还轻轻地拍我的脸。我们的前尘阴影一笔勾销，她一晚上忙前忙后，大赞她老公厉害。

3

没过几天，上面来检查工作，是一位处长带队，晚上我们自然要招待一番。主任要我和马克作陪。主任说，我们要全力以赴，因为那位处长太能喝了，酒量了得。

马克自然跑前跑后联系饭店，选好不塞车的路线，定一间既气派又不用花大价钱的包间，不知他怎么得到的消息，知道那位处长爱吃海蜇头，再加上我们经理喜欢七成熟的烤牛肉，两者都要在餐桌上满足，马克自是费了不少心。

时间一到，各位领导落座。主任按规矩坐在主陪位置上，我和马克一左一右坐在主任两边，正好端茶倒水搞好服务。饭局一开，一套冠冕堂皇的客套话过后，都落到一个重点——喝酒上了。其实工作算他娘的个屁，哥儿们弟兄地一碰杯，喝才是正经事。

上面的处长和我们经理说，他和我们主任三年前是青干班的同学，他能有今天纯粹是命好，其实论口才和能力我们主任一点儿也不比他差，更厉害的是我们主任的酒量，在青干班的时候号称酒仙。我们主任赶紧举杯感谢处长在经理面前对他的美言。当然经理会附和着肯定我们主任的能力。我们经理夸我们主任好酒量，深不见底是说大了，但绝对能称得上酒桶。那位处长又举杯强调自己的观点，他说，过去大家说只要感情有，喝水也是酒。我不赞成，酒就是酒，水就是水，话应该这么说，要想感情有，先干半瓶酒，这么多年来我认一个理，喝酒痛快的人，工作也差不到哪里去。我们经理大为赞成，提议全场为处长的理论共干一杯。

我看着那位处长自己点上一支烟，身子向后面一靠，伸手解开了第二颗衣服扣子。主任悄悄和我们说，处长开始进入状态了，你们可以出动了。

这时，处长正用夹着烟的手指马克，听说你们主任出门，身边总是带着一个秘密武器，看来说的就是你吧。

他现在是我的副主任了。我们主任说。

叫马克，对不对？大名鼎鼎啊！

那位处长第一次来我们单位，却准确地叫出了马克的名字。这令我心生嫉妒，他妈的，我都来公司多少年了，大大小小材料写了无数，就是万分之一，上级也该发现啊，据说我们单位的材料每次到上级那里都是最好的，就是出于好奇他们也不打听材料是谁写的吗。可现在看来，我远不如人家马克这小破孩儿啊。

马克站起来，带上自己的分酒器，走到处长旁边去敬酒，我们经理马上抓住时机以马克得到领导的关注、像马克这样优秀的小伙子有机会应该调到上级那里等等原因，让马克和那位领导喝酒。最后，马克是直接端起分酒器一仰脖子，来了个豪华型的底儿朝天。这还不算，为了让上级的领导喝得尽兴，还不能冷落本单位的领导，从经理、书记开始，到副经理、总工、工会主席、总会的也得恭恭敬敬地过上一圈，一遭下来，马克至少得八量酒下肚。

我开始有点佩服马克了，但不服气。当然，主任让我来，我也不会是摆设。主任随便起个话头，当那位处长让他喝酒时，主任呵呵一笑，能不能允许他使出第二个秘密武器啊！那位处长抽一口烟，一摆谱儿，说科学发展观的核心就是以人为本嘛，以人为本首先要尊重人，行，你还有什么秘密武器都使出来吧！主任马上把我推出来，他给领导介绍，说他听说过喝酒厉害的，有酒鬼酒神酒仙，还有酒桶，但还有更厉害的。满桌子的人都把目光盯到我这里了，等待主任的下话。

主任低声和我说，你有酒量的，去和领导们喝，你只要把他们喝倒了喝傻了，一次就把你记住了。

我站起来，先把自己的分酒器添满。

有人问那该叫什么啊？

我们亲爱的经理第一次那么认真地看我，他一定是在猜每次他朗朗上口让台下人掌声不断的讲话稿，我是不是用汾酒或竹叶青泡出来的了。

我们的赵总会试探着问我，看样子喝一斤没问题吧！

一斤？我们主任看着那位赵总会，又看看我，你问问他，不过你问他他也答不上来。我这么说吧，我们在一起工作这么多年，我就见他醉过。各位领导想想吧，比酒桶更厉害的是什么？

酒缸。

酒瓮。

酒窖。呵呵。

是——酒漏子。我们主任说。

为了验证这即将威震江湖的名字，我自己直接端起满满一分酒器干了，三两五十二度的烧酒下肚，我又重新倒满，开始向各位领导敬酒。

有几位副经理汗流满面、面红耳赤，已经扣杯说，不行了，不行了。我们经理出面批评他们，咱是男人，说什么也不能说不行，不行了，回去还怎么向老婆交账，赵总会，你最有发言权，你说是不是？我们赵总会是个女的，四十几岁，她一本正经地说，要是哪个女人喜欢不行的男人啊，肯定是她首先不行了。大家呵呵笑。我们经理举起自己的分酒器，来，哪个承认自己不行的，把酒倒过来。几个扣酒杯的重新又把杯子摆好。

那位处长开心得直用餐巾擦嘴，一边说，强将手下无弱兵啊，这个班子有战斗力。

我们喝着，以各种理由和名义。甚至在主任的建议下，马克还学了一段“小沈阳”，我用四川话朗诵了《沁园春·雪》。

两个小时下来，酒喝到那位处长两眼微眯，显得疲倦才算结束。负责接送的车停到酒店门口，经理和书记一边一个拉着处长的手，大夸领导海量，应该再喝上一瓶才算酒意。处长的头像两个月的婴儿那样顾不过来，他左一句右一句说自己酒量一般，今天喝大了，不过兄弟们坐在一起，尽兴，人活一辈子能有几次尽兴啊，酒逢知己千杯少嘛，今天到此，咱们来日方长。我们的经理和书记马上接话，问处长我们喝这么多得解解酒，咱们是洗脚？喝茶？还是去吼它两嗓子？处长统统摆手，说已经十分感谢了，接下来就不好打扰了，大家还是各自回家看足球吧！马克听出处长的意思，马上上来招呼司机发动车。我们经理要亲自送处长。处长不让，他说，让那个谁——，小马去送就行了。

还是我们去吧！我们经理说。

怎么，小马同志办事，你不放心？处长故作正经地板着脸问我们经理。

放心，放心，小马办事我一百个放心。

马克马上到位，从我身边路过时，还悄悄问我喝那么多酒没事吧！我笑笑，说舌头不短，走路不摆，看人不重影儿，你说有事没事。只是我喝不出好坏，糟蹋了那些粮食了！呵呵，马克笑着说，有些东西生来就是叫人糟蹋的，我得赶紧送人家了，然后马上回家，老婆还在家等着呢。

4

我觉得那又是我的一个凯旋之夜。觉得除了马屁精之外，马克并没比我强多少。第二天，我就发现马克这小子不仅说谎不老实，还很不地道。

事情是这样的，下午我老婆廖晓萍在超市碰到马克的妻子周婧。周婧叫我老婆晓萍姐。在马克的熏陶下周婧长一张蜜糖嘴儿也正常。她们在超市货架的走廊里闲扯，相互夸对方漂亮，彼此羡慕对方的老公（两家都没有孩子，让她们少了一个很好的话题），接着她们相跟着又转了几趟儿货架，各自取上要买的东西，从超市出来，本来该说“再见”的，周婧却非说要送晓萍回家。

晓萍说，我家不远，也没买啥重东西，就别耽误你时间了。周婧坚持要送，似乎不送这一趟，她就对不起我们一样。她一再和晓萍说自己是顺路，而且我大哥（当然是指我，辈儿有点乱）对马克恩重如山。一来盛情难却，二来算是圆周婧一个心愿，晓萍也就应承了。

晓萍说，那好，我来打车。晓萍就往马路边走，反正年轻人挣钱不多，再说不论是姐还是嫂子呢，她肯定得付这个钱。周婧走在旁边，却说不用，我开着车，一辆红色 POLO，虽不是什么奔驰、宝马，但也是廖晓萍和她亲爱的老公力所不能及的，她本来还想着自己坐公交回，打车已经奢侈了。这么一来，廖晓萍就只有惨淡一笑的份儿。她说，什么时候学会开的啊，周婧？其实这已经是淡话了，她在努力掩藏自己内心的酸。

周婧把车开到我家楼下，出于礼貌我老婆廖晓萍招呼她上楼。周婧开门下车，哐地把车门一锁说，好啊，晓萍姐，我早想去你家了，反正回去我也是一个人。

你家马克呢？晓萍后悔自己不该多嘴，但话既出口就已没有退路了。

喝，一天到晚就是个喝！肯定晚饭也连上了。周婧的语气说不清是埋怨，还是标榜，但我老婆廖晓萍认为是标榜。

我所住的小区是个旧小区，半成原住户都搬到更为繁华、靠近公园、有地下停车场的新小区里去了，所以外来人口多，道路破旧潮湿，十几棵梧桐高高挺挺也无人打理，楼道里更是昏暗拥挤，每走一步，晓萍都觉得身后的周婧在难受地感慨。不用说，周婧和马克定然是一帆风顺的——他们蜜罐里长大，上大学，恋爱，结婚，住新房，开新车，而这一切是不用费心，自然就拥有的，父母为她们准备了一切。而自己和老公呢，双方父母都在农村，每往前奋斗一步都得靠自己。这人比人啊，真是气死人。

周婧似乎对我们家充满期待，一进门就表现得很兴奋。当时，她们进来时，我正在书房里看书。晓萍在客厅里一边换鞋一边说，给我领来一个崇拜者，叫快扔下手中的破书。晓萍请周婧坐沙发上，自己赶紧收拾旁边的脏乱差，狠不得三下五除二收拾出个窗明几净来。我猜周婧的屁股没挨着沙发就又站起来了，我听到她在问廖晓萍能不能到处参观一下。廖晓萍当然不能拒绝。我们的房子很小，书房顶多五平方米，我拉开椅子就得碰到书柜门。周婧在我门口停了一下，就往书柜上看，好多的书啊。我说主要是书房小。周婧开玩笑说，她家书房连她幼儿园的课本加上也装不满一书柜，她家的书柜倒是大，可都放着芭比娃娃和车模。周婧进门，随手还翻了几本我书桌上的书，说了一句，真好！周婧又去看我们的卧室，那同样一间小屋，除了一张双人床，一组衣柜，也就只能在阳台处摆两盆鹤望兰和一个摇摇椅了。周婧很喜欢我们卡通图案的床单和被罩，还抱起床头上的毛毛熊亲了又亲，她又说，真好！到了厨房，晓萍告诉她我们做饭的时候，需要礼让三先，否则就会一转头碰到对方的脸。周婧想象着那样的画面，甜甜地笑，说那多好啊！她说挂在墙上的字好，餐桌上的方格粗布好看，卫间里挂毛巾的塑料钩可爱，总之，什么都好，似乎我和廖晓萍是生活在天堂里。她甚至还提到她们家，说她家太大，空荡荡的，一个人住在里面和住大礼堂一样，小有小的好，温馨。廖晓萍当然会说，你是饱汉不知饿汉的饥。

周婧回到客厅，晓萍伸手拿走沙发上我脱下的衬衣和换下的裤子，一边说看这乱的。周婧说没事，这样挺好，家就是家，又不是陈列馆，只要舒适就行。晓萍说，那也不能变成猪窝啊，不过和一个邋遢鬼生活在一起，你想利索，门儿都没有。我这个邋遢鬼呵呵地笑。周婧从中当和事佬儿一样说，穆大哥挺帅的，第一眼给人的印象就不般。

你是说他傻吧？晓萍说，现在像他这么傻的人不多了。

哪能呢姐！那是气质，一种与众不同的气质。

被夸与众不同的我在一旁美滋滋地咧嘴笑

看你美的，听不出来周婧是在讽刺你？人家马克那才叫帅，聪明、机灵，又有出息。

姐，其实我也不希望他有多大的出息，平平常常太太平平过好日子就行。周婧说。两口子就要有两口子的样儿，家也要有个家的样儿。

就和我们这样？晓萍说，你们家一定非常干净，处处能照镜子。

姐，谁没事一天就在家里照镜子啊？周婧说，那是没事，我回到家实在不知道该干什么，就只好收拾家了，马克一天到晚没完没了的饭局，回家来酒气熏天，不是趴到厕所里吐，就是瘫到沙发上睡。说实在的姐，我都不希望他回来。

周婧，你可不能这么想，那是马克有本事，有人脉。俺这位倒好，一下班回家来就搬那几本破书，都什么时代了，谁还像他那样。有时候我觉得我就和一个八十的老头生活在一起。他钻在书房里看书，我去买菜，然后回来做做饭，动不动还拌嘴。

我老婆陪周婧坐到沙发上，我搬板凳坐她们对面。

哪有夫妻不拌嘴的？我说。

人家周婧和马克就一定很少拌。

是懒得拌，也拌不起来了，没机会，也没心情。

晓萍当我的面数落我的不是，说在农村长大吧，还不知道珍惜，菠菜根一眼看不住就切了，剥个白菜能剥去三层，洗个油菜能当衣服搓。

反正你看我啥也不合格。我说，我不干，你还不行。

凭什么你不干啊？吃饭你不比我少吃一口。我不让你干，你好去折腾那几条鱼？周婧，你是不知道，他看这几条破鱼，比他祖奶奶都亲。平时三遍五遍叫他起床，他起不来，今天早上，我随口说了一句，母鱼下崽了。嚯，看人家机灵的，光脚板子跳下床，就倒盆舀水给母鱼弄产房了。

好啊，原来你是骗我的。还以为你真替我操心了。我举起茶桌上剪去上半截儿的矿泉水瓶给周婧看，都在这里，三十七条，黑黑的小眼睛，窜来窜去，挺可爱，就是早上下的。

你啥时候也看到我这么可爱就行了。

你这个人。这是两码事，咱们不是养了人家嘛！

我还是你老婆呢！

呵呵。周婧笑着，姐，穆大哥，你看你们多有意思。

你就别笑话我们了。

不是。是真的，姐，知道我为什么要来你家吗？我回去一个人也无聊。

马克呢？我问。

下次见了马克，我得说说他，饭局是要紧，但也不能不顾自己的老婆啊。晓萍说。

从昨天到现在还没见到人影儿呢。自从提了个破副主任，就好像是给我当官儿一样，动不动就是抹不开面子，动不动就是工作需要，好像就是不需要我一样。在周婧阳光轻松的言语下我能体会一种黯然。

我从周婧的言谈中我能听得出，前一晚上散酒后，那位处长让他去送他只是一个借口，马克一上车，他们就去了歌厅，那场面想想也知道，马克跑前跑后地准备果盘与啤酒，更重要的是他得帮领导预定上符合标准的陪唱小姐，那些小姐们，个个穿着几乎一抬腿一挺胸都要露点的衣服，不过，马克交代，她们不能称处长处长，她们只能称老板或大哥。然后，他们一人怀里搂一个，唱啊，扭啊，浪啊嗲啊，到后半夜一两点应该差不多了。差不多？周婧哼一下鼻子，说食消了，肚子又饿了，该吃夜宵了，吃完夜宵就困了，得去按摩，按摩完了去打牌。

晓萍带着安慰的口气劝周婧，现在都这样，你不随人家不行。

我看穆大哥就不是这样，周婧说。

他倒是想呢？可他没那个能耐。你等着吧，马克用不了几年就是主任、经理，将来说不定还能当个厅长、省长呢。

他就是成了部长与我有什么关系呢。

呵呵，和我有关系，说不定我们还能跟上沾不少光！廖晓萍心里其实冒着酸味儿。

后来，两个女人谈到孩子。周婧问我们为什么不要孩子。廖晓萍回答得干脆，我们很想要，可孩子来了我们怎么养得起啊！不像你们，周婧，哪个有命的孩子转到你家，那可是跌到福窝里了。周婧不无伤神地说，是啊，可是马克同志忙啊，好像顾不上。

我心里当然也不痛快，倒不是因为孩子，觉得马克和我没一句实话。

5

我对马克这小子就有看法了。这小子命好，逮个漂亮媳妇，撞个有钱的丈人，吃不愁穿不愁，赶紧制造个小人儿全心全意过小康生活得了，却和他师傅我斗起什么心眼儿，斗归斗，你去省委、外交部、国务院、联合国去斗呀，偏偏你在这么个不大不小说不定哪天就要倒闭的企业里和我这么一个人斗。

我老婆一个白眼就把我撂倒，说人家哪是和你斗？我就觉得马克做得对，人为财死鸟为食亡，人家那叫早醒早悟，哪像你，傻，脑袋严重缺钙，自己没本事就对着镜子多抽自己几巴掌，别看人家有能耐，自己心里就倒醋。

我坐在办公室里，愁眉苦脸。心想，他妈的，让领导的讲话一边稍息去吧，凭什么我像头驴一样受，马克一个小×崽子，天天吃香喝辣，纸醉金迷，还能得到提拔！有本事也让他给咱拿出一篇光彩照人的文章来啊。不就是嘴甜会喝酒嘛，真要杯碰杯干起来，指不定是谁先出溜到桌子低下呢。

等马克推门进来上班，已是第三天中午快要下班的时候了。当上副主任后的马克越来越自由了，什么时候想来就来，什么时候想走就走。要搁平时，我倒希望他能在办公室少待，他只要往办公室里一呆，电话一个接一个响，不是朋友就是同学，那股子忙活劲儿和接线员似的。这边电话刚落，抽个上厕所的空儿，门口就撞上人了，搞得办公室和集贸市场一样热闹。可这档儿我气不顺，他凭什么啊？就凭他哐啷一开门，嘻嘻一笑，一个没皮脸？说一声昨晚上又喝多了？好家伙，喝多酒就可以迟到，就有功劳？那我也会喝多，是不是领导的稿子就不用写了？

马克又来这一套，进门来就耷拉个膀子，先叹一声，二皮脸，说一声又喝高了，一副劳苦功高的样子。这还不算，还要进一步强调要不是中午还有推不掉的饭局，实实在在是爬不起来。（老天，听听，好像他要不去喝酒，人家会死爹死娘一样。）我没像往常那样给予他安慰或是同情的笑。没那个心情。心想，你喝酒都有功还来上啥班啊。

马克感觉到了气氛不对。但他还是一副讨好的样子，用指尖按着太阳穴，半歪着脑袋说，师傅这是怎么了？心烦？让徒弟猜猜，是不是答应老婆的事没办到受批评了？不对，肯定是送老婆的裙子尺码不对。呵呵，要不然啊，就是今天是一个特别的日子，想和老婆浪上那么一下漫，正愁和主任怎么请假呢。要是这样，可以直接和他说嘛，我想他会理解的。

你自顾自说吧，我就不理你。我心想。

马克就站也不是坐也不是了。他随手翻了几下桌上的文件，转身打开暖瓶盖，水是满的，门后的笤帚倒了，他过去扶起来，又用前一天的剩茶叶水浇了窗台上的吊兰。他大概明白这其中与他有些关系。

有这个必要吗？心虚什么。我把目光放到电脑屏幕上，鼠标乱点，还是不吭声。

师傅，那个讲话稿写完了吧？马克握着拳头淡不拉几地说，让徒弟帮您校对一下，随便也学习学习。可别忘了，我还没出徒呢？

这不是笑话吗？堂堂的副主任还没说什么出徒不出徒的。我自嘲式地笑了一下。

马克说，您别笑话徒弟了，别人不了解，您还不了解？其实我是个猪脑子，笨得很。

笨我倒没发现，我倒是发现有些事你很开窍。我说。

师傅说得对。马克顺着话儿就来了，老天造人总要给他碗饭吃。不过，我是真羡慕您啊，师傅，您是不知道从心底里我有多崇拜您。大概马克也觉得这话说出来太倒牙，马上就说，我还得谢谢您。

谢我？

马克是说周婧那天下午到我家的事。我不知道周婧回去和他怎么说的，我告诉他周婧那天去超市碰到廖晓萍，顺路就去我家聊了一会儿。马克揉捏着手指，说万万没想到周婧会来这一招。好像周婧那天去我家是一个阴谋。他说，好在他命好，我这个不知情的师傅没说露嘴。

我想了一会儿周婧那天下午平静可心的神情，并没有马克所说的那样狡猾。因为坐一个办公室，对他们小两口多少还是有些了解，马克来自宁夏农村，家里穷得牛没一头鸡没一窝，喝口水还要到三十里外的黄河去挑，讨周婧这么一个貌美如仙的媳妇，已是祖上烧十八代高香了，话里话外感觉还和周婧不一心，更是让我对马克这个人从品质上产生了怀疑。我替周婧说话，说她其实不希望他老有饭局，即便有一些怨气也是怪他在家里待的时间太短。

师傅，您以为我愿意啊！马克哭丧着脸。

当然是你愿意，你要不愿意，谁还雇黑社会绑你去不可？

唉！马克长叹一声。就是不说，我也知道他下一句定然是“人在江湖身不由己”。马克坐下来，正而八经摆了一个架势，要和我诉苦。他停了一会儿，似乎不知道该从哪里说起。我装模作样在电脑上看些东西不理他。这时，电话来了，和他敲定中午在哪里见面。马克看看表。时间不早了，师傅，徒弟和您这么说吧，我是真的羡慕您！马克说。但这种恭维，忽悠不了我，和骂我无能没什么两样儿。

还不知道有多少人羡慕你呢！要不，咱俩换换，你来写讲话稿，我去替你去喝酒按摩泡妞儿。我不知道怎么会说这种话。我想马克一定会瞪大那双漂亮的牛眼，就为这句作为师傅怎么也不该说出的话。马克继续揉他的手指，他眼帘低垂，说要能换，我巴不得换换呢。师傅，您自己慢慢体会吧，别人都以为那是好事，可那里面的罪谁知道。不信，你去问问主任。马克摇摇头，很痛苦的样子。但我知道这种能够应付各种场面的人，表演才能很高。就像我常常喝一口可乐捂着肚子哄骗小孩子说喝可乐肚子里会长虫子一样。可我毕竟不是小孩，马克的意图非常明确，就是让我安心写文章，减少参加饭局的机会，最后我落个独善其身的虚名，他来个飞黄腾达的实惠。我不得不佩服廖晓萍眼毒，她一眼就把马克看穿了。马克进一步解释说，就连他当这个副主任都是一种受罪，似乎提拔他当副主任，是主任对他的一种迫害。我觉得马克有点过了，就别在师傅面前上演这种鱼是被水淹死的闹剧了。

马克自己点一支烟，向后靠了一下椅子，用手搬住一条腿，他抽烟的时候已经有些官样了，抿唇、轻吸，青烟从嘴里飘出，眼睛半眯，用食指磕掉烟灰。马克咬了一下唇，把话题转开，还从周婧那里说起。说周婧和他说了我和廖晓萍不要孩子是因为我们认为条件不成熟，他说这种思想不对，人和庄稼一样，什么季节就得干什么季节的事，咱条件不好，山区里穿不暖衣服吃不饱肚子的人，就不要生孩子了？最后，马克捻灭烟头，非常诚恳地说，师傅，从男人的角度来讲，徒弟希望您分清主次，孩子该要还得要，这段时间要有什么饭局，做徒弟的全替你扛了，你全力以赴养精蓄锐酝酿下一代。然后呢，咱们倒班，徒弟制造小人人的时候，你替徒弟扛。酒这玩艺儿是好，但多了伤身体。

听听，多么舍生取义啊。看来我还得感谢你马克了。我没这么说，我看着马克，从眼睛看到嘴，又从嘴看到眼睛。我问马克知道现在社会上最喜欢用什么称谓吗。马克不知道我葫芦里卖的什么药，就摇摇头。聪明人都这样。我说，亲爱的，马克，我都想用“亲爱的”称呼你了。马克呵呵地笑，说想不到师傅您还这么时髦。

可他哪里知道，我差点儿站起来狠狠抽他耳光。

6

我想马克大概是有危机感了。自打我和主任明确表态后，我就觉得马克有点儿怪怪的。马克说很郁闷，他发现周婧的前男友最近常常给周婧发短信，周婧回复时总是躲躲闪闪，问什么事她也支支吾吾闪烁其词。我问他什么时候的事。他说最近。

巧了！

马克应该明白我为什么说巧。不过，他还是装出一副好心的样子，提醒我不该向主任表态，如果实在想喝酒，他可以请我，因为他刚刚在主任那里说了我们的协议，就是那个我们轮流应付饭局制造下一代的协议。大家想想，我就买不起那二两小酒？我和他一个小×崽子有啥闲情喝酒啊。我也是公司经理工作部的一员，企业也是我的衣食父母，为了企业能够兴旺发达，我不该尽心效力？这又不是抛头颅洒热血，咱有量，你马克怎么了，什么秘密武器，我不是吹，我不是秘密武器，但是一颗出来就能炸它个天翻地覆的核弹。至于那个协议，我并没有同意，你马克多情什么啊！马克当然会说是真心为我，甚至还急歪歪地问我，这么聪明一个人怎么就糊涂了呢？

我聪明？我聪明的能把二当成三。

晚上，我和廖晓萍躺在床上分析马克的内心。事情明摆着的嘛，马克担心我老将出马他的地位不保，他又不能明着站出来明打明地和我斗，就只好想出这些歪招儿。我把廖晓萍搂在怀里，光洁的皮肤，性感的曲线，激发着我雄性激素的分泌，我们完成了既增进感情又身心愉悦的事情，当然我希望这一次能意外收获我们的爱情结晶。晓萍配合得很主动，可第二天我就在床头柜的抽屉里发现了避孕药。廖晓萍原则性极强，她认定的事情从不半途而废，在制造下一代的问题上，也不会因一时心软而网开一面。当然，这一切都基于她相信我们不会困于或停滞于现状，她对我们的前途充满希望。平时，她总是在关注一些楼盘信息，还在印刷精美的广告资料上选择房屋布局，看是不是采光好，分区是否合理，楼盘周围的环境如何，附近有没有幼儿园和好的学校，遇到称心的还打个电话咨询一番。廖晓萍不止一次地描绘过我们的未来，我们住在离公园不出三十米的高层上，楼距宽得足可以造出几个小花园，房子一百多平方米，有落地窗，我们喝咖啡或她伸懒腰的时候可以看到楼下滚滚的车流，双休日我们带着孩子到森林公园去野营，过年的时候我们开着自己的车装着满当当的年货回家。廖晓萍同年毕业的好友已有几个人实现了这个目标。鬼才知道人家哪来的那么多钱。廖晓萍说，咱们也一个鼻子两只眼，她们行，咱怎么就不行？作为女人，廖晓萍的想法没错，有人骂女人虚荣，可女人的虚荣也许正是男人拼搏的动力。廖晓萍问我她给我的是压力还是动力。我说当然是动力，我只能说是动力，否则扣我一个没责任心倒还作罢，再深究一下，上纲上线说我不爱她，那可就麻烦了。

差不多有一个月的时间，我坐在电视机前专门选法治频道的节目看，情杀、第三者、包二奶、贪污、诈骗等等，总之给人一个印象，这天下夫妻，有难同当的多，有福同享的少，找找原因，也就人家常说的那种话，男人有钱就学坏，女人学坏就有钱。廖晓萍坐在我旁边，起初以为我为写文章收集素材，时间一长就发现不对劲儿。晚上睡觉，她佯装生气，甚至还有隐隐的哭腔。她说，这日子不是她一个人的，只要我不嫌丢人，她也能忍。过日子，怎么是忍呢？她说以后她还是不逼我好了，省得我拐弯抹角用电视节目来抗议。她不当教唆犯，也不当咄咄逼人的女魔头。不过，我还是掐中七寸，将她哄开心，她说她宁愿喜欢那种有本事但不怎么好的老公，毕竟这社会离了钱万万不行，谁也没有活在荒漠孤岛。老公只是个好有什么用，好换不来房子买不来汽车，将来孩子上学人家也不会因为你好给你降一分，得了病医院不会少收你一毛钱，再说就是少收五百毛也不管用啊。我似乎这才体会到她的良苦用心。说来说去，这饭局不简简单单只是吃吃喝喝，还直接关系到我们的前途、爱情、婚姻，甚至下一代。

但是在马克的问题上，我还是想不通。既然竞争就要讲公平，耍阴谋诡计算什么本事。就是耍阴谋诡计也不怕，那也整出点高级的来，不要还没出手就让人一眼看穿嘛。我思谋着得瞅个机会告诉他小子，做人该厚道一些，别总是把别人当傻子看。

没过几天一个合作多年的兄弟单位来访，内蒙古的，据说我们经理去内蒙时打扰过人家，所以我们招待人家也就算礼尚往来。既然是兄弟单位，不存在上下级关系，饭局应该会轻松一些，只是人家来自大草原，喝酒唱歌是家常便饭，我们经理已经领教过了，他交代我们，咱们干工程不孬酒桌上更不能孬啊。主任让马克把我也叫上，说对付内蒙古人，不得不请我出山。

我还是第一次在酒桌上与内蒙古人打交道，带队的是一个叫琪琪格的女人，据说是他们公司的总会，正好我们单位的赵总会也是女的，自然作陪。开场之前，我们经理先声明自己有严重的肝病正在输液，只能喝三杯接风酒，剩下的就由赵总会和我们来陪。琪琪格脸型是典型的蒙古族，肤色却保养得很好，嘴和眼睛笑起来很像演员萨仁高娃。我对她很有感觉，觉得她有种按捺不住的野性美，开场时，她直接说我们的经理一杯都不用喝，在座的各位，有不能喝的也事先声明，但要喝就要痛痛快快地喝，我虽然是个娘们儿，但我最讨厌娘们儿！那气度，那豪爽，总之，琪琪格就是一匹漂亮的草原野马。

一桌子九个人，一开始气氛就很活跃。大家边喝边聊，频频举杯。我们亲爱的经理和赵总会完全放下官架子还原平民本色，热烈的场面下，大家个个情绪高涨。我们经理作为东道主又是级别最高的人，向大家宣布，谁都不要拘束，想怎么喝就怎么喝，可别给我省钱，特别需要强调的是必须让美丽的琪琪格女士喝好。这还用说吗？经理的意思就是把琪琪格放倒。马克心领神会，拍我的胳膊悄声和我说，这是场恶仗师傅，徒弟年轻，徒弟先上，这场合终究得有一个倒霉蛋。说完，马克站起来，说他年龄最轻，理应向各位学习，为得到各位的支持与关怀，他开始挨个儿敬大家。这种过圈的说法，几乎成了喝酒的规矩。

马克先倒满一杯敬向经理。

经理唉一声，错了吧，马克！你自罚一杯，再说我今天不能喝。

马克马上向琪琪格赔礼，说看我这个臭狗屎脑袋，第一杯怎么也要敬客人才对。

马克满脸笑容。这小子真聪明，这样既领会经理意思，抬高或尊重了经理，还对客人不失礼节。“恶仗”“先上”“倒霉蛋”，多奋勇，多无畏，多伟大的舍己精神啊，天下的聪明都到他小子那里了，我就是鸦片抽多了的一介书生？

马克端着酒壶到琪琪格身后，他亲自给客人斟酒，并小心翼翼地递到客人手上，高低合适，速度均匀，就是给她姥姥大概也没这么恭敬过。琪琪格大大方方接过来，老天，我发现她那般认真地打量着面前的这个伙子，红润的嘴唇，干净的面颊，细长的手指。他们碰杯，一饮而尽，放酒杯时，她还不停地说，马克，你叫马克对不对？我们主任趁机提醒说，是马克，好记，德国马克，马克，琪琪格总会这样用心想记住你，你多少得表示一下吧。马克当即先干一杯，然后很为难地和客人说，请总会给个面子吧，我再敬您一杯，他可是我们主任，我要不执行是要给我穿小鞋的。

你们主任什么意思？

就是想再敬您这位尊贵客人一杯。

哦，琪琪格把酒杯一放，大声说，马克，咱不怕他，我告诉你，谁敢给你小鞋穿，咱就炒他鱿鱼，这样一个帅哥，还用发愁工作？

琪琪格总会的意思是——马克嘿嘿一笑，那我真不怕了啊？

不怕。

马克端起酒杯自己干了一个，又满上。琪琪格用欣赏的眼光看身边的马克。马克双手举杯，冲我们主任说，主任，求求你，马上给我一双小鞋吧！从此，我这匹小马驹就有幸福的归宿了。

大家呵呵大笑。琪琪格也乐了。马克伏下身子不知道和琪琪格说了一句什么，两个人呵呵地笑几声，然后碰杯共饮了一杯。临了，琪琪格还拍了马克的胳膊。

我当然嫉妒马克。第一次见面就能和客人打得如此火热，我行吗？不行，我说不出那样话。“小马驹”“求求你”，打死我也说不出来。我盼着这小子得意忘形时来个大摔跤。马克每干完一杯，我就会高出别人几十分贝的嗓门喊——“好”，同时还不失时机地向旁边客人介绍，我们的马克啊，那可是海量，你们见过太平洋吗？他的量，太平洋之后至少还得再加一个大西洋。

接下来轮到我了。我也给自己满满倒一分酒器，拿着半瓶酒离开座位。马克向我挤眉弄眼，一边摆着手向客人隆重介绍我，这可是“李白在世要封笔，唐寅见面会发抖的一代才俊”——我万般敬重十分崇拜的师傅。我让马克打住。郑重其事地向大家说，才俊不敢提，但是马克的师傅那倒是不假。我注意到好些人正准备放大的笑突然慢慢开始收敛。马克半趴在桌子上，一只手还像小旗一样摆动，另一只手却在桌下揪我的裤子，提醒我，敬酒，敬酒。我当然也得从琪琪格开始，可我不知道，我的嘴为什么那么笨，暗里准备了半天，到跟前还是说了一句“欢迎您来我们这里做客”，我也想借着马克和我师傅徒弟的关系和琪琪格多喝几个，但一口下去，我就没话说了，因为发现喝到我嘴里的不是酒，而是苏打水。我马上就恨透了马克(一定是这小子做了手脚)。马克你小子也太自以为是了，我只好在琪琪格的“谢谢”声中赶紧离开。

敬酒的气氛一到我这里就沉闷了，因为我一句俏皮话也说不出。我们的经理看大家死气沉沉，就给大家念短信，他念那个经典的广告语：方便面——欢迎来泡；床垫——你愿意睡我吗；网络公司——上我一次，终生难忘；丰胸——挺起来，做女人。大家都呵呵笑，可我实在觉得没什么可笑的。

过了一会儿，点的饮料上来了，酸奶。每个人面前放一杯。我们经理端起来，意味深长地问是谁的奶。我们赵总会说，肯定不是我的。经理马上加以确认，我也肯定不是你的。坐在旁边的琪琪格马上问我们经理你怎么知道不是赵总会的呢？这当然难不住我们经理了。我们经理举起杯子品了一口，看着赵总会说，我们在一起这么多年了，连是不是赵总会的我都不清楚，那我也太差劲了吧。不是的，不是的，我一闻就知道不是，这味道就不对嘛。我们经理说得有板有眼一本正经，大家听得一字不落，之后是一片哄然大笑。

那是到底是谁的呢？琪琪格不肯就此打住，故意又把话题接续下来。

我们经理捏起一粒醋泡花生米放嘴里，慢条斯理地说，大家好好辨认辨认嘛，不是赵总会的，肯定也不是我的。

说不定还就是你的呢。琪琪格说。

我倒是想呢，可咱没那个功能啊！

大家又笑。

马克慢慢抬起看上去已经很重的头，含糊不清地说，我知道是谁的。他左看看右看看，最后把目光落到琪琪格总会身上。

琪琪格嘴角一翘，笑了。

我在旁边插一句，别瞎说啊你，你有什么证据说是琪琪格总会的呢？

我有，我当然有。马克说，大家请尝尝，这奶怎么样？酸的吧！你们想想要没六七个小时的路程，这奶能酸了吗？

我们经理的脸一下严肃起来，他提醒马克，你这是乱弹琴，琪琪格总会可是客人。

马克不服气，借着酒劲儿说，我知道是客人，但我说的是客观事实，琪琪格总会有那家具，也有那功能，再酵上六七个小时，才酸嘛。

马克——我们主任呵斥马克，叫他去催主食。

那天晚上，马克真喝多了，后来他又闹出更大的洋相。饭后，我们去K歌，我们经理说琪琪格如果要不一展歌喉和舞姿，我们就白认识这个蒙古美女了。很多人一进包厢，就开始颠三倒四，两个老兄从一进门到最后离开躺要沙发上没起来，当然也有个别的吐在厕所里却死活不承认。我觉得除了我和我们经理外，基本上都醉了，尤其马克，还自告奋勇当主持人，自作主张给大家点歌，一会儿叫琪琪格姐，一会儿拍我们经理的肩膀叫兄弟，更要命的是他请琪琪格跳舞时，半中间突然把琪琪格搂在怀里居然亲了起来。我们经理的脸红一阵儿白一阵儿，几次我看到他起身要去拉马克，但没一会儿，马克又把琪琪格搂怀里了。我们主任呢？拿着手机在歌厅外的空场地上打个没完。

一群疯子，但那一晚琪琪格一直萦绕在我眼前，我一再骂马克这小子太不像话，简直给公司丢人。回到家已是后半夜三点，我坐在沙发上发呆，墙上的挂钟嘀答嘀答敲击着夜的宁静。我莫名其妙地微笑，气愤马克这小子那么紧搂着琪琪格，还亲了琪琪格。天快亮时，我才脱衣服上床。

当我再睁开眼时，已是第二天中午。我给主任打电话。主任就说没事，让我多睡一会儿。我“噢”了一声，我不能告诉他昨晚上喝的酒其实大部分是苏打水。我起床，头隐隐作痛，胃也不舒服，到厨房给自己倒了一杯冰水，嚼了几块饼干。我又回到床上，枕巾上有几根长长的卷发，我希望是琪琪格的。微妙的感觉令人心旷神怡。有几次，我一时冲动想和廖晓萍探讨探讨，是不是我们的婚姻出现了隐性问题，彼此关注的问题发生了位移，但廖晓萍没心情。她在鼓励我多参加饭局的同时，自己也开始出击了，她和三个同学走得很近，一个在房地产公司做事，一个干公安，据说已是正处，一个在证券公司当分析师。她说她越来越相信“关系就是生产力”的说法了。

7

在以后的几天里，马克的情绪低落，当然我不会去问他是不是挨了批受了训。那几天，他在办公室里的时间明显比以前长了，他常常手里捧一本杂志一翻就是一个小时，很多电话打进来他只是看看，然后用短信回给对方，有时候还索性把手机关掉，他有点心事重重，又有点心不在焉。反正不大对劲儿。

我不痛不痒貌似关心地问他是不是有事。马克摇摇头，反倒问我造人计划实施到什么程度了。好像这事他比我还急。他说他能不急吗？他在这里受着罪呢。我最不爱听的就是这种话，我和廖晓萍生个孩子他受什么罪，哦，敢情替我多喝了几杯不花钱的酒吃了几顿不花钱的饭那叫受罪啊。这罪我可愿意受呢，要是搂上不用自己掏腰包的女人那样罪我更巴不得受呢。我差一点求求马克，以后别这么为我两肋插刀了，这罪我愿意受，还相当愿意。我用一双半眯着的小眼盯着马克。马克手指敲着办公桌，懒得解释，他把话题一转提到了廖晓萍，他说看到廖晓萍了。

我说，那免不了，这城市不大，况且就是再大，也大不过你马克的活动范围啊。

马克双手托腮，眨着眼睛看我，说那倒是，不过，师傅，如果您愿意听徒弟的话，以后就劝她少去参加那种活动吧。

怎么？她做出什么丢人的事了？

看您，我不是那意思。我是觉得她太受罪，根本不适合。

哦，就吃个饭喝个酒还有什么适合不适合的，你给我讲讲有什么不适合。我记得廖晓萍每次参加完同学聚会回来都会眉飞色舞地兴奋两天，说房地产公司的那个同学说了，房子的事就包在他身上，只要她买房子绝对在最低市场价的基础上再下浮五个点儿，那个公安局的同学也说了，将来孩子户口的事只要哪个学校好，咱就在哪个派出所上，省得入托啊上学呀还得交赞助费。那个搞股票分析的同学一再鼓动她去炒股票，就是行情再不好也保证她年收益不少于十五个点儿。我每次都泼她一盆凉水，十字街跌倒捡金砖的人有，但不是所有的人十字街跌倒都能捡金砖，这等好事，咱还是慎重些好。廖晓萍其实胆儿不大，为了安顿她那个躁动的心，我真去和她去证券公司开了个户，转账的时候我说打五万吧，廖晓萍犹犹豫豫说还是先转上两万试试吧，咱攒钱不容易。他们同学聚会也老是愿意叫她，可叫过几次，后来我发现她就有一种抵触情绪，有时还编个小谎推辞，但又不能次次不去，有一次廖晓萍很晚才回来，用手拍开门，一个踉跄摔到在地就不省人事了。她躺在地上，脸色煞白，稍稍一动就往外吐。第二天，她和我说对不起。我骂她那些同学都是八王蛋。她没有反驳，一天没吃东西。

师傅，她真的不适合，太受罪了。马克说，有一次，我们在楼上，她们在楼下，我看人家有说有笑嘻嘻哈哈，她基本上在那里干坐着。那些男人敬她酒，她让人家把杯子放下她自己端起来喝。那些男人说黄段子的时候，她就借口打电话躲出去。这不是她封建不封建的事，是她压根就习惯不了，不适合饭局那种场合。你们两口子啊，就是本本分分过日子的那种，让你们玩花哨的实在是难为你们。

我说，想说我就说我啊，别扯我老婆。

不是我扯，是她还不如你，你起码有酒量，可她呢——唉，真不知道那是何苦呢！还是我那句老话，师傅您还是赶紧要个孩子吧，这是正事，等孩子一出生你们肯定就是另外一种心境了。

马克，我也还是那句话，我们要个孩子你着得哪门子急啊！

这样吧，师傅，抽个空儿，咱师徒俩好好地喝上一顿。

没那个必要吧？

马克从笔筒里抽了一支铅笔开始在一张信纸上乱画，一边半低着头冲我笑，不回答我的话。他说，你不用烧菜，不用备酒，徒弟我就是想和你喝，一顿总可以吧，咱哪也不去，就去你家，不用你破费一分钱。马克的话说得很真诚，我这个人笨，替人干活的理由很多，拒绝人的事好像做不出来。

正好有一天晚上廖晓萍不在家，我就答应了马克。马克提一个塑料袋到我家，拎着四瓶五十二度的白酒，和路边便利店买的两个小菜。马克换上拖鞋，就和他家一样坐在沙发上把东西放到茶几上。我打开电视，到厨房里洗几根黄瓜，一把小葱儿，搬马扎坐他对面。马克硬把我拉到沙发上，自己顺势把腿盘上来，又脱掉上衣，露出胸脯上一个挺难看的伤疤，说小时候为了一个枣儿从树上掉下来被石头扎的。他问我直接瓶口吹，还是文雅一些用杯子。我告诉他怎么都行。马克说，那咱就吹瓶子。

先干一口。马克说话了。他说，师傅，我觉得你对我挺不够意思的，而且还有成见。可徒弟我对你，那可是——啊，真心实意。

我没打断他，看他还能说出什么来。

这世上的人啊，其实谁比谁也傻不了多少。

这话你可说对了。我说。

师傅，你心里想什么，其实我都明白。

哦？

包括那个琪琪格，马克毫不客气地指着我的鼻子说，你喜欢人家。

瞎说。

我要瞎说，天打五雷轰。咱俩不同的是，我要喜欢我就敢去抱她去亲她，而你不敢。不过，师傅，那种女人是野马，你收拾不了，人家也看不上你。

你的意思是说，能看上你？

看上看不上，我不敢保证。反正我该抱的抱了，该亲的亲了。

那倒是。

师傅，你觉得我过分吧！

有谁觉得不过分吗？我要是主任绝对得狠狠批你一顿，让你写检查。

是，是应该，甚至经理都该把我叫去批一顿，一激动，还应该开了我。这样，师傅，你一定高兴。我知道的，师傅，虽然你嘴上不说，可你心里早看我不顺眼儿了。

不不不，马克，我绝对没那个意思。天地良心！

你别不好意思，你要不这样才不对呢。什么天地良心，就是天地热心也是事实，要换成我，我也会这样。我马克，何德何能啊！仔细想想，我真没什么能耐，可你徒弟不是也得活嘛，我不也想当一个像样儿的男人嘛，你写得一手好文章，受人敬重，可我马克呢？马克冷笑了一声，也不是一无是处吧，就我亲琪琪格那件事，你觉得过分吧，可我把握住了分寸，那女人，我一看就骚，她巴不得我再抱她再亲她呢，这种女人，我见多了。顶多事后她说自己喝多了，什么也记不得了，说我马克这人酒风不好。可她背地里马上就会和我联系。

你哪里看出她是这样的女人。

那天晚上喝酒时，她偷偷给了我一张名片，还借侧身把腿紧紧贴在我的腿上。

那代表不了什么。

那什么都代表了。师傅，在饭局上混，没这两下子，能混得下去吗？你以为经理会批评我吧，主任会教训我吧。可你知道第二天，那个琪琪格如何在经理面前夸我吗？送她们到机场的时候，她还盛情邀请我去她那里做客呢。

你小子就炫吧！

好好好，我不炫。那就说酒量，师傅，这个你也不行。今天咱们放开喝，我要让你知道你徒弟到底怎么个好酒量。

我不和你比。我是这么说，但心里却想和马克一比高低，我要不教训不教训他啊，这小子就不知道马王爷到底长着几只眼。我说，不过你要知道你师傅可是酒漏子。

马克看我认真的样子就笑。他嘴硬，不承认酒量比我小，他说那就边聊边喝吧。

我没和他争辩，心想那就等一会儿看谁先眼直舌头短吧。

从一开始他就不聊工作，不讲未来，他讲他的过去。他确实是个苦命的孩子，三岁死了父亲，母亲带着他改嫁，继父不小心从房顶上掉下来摔断腿，因此除了到学校上课外，他所有的时间都在不停地努力帮母亲做事。冬天别人穿棉鞋的时候，他的脚趾头还有两个露在外面，夏天母亲剪掉冬天衣服的袖子给他当汗衫。他小学四年级开始住校，学校伙食不好，他坚持不从家里带干粮，不花一分钱买零食，他常常因为低血糖晕倒在操场上。上初中时，他住在废弃的库房里，冬天冷得不能脱衣服，十几个人挤到一起靠体温保暖，夏天因为没有水，脚臭、汗臭、体臭还有发酵的脑油味儿，呛的人无法入内。

其实，我小时候也比你好不到哪里。我说。

所以，师傅，我到公司看到你第一眼就觉得特别亲。特别是看了你写的文章，我非常崇拜，心想我要有您那两下子就什么都不怕了，他娘的，什么主任、经理、书记，他们哪个能离得了你。

我知道马克是抬举我，恭维我。这小子聪明，肯定是想用这碗迷魂汤让我退出。我打量一眼马克。马克摇摇头，师傅我猜到你不信我，可徒弟说的都是真心话，明月当空，日月可鉴，如果我要有你那样的文采，我要像现在这样尿他们我才是王八。可我实在不是那块料，一提写文章就头痛。但是，师傅，你知道的，我非常爱周婧，我不想让周婧看不起我，现在我们的房子是她父母给的，车是她父母送的，每次去她家，我就觉得自己和个讨吃鬼一样矮三分。

周婧怪罪你了吗？我心想，一计不成又生一计，用这种苦肉计来打动我，没门儿。

没有。这个问题上周婧绝没说过二话。

那你自讨苦吃什么？

我是男人啊！师傅，吃软食的感觉您喜欢吗？你现在这样努力，还不是为了这个家，为了你喜欢的人吗？马克突然双眼满盈泪水，我们结婚后回过一次我老家，您绝对想象不出那种感受，周婧在那里水不能喝，因为澄了半天，里面还全是沙子，饭不能吃，用椿籽油烙的饼嚼在嘴里都发苦……我是在那里长大的，无所谓，可周婧哪里行啊。可那是周婧的错吗？她就是做梦也梦不到有那个样子的生活啊。

那她应该更理解你！

周婧没有不理解。但我是男人，我不能让周婧看不起我。

我觉得周婧不是那样的人。

但迟早会是的。

你们应该是因为爱才走到今天的吧。

可是师傅，爱之外还有更多的东西。这点，你比我体会更深。你们不要孩子不就是个例子吗？

廖晓萍认为我们不具备要孩子的条件。

师傅，我问你，你们的爱情呢？你们肯定也是因为爱才走到今天的，可你们还在谈爱吗？

我们已经把各自手里的一瓶酒喝完了。马克表面平心静气，但内心汹涌澎湃。我看着他去厕所把酒吐掉，用水冲了把脸。他的脸色不红，反而发白，和没喝酒一样，他坐回沙发上，又启开一瓶。这次他拿来了杯子，每人各倒了一杯。我说别喝了。他说我可以不喝，但他要喝，不能把拿来的酒给剩下。我只好陪他。他和我说，知道你徒弟为什么不醉吗？你徒弟会吐，喝到一定程度就去一趟卫生间，把肚里的酒吐掉，回来继续和他们喝。

那五十块钱一小盅的酒，你也这么吐？

他娘的，就是五百块一盅我也吐。

真是糟践啊！

糟践？师傅，您说糟践？我他妈把胃液、胆汁都搭上了，他们糟践我的还不够？

你没必要那样啊！

师傅，是您没必要那样。有时候，我就在想，如果我没考上大学，或者没遇到周婧，我现在还在农村种上几亩地，放上一群羊，日子是不是过得比现在更舒心一些。可现在，我完了，什么都搭上了。

最起码不用喝那么多酒。

是啊，最起码不用这么窝囊。要不喝酒，他妈的，那只手，那只刚从小姐内裤里抽出来的手，看它还去哪里和我握。还有那个屌领导，看他还怎么把那个龟头放到我盘子里让我把它吃掉。师傅，那个时候你知道吗，我都想操他姥姥。我开始傻啊，喝多了一进门就扑到沙发，一翻身就吐在地毯上。师傅，那是我家啊，周婧辛辛苦苦刚清洗干净。我他妈的是什么东西。可有什么办法，师傅，你这个没出息的徒弟，什么本事都没有。马克呜呜地哭了起来，你徒弟只能给人家去当孙子做王八啊！

我拍拍了马克，把酒拿开，说我们不喝了。

不，师傅，今天咱俩好好喝，喝个痛快，说不定以后还没机会了呢。马克抹了一下眼泪，所以啊，师傅，像现在酒场上这种喝法，哪个能不伤身子，趁徒弟现在还行，你赶紧要孩子吧，我说不定哪天不喝就不喝了，到那个时候，领导知道你能喝，你可就脱不了身了。

那天晚上，马克没走。喝完酒就睡在我家，他躺在廖晓萍的位置上，我看到熟醒中一张稚嫩的脸隐隐掩饰着的愁容。

第二天周婧给我发短信核实情况，我如实告诉她，并夸她们夫妻的恩爱。周婧非常平淡地回了一声“谢谢，穆大哥”。

8

一天早上，我们主任面色沉重地推开门走进我的办公室，问我听说马克的事吗？我说没有。他说，那先放下手头的工作，一会儿和他去趟医院。

一路上我头懵懵的，满脑子漂浮着两个马克，一个马克可爱、机灵、却满面泪痕，另一个马克浑身千疮百孔、伤痕累累，却在微笑。我们到了医院，见到躺在病床上的马克。他穿着条形图案的病号服，周婧坐在床边，两手紧紧地抓着马克的手。见到我们，那小子还笑。

这让我们的主任更加责怪于他，问他这么重的病难道一点儿都没有先期征兆。马克说没有，一点儿没有。我不能说话了，因为我想起了那天晚上他说的话。周婧也帮着马克说话，她双眼泪涟涟地说马克一直很壮，什么反应都没有。她不停地怪怨自己不称职，太粗心，对马克照料不够，他出去参加饭局，喝多酒回家她还没给他一个好脸色。马克紧紧地用手捏周婧的手，不让她说。

我再次去见马克时，就无法独自面对他了，廖晓萍陪我一起去，那时马克已经躺在医院的停尸间里了，离他住进医院被确诊为肝癌晚期还不到一个月时间。周婧哭得都没泪了。她木木地告诉我们她的马克有多傻。

三天后，我们在殡仪馆送走马克，重新启动了我和廖晓萍的“造人”计划。如今，我家孩子三岁了，我办公桌的玻璃板下压着老秦说过的“得意淡然，失意坦然”八个字，每每看到它，我就觉得我和廖晓萍的日子过得特幸福。

无聊的身体

夏日里一个黄昏，我们当中最有才华的导演哥儿们洛奇趴在红瓦上。暴晒一天的红瓦依然温度很高，洛奇就手掌与鞋底着地，身体的其他部位全部悬空起来。那样子可以想象，就像一只无所事事的狗，可当时，他完全是被一只蚂蚁迷住了：它怎么上来的？来这里干什么？如果它能猜到这楼顶上有食物，那也太有才了。他思谋着可以为这只蚂蚁拍部电影。

他的四肢相对于蚂蚁来说，简单就是四根擎天大柱，他低下头，让垂到瓦面上的长发变成蚂蚁无法穿越的密密匝匝的森林，蚂蚁调头了，他看着它，继而看到自己壮硕的粗腿与那条抖动的短裤。

然后呢？然后简直不可思议！一根手指正正好支在他的两腿间，如一支挺拔的枪。谁的？他猛地翻身过来，于是发现了她。蚂蚁在他的屁股下死了，这可能就是它天定的宿命，他只是为它做了几声简单的祈祷，因为他已经的思绪早已飞走，到她那里去了。

一直没有投资人来找他，但洛奇并没有为此而去怪怨那些大把大把把钞票用于拍摄电视剧的人。一段时间以来，他有点闲，简直闲到无事。当然这状况也不错，否则他哪有时间顺着那根裆间的手指找到对面楼上那个漂亮的女人，他发现那女人的厨房与他的书房正对，她的每个细节只要他留心就都可以看清。那是个漂亮的女人，准确说是个颇为吸引他的女人，她有着拉美女人前挺后撅的身材，很是性感诱人。他心想她要是自己的房东，那该多好啊。

提到房东，洛奇马上就有一种见异思迁喜新厌旧的感觉。这可不好！洛奇最喜新厌旧了，其实他是喜新而不厌旧，因为他有足够大的空间和精力去珍藏那些属于自己的东西。

我们知道年轻有为的洛奇基本属于单身，这个“基本”是出自房东女人之口，他才华横溢，身边美女如云，一人住在这租来的阁楼里，单身还不只是障人耳目的形式、冠冕堂皇的遮掩？我们也都这么认为，因此，洛奇这小子的单身，无非是不想因为一支玫瑰而失去万亩姹紫嫣红罢了。可洛奇最讨厌别人这么评价他。他有几次直面抗议，当然我们认为他是碍于面子，假模假样地为自己做个形象维护罢了。

自从那天以后，洛奇总是趴在阳台上，观察那个女人。而她，也总是一次次地引起他的好奇，他看着她款款地从客厅走来，脚，腿，裙子，手，收缩的腰，高挺的胸，脖子(脖上有条项链)，靳羽西式的发型，步子不大不小(当然不会大，因为他觉得她知道有人在看她)，一条丝质的吊带裙裹在身上，那裙子光面，淡灰色，低开领，下摆不过膝，应该是件睡裙。然后洛奇给自己倒杯咖啡来，提提神，把脑子清空，好让目光极其纯正地捕猎她。他发现她经常站在厨房里，却根本没有事情可做，因为不是做饭时间，而她只是垂着裸露的双臂来回走动，然后刻意停在人造石台面前。她要干什么啊？我们的洛奇集中精力眼睛聚焦，焦距却无法改变，他无法看清她的面孔。她慢慢地蹲了身子，纤细的双手如抚摸身体那样轻柔地抚摸光滑的台面，接着她爬到上面，慢慢地，柔软如蛇地卧下，她尽可能让身体贴紧台面，如果没有看错的话，她是在用乳房、面颊、小腹、手指、嘴唇、眼睫毛触摸那又硬又凉的人造石台面，几分钟过后，她开始把双手插进头发里，顺着头发往前伸，一直伸到弯曲却坚挺的不锈钢水龙头那里，发情般地抚摸。这有什么意思？当然没有。他看到她先是身体侧蜷，接着又平躺过来蜷起一条腿作为支撑，然后去欣赏另一条插向空中的腿，本来就很短的裙就此顺势退下了，她却毫不在乎，她应该知道厨房的玻璃是透明的，没有窗帘，不带茶色，可她就是要那样，她要告诉别人什么呢？还是想要告诉自己什么。

如果不是房东女人的打扰，洛奇会目不转睛地继续看(欣赏)下去，可现在房东太太来敲门了，他只得起身去开门。这位孩子上寄宿学校老公在外面当船员的女人，他实在说不上讨厌，而且在嘭嘭的敲门声中，她的音容笑颜马上进入了自己脑海，如果现实一点，也许他更应该把时间放到这位房东女人身上，自从那次他扶醉酒的她回屋后，包括她都认为他们之间的关系已经超越一般关系了。她总是在他一个人的时候来敲门。难道只是关心吗？他倒宁愿相信是因为她寂寞。她是一个成熟的已婚女人，有孩子，孩子不在身边，有老公，老公不在身边，而他也是一个成熟男人，在她眼里他大概经验丰富阅女无数，他在独自在阁楼一定无聊，而她在自己的屋里同样的某种抚慰，两个无聊的人在一起总能减少一些无聊吧，她一定这么认为。他想起她酒醒后对他的问话，你只是帮我脱了衣服，擦了擦身子吗？他说，是的。真的只是这些？真的。真的？她分明不相信，但又为他的话感到失望，她低着头看他，眼神里的内容他完全知晓。洛奇说，你喝得太醉了，没有一点儿知觉。她抿抿嘴说，我真为自己的没有一点儿知觉而后悔。

洛奇打开门，房东女人端着一盘切好的西瓜进来，她从中取一块递给洛奇，一边说，可甜呢！快吃吧。洛奇能吃出甜吗？这个时候，他只想尽快返到阳台，他返了，可对面楼上的女人已经不在厨房了，这让他有点遗憾。那厨房就是她舞台啊，他是忠实的观众。不，那么说，她就是戏子了，可他在看她的时候，并没有看戏那样的放松，当然他才不管这个女人有没有男人，是不是二奶，是个舞蹈演员，还是商场经理呢，但不能否认的是，他想见她一面，在楼下，商场门口，或酒吧的昏暗的灯下，相遇的时候她最好能准确地认出他，然后两人心领神会地婉然一笑，接下来呢？鬼才知道。他喜欢这样的令人心动的默契，就像他从房东女人的门口经过，知道她一定躲在门后从门镜里偷偷看他。

那天，洛奇没有再返回客厅和房东女人坐下来一起吃西瓜，他一直站在阳台，希望那个女人的再次出现，女人却没有出现。洛奇只好用剩余的目光打量一番房东女人了，她与自己年龄相仿，有着安吉丽娜·朱莉的眉毛、眼睛和那两片迫使他每片必看，为此收集了她上千张图片的嘴唇，他很清楚，租这个阁楼的真正动因完全是因为这个女人，他当然记得得知她孩子上寄宿学校老公在外当船员时心中的兴奋。房东女人看出他的那份心不在焉了，便问他是不是在想人。

他问她，是想，可去想谁呢？

那个长得像妲己的姑娘。

哪个？

就那个长得像妲己的姑娘。

妲己？妲己什么样儿啊？

就那个小姑娘那样儿！她说，我听到过你房间里的那种声音，就是那种声音，一定是她在你房里，你们倒挺放得开的。她暧昧地看他。

是啊，那个叫晓菲的女演员马上映现在洛奇的脑海里。晓菲给他留下的印象很深，尤然是那两条从背后看上去的腿，圆滑、细嫩、白净，想想都舒服，她是从心眼里喜欢洛奇，否则在他发高烧的时候她也不会放弃片约来伺候他，晚上，她睡在他旁边，可他接受的只是那两条腿，当他抚摸着她的腿她问他是不是准备和她结婚时，他的手便停顿了，他不可能只和两条腿结婚，但他却会为那两条去看毛片。

洛奇扭头看着对楼的窗户说，是啊，她不仅是在我房里，还在我房里的电视里，看来让你笑话了，下次我把声音放小一些。

房东女人觉得认为洛奇是在诡辩。何必呢！她走到阳台，坐在洛奇旁边的摇椅上，嘻嘻地笑，我是过来人，还能听不出真假来？我发现，我在你眼里是一点魅力都没有。

怎么能这么说呢？洛奇看着房东女人那像安吉丽娜·朱莉的眉毛、眼睛和嘴唇。

那你说为什么……你知道我的孩子在寄宿学校我老公长期不在家。她说，你给我脱了衣服，擦了身子，却只是脱了衣服，擦了身子，我没说会怪你的，当然当时你也许并不知道，可是，现在这种事情多了，我醉了，弄脏了衣服，你扶我，脱衣服，擦身子，你是一个人，我也是一个人，你怕我缠上你吗？她停了一会儿接着说，你应该知道，我不会放弃家庭，我很爱我的老公，还有孩子。

也许……

也许什么，我们都是成年人。

不是。你太醉了。

哦——房东女人拉长音，抬腿，用裸出的脚趾轻轻碰着洛奇毛茸茸的腿，一边低声说，哪咱们可以创造一个不醉或微醉的机会。

那你……

房东女人看着洛奇，等着他的问题。可他还怎么问？他想问她为什么，可那样太伤她自尊，难道自己真的拒绝一个微醉的夜晚吗？她说了，不会放弃家庭不会纠缠他，是个无论怎样都可以叫人放心的女人。

可那个夜晚并没有马上到来。在洛奇观察对面那个女人时，他不经意发现，房东太太几天来几乎不出门，也没再来敲他的门，他们彼此在给对方准备时间，看来她也未必像看起来的那么轻松，她在抗争什么？

对面那个女人依然那么奇怪，洛奇看着她穿着高开衩的旗袍来到厨房，看起来是要出门，大概什么东西忘到厨房了，她并没有按着他的想象转身出去，而是双手托在台面上找着什么，钥匙？手机？她抬起胳膊，用牙咬了一会儿指甲，然后从身边他看不到的地方取一个塑料袋，把里面的豆角全部倒了出来，她一根一根择选，按长短粗细直溜分堆放好，然后小心翼翼地排列整齐，她一根一根地抚摸着它们，如抚摸着自己熟睡的孩子。她是在搞行为艺术啊？可她哗地把它们又收回到塑料袋里，扔到腿下，她又拿来一个茄子，用水果刀从头到底均匀地划着弧线，轻轻的，深浅一致的，可她马上对它失去了兴趣，她把它扔进洗菜池里，然后坐到台面上，双腿并拢，下巴搁在膝盖上，冲着那个茄子发呆，她肯定和它说了几句什么话，接着，她打开水龙头，却没有全开，细细的水从她的眼睛里流过，然后打到茄子上，水花大概溅到她的脚面了，洛奇看见她收了一下脚……洛奇真的想见她，他甚至在内心里策划着借口，去摁下她的门铃。然后呢？他相信会和她有进一步的发展，就像当初潜意识觉得他会与房东女人有一段故事一样，显然，现在这个女人已经超过房东女人与晓菲占据了上风，那么在此之前要不要和房东女人创造那个不醉与微醉的机会呢？他陷入矛盾，心里想还是算了吧，因为他对这个陌生女人更感兴趣，可身体却说，干吗不呢？！这可是一场毫无损失的享受。

那个不醉或微醉的机会真还出现了。

那是雨从早下到晚的日子，他的冰箱空了，仅有的一个碗面当了午餐。晚饭时候，她却像及时雨一样敲门进来，给他带着饭菜，还说她就猜到他没吃的了，他嘻嘻着取出好酒，她会意地挤了一下眼，接着两人便坐在沙发上开喝，随便聊着一些随便的话题。

那样的天气，那样的酒，一对男女，他去把窗户打开，外面半黑不黑的天，没有风，只有雨，还是那种淅淅沥沥的细雨，潮湿的气息不会因为强烈灯光就受到打扰，他点了一支蜡烛，忽忽悠悠的火苗照着她晃晃悠悠的表情，他的眼神却很专注，眼睛、鼻梁、嘴唇、岿然不动的喉结，所见之处让这个女人觉得似乎都有看头。她晃着酒，把酒杯压到他的唇上，自己的两眸却含烟似露，她给他提个醒，这次你可不能让我醉啊，我要醉了，你不能怪我太醉了。她本来是想把杯中酒倒进洛奇嘴里的，结果身体却失去平衡倒在洛奇怀里，睡衣的一根吊带掉了，两只乳房一高一低地跌出来，他赶紧紧紧搂住她，说不清是为自己，为这具身体，还是为乳房。她说她没醉，顺势把一条腿放到沙发上，这样她就可以踏踏实实地躺在他怀里了。她觉得自己像是回到了家，真正的家，温馨的家，放松的家，不只是有一个女人的自己的家，充实的家。洛奇说，那你就别喝了。怀里的女人用力地摇着头，不，不，不，不对，一定要喝，一喝那些讨厌的东西就不在了。她分明醉了，她本想无可挽回地把自己交给他。

他只好把她抱到床上，打开灯，那如安吉丽娜·朱莉的眉毛、眼睛和嘴唇，不错，他脱掉了她的睡衣，两乳房摊开，流向两侧，平坦得融到身体里几乎找不到了。怎么会这样呢？她的小腹上竟然还有一道伤疤，他咽了一口唾沫，他发现这女人的腿实在不直溜，粗大的毛孔让人感觉不出有一丝的光滑，而那个晓菲呢？这怎么不是晓菲的腿啊，厚厚的两只脚，五趾平齐，如斧头砍过一般，这也实在太难看了吧。他推了她一下，包括她的身体，她全然不知，要命的全然不知，即便他如烈马般踏过这片平川，那又有什么意义呢？他可不想在一种虚假中用虚假来欺骗自己。

是自己过分挑剔吗？可作为一个人为什么要不存在这种挑剔呢？洛奇毫无兴致地拉灭灯，他希望自己能产生一种错觉，能让对面楼上那个女人的身体和床上的女人融合，然后再加上晓菲的那两条腿。可这怎么可能呢？他办不到。

洛奇把我们一帮朋友聚在他的阁楼上，绘声绘色地告诉我们这一切的时候，我们每个人都狂笑不止，这小子是想说他还是一个守身如玉的正直男人吗？可有这必要吗？洛奇却大叫一声，呵住我们，他骂我们不是东西，低俗又不够朋友。那我们是什么？他说，无聊，你们就是一群无聊的身体。后来，我们问他到底见没见对面楼上那个女人。他坦诚地说没有，不过不是没机会，而是他放弃了，因为他担心只喜欢对方的肩头，或手臂，而不是全部。

再后来，我们听说洛奇开始写那个关于蚂蚁的电影了。电影里一个蚂蚁王子爱上了另一个蚂蚁王国的公主，可恶的魔法师把公主困在九层楼顶上的阁楼里，却让别的蚂蚁小姐去动摇王子的心，蚂蚁王子最终抵制住了身体的诱惑，历尽艰险去找蚂蚁公主，最终感动上帝，上帝让一个旋风把他带上房顶，他找到了那片红瓦，不想却被一个人类的屁股压死了。蚂蚁王子的灵魂脱出身体，它在花丛中为蚂蚁公主唱起神圣的爱情之歌。电影当然是童话，老掉牙的故事，可我们的洛奇导演写得废寝忘食。

来历不明的女人

他们让我把她送走，送到她应该去的地方。我满腹怨气，心想早知今日何必当初呢，你们都早干吗去了。可他们说，让你送你就送，扯什么毬毛的故事。有人还从背后推我一把，我操他神仙大爷的，那么高的门槛啊，差点儿送我一个嘴吻地。

我嘟嘟囔囔骂骂咧咧，甚至还说干脆连我也送走算了。可是没人理我，他们沉浸在清脆的麻将声中，长长短短的烟嘴儿插在他们鸡屁眼儿一样的嘴里，还幸福地蠕动。我站在门外，侧身用力敲敲风门玻璃，然后耳朵贴在上面听里面的动静，希望他们中有个人出来能以某个缘由提出先把这事情搁一搁，毕竟不是扔一只猫猫一只狗狗，里面的人还是没人理我，其实他们知道我没有走，他们的耳朵又没聋，他们就是不理我。于是我再次举起手加大力气，风门上的玻璃被我敲得嘭嘭直响。这次，里面的人火了，一只鞋或类似鞋的东西“咻”地飞过来，砸到门板上。我看到风门板缝里细细的尘土被震下来。接着是董大林在里面山大王一样骂我：毬蛋你要是再不滚，你信不信我出去把你的鸡鸡给剁了。我能想象出那张粪坑一样的嘴说话时，正冒着怎样的臭气。

送就送，毬毛的故事。午后的阳光直烈烈照着大地，山丘、树木、村庄似乎都午休了，都死气沉沉的，纹丝不动。长在我脑袋上的头发也他妈清醒不了多少，每一根都细细软软，蔫巴拉儿的，像秋雨打湿的玉米须。我转身钻进车里，狠狠把门摔上，狠狠的，我想最好把这扇烂车门摔掉才好呢。车里热得像只烤热了的汽油桶，足有四五十度，董大林就他妈是这么一圪节的货，打起麻将来连尿都不想出来尿上一泡，更别说动动腿把车往树荫底下挪上一挪了。我摇下车窗，把空调开到最大，从旁座上抓起董大林的软中华抽出两支，塞在嘴里给自己点上，然后身子向后一靠，手指敲着方向盘，让青烟从鼻孔和嘴里袅袅而出，那些烟悠悠荡荡，像一群懵懂乱舞的蛇。我眼睛斜瞟，下巴微抬，想想我的肚子也能像弥勒佛那样肚脐跌到腰下，嘴唇上的胡子也长得黑茬茬的根根如针，拳手伸出去也像铁榔头一样，毬毛的，我也会手指夹烟冲着什么人都敢吆五喝六，他娘的，到那时，看谁还敢叫他老子毬蛋，看谁还敢让我大雨天的给他董大林洗车。唉，可我妈的没那本事，我生下来不足五斤，长了十八年还是根豆芽菜，不光头发软，腰也软，就是给董大林开车还是我妈求人家的。谁让我就这毬样儿呢，只要我一天还是毬蛋，就得忍受董大林一天吆五喝六，就得伺候董大林，就得他娘的帮董大林干缺德事。

我把车开到后山。准确说是那片村里的果园，或墓地。那里，山上是茂密的松树林，下面是果园，松树林里和果树间那些鼓鼓囊囊的包就是一个个墓堆儿。我不知道她为什么选择这里，也许这也是她能选择的最好的地方了。在走到山梁拐弯的地方时，我还踩了一下刹车。我想也许会看到她。那片果园因为品种不好，果还没有核桃大，前几年有人来拣些回去喂猪，可这两年，村里人连鸡都不喂了，所以果园彻底废弃，没人管了。果树没人打理，任由自生自灭，叶子被虫吃光，所以她要是站在哪棵树下，我肯定就能看到，也许她正躲在树下睡着了，我这么想，或许她已经不在了，谁知道呢，也许哪个光棍骗走了她，或她自己迷迷糊糊走掉了。那样再好不过了。可我又不希望真是那样。我希望她哪也没去，她还在那间看园人的窑洞里躺着，她躺在阳光照不到的土炕上，那双乌黑的眼睛正看着弯弯曲曲的山路上有一辆车缓缓开来，路旁一人高的蒿草与开着紫花的荆条划过车门，刚刚结籽的车前子被压倒，酸枣枝上的蝈蝈让车胎辗起的石头吓得哑声了，那车开得小心翼翼摇摇晃晃。她笑了，谁也不知道她为什么笑，反正她笑了。

看园人的窑洞本来有两眼，东边一间用作厨房与放些杂物，前年下雨被水冲塌了，它无法与现在看起来还完好的另一眼同时映现在窑洞下面的那个水塘里。我把车停好，却没有直接去找她，而是自个儿蹲在水塘边发起了呆，窑洞前的这个水塘很大，原来有八九百棵果树需要浇，都从它这里取水，现在它也被废弃了，周边黑色的石头爬满泥螺，大大小小的乱石扔在水里，各种各样的水生小虫与蜻蜓在芦苇与杂草间飞行。可我想的是，她很有可能曾经来这里洗脸，或在阳光还没爬过山头的早晨在这里对着水面梳头，长长的头发衬托着她的脸，一轮浅月还薄如蝉翼般地挂在天上，水塘既是她的脸盆，又是她的镜子，她应该喜欢这面大镜子。她一定曾经冲镜里的自己笑，镜子里漂浮的白云，树丛里鸣叫的山雀，背后说不定是一只机警灵敏的松鼠。然后，我蹑手蹑脚地向她的窑洞靠近，我沿着小路，像一只大型猫科动物靠近休憩中的幼鹿，我就是那样的感觉，我甚至低头在路上留意她遗下的发丝，或吃剩的半个苹果，我想拿着那半个苹果去敲门，或用一根发丝捆住我的嘴冲她扮鬼脸，我想让她看到我朋友般的笑容，可惜，路上只有被阳光晒烫的石子，直到站在她的门口，我也只遇到一只沿墙蹿过的蜥蜴。

破败的风门开着，里门关着半扇。我看她正如我想象的那样，在午休，她呼吸均匀，体态自然，两只乳房压在两只胳膊间，左手里抓着几枝早开的野菊，样子安稳，像从未受过打扰。是啊，谁会来打扰她呢，一个疯疯癫癫的女人，我的神仙大爷，除了我。我推门进去，门轴吱嘎乱响。她被惊醒了，用眼下意识地看我。我站在门口，阳光让我变成了一段黑色的木桩。我准备着她尖叫，想象她会蜷到炕角缩成一团，怀里抱住又脏又乱简直就是垃圾的破被，然后用惊恐、抵抗的神情拒绝任何人靠近。她却没有。我看着她慢慢爬起来用手梳理头发，丰挺的乳房随之收拢，她的小腹、胯部、大腿、脊背、乳房下、手腕上的新伤旧疤每一处都清晰可见，那些暗红甚至发紫的地方明显高出了皮肤，有几处没有愈合的地方还在渗血，她却毫不在意。她两腿半蜷，伸出胳膊用双手把头发捋到背后，然后抓起那几枝野菊花横搁在肩上摆出讨人喜欢的样子。我不知道她是否用这样的媚态俘虏过男人，但她确实是在讨好我，她笑着，把一只手，一只纤细的手伸给我。

“不，今儿没有了。”我说，“今儿个没有烟。”

“不是烟。”她嘻嘻笑，孩子般地说。

“那也没有。”我说，“什么也没有。”

“人家就是想要嘛！”她扭动着身子，身体完全打开，包括她的私处。她嗲声嗲气。我脑子里出现了身着裘皮大衣，红唇、钻石项链、丝袜长腿、高跟靴的城市贵妇走在乡间小路的画面。

我是——毬蛋啊！吃面就大葱，睡觉光屁股。她是谁？我不知道她是谁。

“给你糖行不行？”我说，“昨天参加一个婚礼，人家给的糖我口袋里倒有几块。”

“是专门给我的吗?”她故作含蓄地笑笑。

“是啊，我都没舍得吃。”

“那你是喜欢我了?”

“是啊。”我走到炕边扶她，示意她下地。

“那你想向我求婚。”她往后挪了挪，不让我碰她。

我不知道怎样向她求婚，我只要她赶快下地，到我车上去。她却死活不肯。她要我去外面摘九十九朵花，要我单膝下跪，吻她的手。我哪里有那心情，我不会，再说我这种在人群里放屁都会脸红的人不喜欢那一套。我说：“好了，我喜欢你！下地，跟我走。”

“你怎么这样不耐烦?”她不高兴了，“好像我求你喜欢我一样。”

她低头坐在炕上。一本正经。她说她知道我在骗她，在哄她，我从来没有喜欢过她，她爱吃巧克力，我却给她糖。再说，摘花、下跪、吻她手，又不会死人，我都不肯去做。我的神仙奶奶！我不是做不到，是没那心情。

去年逛庙会的时候，一天董大林让我到果园来摘苹果。那些苹果就是秋天熟透烂在树上也不会有人问津，更不用说当时刚刚立秋，一个个又硬又涩的还是青圪蛋，村里的庙会很大，也热闹，四乡邻村的人都来。龙王庙门前搭台唱戏，空场上摆摊卖货，也有人搞些套圈儿、打靶、变戏法、露天卡拉OK的，董大林看不上这些小把戏，他搞大的，搞弹弓擂台赛。从报名登记、裁判裁定、预赛复赛、二十进十等等，很正规，前年第四届，去年第五届，西关城楼外彩旗飘扬，“汇聚天下英雄”“弘扬弹弓文化”之类的条幅让各式各样的气球带着满天飘。董大林觉得擂台赛有点气势小，还让书生在横幅上改成第五届弹弓锦标赛，他才不管擂台赛与锦标赛有什么区别呢，反正他说改就得改，人家有钱嘛。本来一开始准备是弹打飞碟的，可后来董大林突发奇想要来个绝的，改打苹果。打苹果有什么绝的？我站在董大林旁边，心想去果园只是去果园啊，那可是去墓地，要去你自己去。他说，我让选手把弹子打进苹果还不能穿出来，你说绝不绝？

我惹不起董大林，只能去果园，我摘了几面袋苹果，把它们扔进后备箱，到水塘边洗手。想想吧，那也是个大中午，山林、果园、墓地，就你一个人，毒辣辣的太阳，山谷里静得让你发慌，哪怕是野兔蹬掉石头，草丛里飞出一只山鸡都能吓死你。这就是董大林不是人的地方，使唤我就他妈的和使唤奴才和狗一样，他只要下午弹弓锦标赛准时开幕，才毬不管我一个人在墓地里是死是活吓出几身汗呢。我洗完手，正在衣服上蹭干，突然就听到身后一声“啊”的怪叫。我噌地站起来，定定神，以为是错觉，可怪叫声马上又响起了第二声第三声，接着一串莫名其妙地笑声。我也不知道哪来的那股子大胆，我随手捡起一块石头就寻着那声音找去，然后就在看园人的窑洞里看到一个女人。我站在窗外，隔着窗棂看见她侧身躺在炕上，赤身裸体，周围是一些干草。她半睡没睡，神态自然。毫无疑问，她不是一个傻子，就是疯子，但我从来没见过赤身裸体的傻子或疯子。那女人真的一丝不挂，饱满的乳房，浑圆的屁股，马蜂腰，修长腿，她从哪来？村外三公里外是国道，常年跑着煤车，难道说是有人把她扔到路边，她自己摸到了这里？我仔细打量着她，她肉色的身体对我的吸引，远远超过她的身世、遭遇，我在想，要把她拉到水塘里洗去身上的污垢是什么样子，她应该是个漂亮女人。我给董大林打电话，说遇到情况了，我习惯第一时间把突发情况告诉董大林，尽管他不是村长，可比村长管用。

董大林带几个人来。其实那些人都是冲女人的光身子来的。董大林让他们滚在外面，不让他们进去。当然我知道董大林对这个脏兮兮的女人不会感兴趣，各式各样的女人他见多了。

“你哪儿人啊？”董大林推醒那女人问。

她摆出一副既傲慢，又不在乎的样子说“用你管呢？你什么人啊你。”

她的口音普通腔很浓，有点东北味儿，还有点四川话的意思。

“你不说哪儿的，信不信我把你拖出去喂狗？”董大林说话从来就这样，自从有钱就这腔调了。

那女人抬起头来看董大林，那眼神——当年妲己勾纣王时也不过如此，然后不紧不慢地说，“扔吧，那就把我扔吧，赶紧！”

董大林就笑了，坐在炕沿儿边抽烟。她却爬过来，伸手冲他来要，脸上伴有我们村最漂亮的姑娘都不具有的媚笑。董大林不给，他说除非她能说出她从哪里来。她坐起来，双手撑在炕上，脑袋向后一仰，整个儿身体就以绝对正面的形式摆在董大林面前。董大林一动没动。她停了一会儿，略加思考了一下说：“圣地亚哥。”

在场的人谁听说过圣地亚哥啊？不过知道肯定不在中国。

董大林隔着窗户喊我：“毬蛋。”

“咋啦？”我想他会让我把她拖到车上。

“把你的衣服脱了。”接着又说，“还有裤子。”

我没有拒绝，我还没碰过女人，让我的衣服去碰女人，那感觉也很不错，况且周围几个都是老爷们儿，董大林却选中了我。董大林把我的衣服扔给她。她接过衣服，却不穿，而是捧到面前用鼻子闻，然后左看看右瞧瞧，一倒手扔到一边了。

“臭死了，这不是我的衣服。”她说。

董大林没让我拿回衣服，他相信她会穿的，某种情绪下，或等我们离开之后。几个男人在嘀咕。董大林出来，让他们闭嘴，自己带头下了小坡。我们一起离开。一群人挤在越野车里胡说八道，一个男人建议另一个男人把那女人领回家，别的不说，起码晚上舒服。另一男人反过来又让他把她领回家，因为他太瘦，需要营养，那女人奶大。

董大林嫌他们吵，骂他们再不住嘴，信不信他把他们的嘴像女人×那样给割下来。

过去一段时间后，董大林说那天对他来说是一个非常特殊的日子。我们都以为他是说弹弓锦标赛的事。可经他提醒，我才想起那天晚上董大林在家里摆锦标赛开幕庆功宴，开宴前叫我把每样菜都夹一筷子装一盒饭，给果园里的那个女人送去。当时我还想，老天爷，真是麻雀走路猪上树啊，就是对待老婆董大林他也没有这样过。

但我还是去了，毕竟那是个全身赤裸的肉色女人。因为有月光，我把手电关了，我和她坐在窑洞前的石阶上，我甚至小心翼翼地摸了她的背，她并没有反抗，只是在我的手拿开之后，才突然像想起来什么一样嗲声嗲气地说一句“讨厌！”。她似乎对我送给的饭并不感兴趣，而是和我要巧克力，要烟，要酒，还一副死皮赖脸相儿。烟我当然可以满足，可是巧克力和酒(她还叫出几种酒的名字)就办不到了，我哄骗她，答应她下一次一定带来，她听了高兴，冲我笑，说我这个人真好。第二天，董大林才说前一阵时间他到庙上打卦，和尚给了他弹弓锦标赛的开幕日期，还郑重地告诉他会在那天遇到一个特殊的贵人，只要遇到她(他)，他后半年就会生意兴隆财源滚滚。她，还不够特殊吗？女人，还赤身裸体一丝不挂！

在这儿随便说一下董大林是干什么的吧。董大林是我们村的财神，他在我们村北山沟里开了一个煤窑，好些年了。前年，听说上面有政策说不让开了，轻则罚款，重则判刑。董大林召集全村人，当然包括我们村长，问大家开不开，反正他自己钱是挣够了，买宝马住别墅，趁得打飞的绕着地球跑，再娶上三个媳妇养上二十个孩子，都不在话下。不过，这煤窑要是不开，村里要是过个庙唱个戏，他可一分钱也不掏，如果扫街的、村幼儿园、刚开的敬老院开不了资、办不下去也别再找他赞助。“那你们大伙儿还是老老实实去养你们的猪吧。”

董大林这么说，一边看旁边的村长。本来就把头低得低的一言不发的村长就不得开口了，他说："大林，以我的意思说，开，该开还开，不开大伙儿喝西北风去？就指望土里刨那几个山药蛋儿，怎么脱贫致富嘛！"董大林的煤窑自然就继续开着，只是必须提高警惕，全力以赴对付上面动不动就搞的突击检查。村里人是既不通风也不报信，甚至还设法替董大林放哨打听消息，为了保险起见，董大林窑里的工人全都用自村的，这样大家低头不见抬头见的，窑上万万不可出一起事故。所以，董大林特迷信，修庙烧香的钱可没少掏，庙里老和尚的点拨董大林自然当圣旨听。

这个一个赤身裸体的疯女人，就成了带给董大林好运的大贵人。董大林隔三差五让我到果园给她送吃的，偶尔还带些衣服，但每次她都把衣服扔掉，一再说那不是她的衣服，她只要她自己的衣服。我也在给董大林买烟的时候多花几块钱买几块巧克力给她，但这并没能使她安安稳稳待在果园，有一天她突然出现在村里，她的赤身裸体把村里人吓着了，尽管村里人早有耳闻，甚至有人悄悄去看过她，但她大摇大摆，神情怪异，嘴里神神叨叨，见人就要人家还她衣服的样子，还是把大家吓到了。那女人是疯子，但她从来没有像别的疯子那样动手打人，或搞什么破坏，只是，毕竟她是个女人啊，两只奶或私处就那么露着，她走街串巷，不分男女老少就迎着人家上去打招呼，成何体统。一群孩子的母亲把问题集中到村委会，让村长做选择题，一是把她赶走；二是让她穿上衣服。

她不属于这里，那她就该哪来哪去，天经地义。可问题是，谁知道她从哪儿来啊。村长说要不送疯人院得了，可费用谁出？村长只好试着劝她穿衣服，他趁赶集的时候随便给她买了几身，把这个艰巨的任务交给我，理由说是她和我熟，兴许会听我劝。我是把衣服拿给她了，我好言好语地劝，后来变成怒骂与斥责，我警告她要不穿上衣服，就把她送到国道上让车拉走，要不就送给人贩子，她却毫无反应，好好坏坏始终就是一副脸儿。于是我逼她，把她搂在怀里，一只手把那些衣服抖开，圆领T恤，穿松紧带的裤子，没有内衣内裤，对，反正大家嫌她的不是疯，而是她的乳房和私处。她在我怀里，使出吃奶的劲反抗，她哪里是我的个儿啊，她见自己动弹不得，抓住我的胳膊张嘴就是一口，但我没停下来，我就想让她穿上衣服，我就想看看她穿上衣服的样子。

我得逞了，尽管皱皱巴巴，但那只乳房再不能在我眼前明目张胆地晃悠了。我松开她的手，她跳到一边恶狠狠地看我，一边喘着粗气。我也喘着粗气。我们相互得意着自己的成功，又用眼神鄙视地警告对方。我看到了上身穿黄色T恤下身穿灰色休闲裤、长长的头发披在背后的她，尽管双脚光着，但相对于她的漂亮来说，已经无关紧要了。

“好了，好了。”我说，“你看，这不挺好看的嘛！”我知道很不标准，但我尝试用普通话和她交流。

她在听，却不说话，那种因为愤怒而强忍的不说话。我不知道她心里在想什么，也许什么也没想，她没有力气了，两腿一软坐在地上。我走近她，想着她的眼睛如果不冒傻气时的美丽。她却双手撩起T恤，两只乳房像一对肉色的茄子一样重新跌落出来。

“巧克力，哦，我这里还有烟，哦，你想要吗？”我说。

诱惑永远是最管用的骗人手段。她把手松开了。我把口袋里的巧克力和一支烟递给她。她抽烟的样子很美，她懂得用舌头先把烟轻轻地过上一遍，用夹烟的手去理头发时的动作也很美。我告诉她，如果她保证穿上衣服不脱，我就天天给她烟和巧克力。

“你说的是真的？”她说。

“真的。”

她暧昧地送我一个微笑，摇摇头，左右甩了甩长发，说："毬蛋，你在威胁我。"

她居然叫出了我的外号。这令我惊讶。这也说明她不是纯粹不懂事理，不是一句话也听不进去。我蹲在她面前，看她专心致志抽烟，产生了忧伤。她神情自若，既不满心欢悦，也不抑郁寡欢，总之，她是在一种平静之中，一种与这个世界毫无关系的平静之中。我也暂时忘却了身后的世界，拉起她的手，带她坐到杨树下，我们一起靠着树干抽烟，她一支，我一支，每抽几口彼此还看看对方。我无法探测出我们的默契中暗藏着什么，然而我们的默契却实实在在存在。起风了，巴掌大的杨树叶自由翻转，那声音虽然没有风铃清脆，但风铃却发不出那般有意思的响声。我们把双腿伸出去，两只脚向里向外地绕着圆圈，又把腿蜷回来，我们把脸枕在膝盖上，侧头从对方的眼睛里看自己。我们的脸上没有任何表情，吝啬、大方，接纳、拒绝，什么都没有，就那么两张简单的脸。那时候，我就想，我不走了，愿意永远住在她的眼睛里。我看着她两唇微启，气流轻轻地从烟灰上掠过，意味深长地说："你叫毬蛋……你不就叫一个毬蛋嘛！"她调侃我，不，是调戏我。我用膝盖碰她的脑门——碰疼了——她做了一个张口咬人的动作，骂我讨厌。但她的眼里满盈着可爱。

"你叫什么？"我要她告诉我她的名字。

她的两只眼睛打闪一样眨动着，耳朵却像完全关闭着。她把我的双膝搂在自己怀里，把头枕上去，看样子准备睡上一觉。我摸着她的后背，以及长时间没有清洗变得硬如马尾的长发，我轻声地，像对梦魇中的女人说："你一定要穿上衣服，只有穿上衣服，你才不会被人送走，我才会天天来看你。"她点点头，算是答应了。

然而，第二天她又赤身裸体地出现在村里，她走在大街上，大声嚷着要人还她的衣服。这次是没得商量了。村长要我把她送走，沿着国道送上七八十公里，反正只要她自己回不来就行。这事我必须得问问董大林，毕竟她是董大林的贵人啊。村长说不用，有事由他扛着。

正好那天董大林去县城理发。当然董大林不会光是理发，每次理发后，他还要泡澡蒸桑拿，桑拿完了按摩，那按摩里的文章可就大了，有时还在县城住上一晚。那段时间，董大林高兴着呢，每天晚上八点钟煤窑准时开工，凌晨六点关门歇业，滚滚的煤块像金元宝一样让他睡觉时咧着大嘴。董大林和村长说，过年全村人的礼花鞭炮他全包，每家只要报个数，要多少给多少。他还让村长学学报上的设一个助学基金，村里孩子只要考上大学，每人每年他资助五千。当然，他每月还给我涨了一百块钱的工资，说是我替他照顾他的贵人。自从果园里来了这个疯女人，他的煤窑开得是很顺，煤层突然变厚，煤质突然也变好了，连他老婆都不再因为他去按摩和他生气了。

最后，我只好骗她上车，我说是拉她去喝酒。我们开车出了村口，沿着国道一路向东，一路上我不作声，她却坐在后座上摆弄头发，揉搓指甲，一边问我："咱们去哪里，凯撒？香格里拉？美幻轮？一烟酒鼎？还是浪妹子？"那情形真实的如同她以往若干次这样中的其中一次。可那些名字我听都没听过，我说随便吧，咱们走到哪家算哪家。

"我跟你说啊，凯撒的白酒比较烈，但爵士乐很是带劲儿。我可喜欢那里那个长头发的贝斯手啦。"她说。

"那咱就去凯撒。"我日他神仙大爷的，除了听起来像外国名字外，我都不知道凯撒是卖醋的，还是打酱油的。

"别，还是你拿主意吧，听你的，毕竟你请客嘛。"她甩了一下头，长发优雅自然地垂到胸前，"要不就去美幻轮，那里是红酒不错，姑娘们漂亮，你们男人就是愿意去那里。反正一烟酒鼎我是不去，那里都是大烟筒，乌烟瘴气，像个大烟馆。"

我们聊着。但我的思想一直在走神。我一点儿也不关心她的过去，她从哪里来，甚至她身上的伤都没有在我大脑中引起疑问。我只是在想，要不要死摁喇叭拦下一辆过往的拉煤车，把她塞到他的驾驶室里，那里面至少坐着两个袒胸露背的家伙，他们会接受这个赤身裸体的女人的，这女人一点儿不丑，无论眉毛、眼睛、鼻子、嘴，以及整个身体。然后呢，他们才不会带她回家呢，他们一定会再次把她扔到马路边，除了身体，对他们来说她毫无用处，而那身体他们刚刚已经用过了。然后，她只能在马路上走来走去。

天越来越黑，一辆辆货车开着大灯从左边超过。

这时，董大林打来电话，让我去县城接他。我说我在为村长办件事呢。电话里，董大林喝多了，他骂我，毬蛋，你小子的毛硬了啊，要是村长给你开资，你就给村长办事吧。我就说，我也不想啊。他问我什么事。我就说，村长要我把那女人送走。

“毬蛋，你把她送走你试试，你信不信我把你的脑袋当小鸡崽儿给拧了。”董大林说到做到，自小出手就狠，和他老婆生气，他都掰断过她三根手指。

我调了头。告诉她，我刚得到消息，警察要严打，咱们不能去酒吧了。

“哦——”她停了一会儿说，“真讨厌，好不容易有个好心情。”

我接上董大林，在回村的路上，董大林对她说我是坏人，说我要把她拉出去卖了。我没听到她有什么反应，事实上是她反应得太强烈了。董大林说，价格都商量好了，还收一半定金。她突然像电击了一样，拳打脚踢，大喊大叫，一边抱着头缩成一团，一边哀求说：“不要啊，不要啊，求求你们，不要啊！”董大林点着一只烟，自己吸几口，回头递给她，她接去了。我看到她手指哆嗦得连烟都在晃。

她重新回到了果园。

村里人当然不干。村长一推六二五，说是董大林拉的屎，就让董大林自己去擦。实际上他并没有把这事撂下。他到镇上印了几百张启事，让村里人到城里后贴到电线杆上。只是那些贴在县城线杆上留有电话的启事，统统成了废纸，村长的电话一次也没被拨响。

董大林倒敢说敢当，当别人问他“大林啊，你真准备让那个女人在这里长住下去啊！”时，“咋啦，不行啊？”董大林说完这句，紧接着就是第二句，“不就是光身子吗？他娘的，你老婆没光过？还是你自己没光过？”董大林下令要村里人善待疯女人，谁主动把饭送到果园，就可以他那里领二十元补助，那女人走到谁家门口，要得不到个好脸色，他优先把那家男人从他窑上给撵回来。这样，村里人就不嚷嚷了，至少没人公开嚷嚷了。村里人也想，天气一冷，等到冰天雪地的时候，不怕那女人不穿衣服。

那女人暂时留下来了。董大林的心情也越来越好，秋天过后的整整一个冬天，董大林把村上一班人天天聚到村民活动中心打麻将。我是董大林的司机，就是他的车夫、奴才，我得送他家孩子上幼儿园，去镇上接他烫头的老婆回来，跑他家替他拿茶叶，到小卖部赊烟。没事，我得把车擦得干干净净的，冬天的阳光，白哗哗的，天气干冷干冷的，我常常看到果园里的女人抱着肩膀，从横杵在墙外的铁皮烟筒下走过，她还赤身裸体，晴天，阴天，刮风，下雪，一直裸着，整个儿身体都成酱紫色了，走路时还不看，偶尔就是撞你一个迎头，她也不会抬头看你一眼，她低着头，嘟囔着“还我衣服……你们还我衣服……我要我的衣服”，声音充满了哀伤。我重新给过她衣服，我说：“这就是你的衣服。”

“不是。”

“你仔细看看，这就是你的衣服。”

“不是。”

我知道她的衣服到底什么样子的啊。她抱肩离开了，光脚踩雪，野人一般。她抱着肩，一直抱着肩，嘴唇酱紫，眼窝凹陷，我想她会冻得，会熬不过这个冬天。

谁想她成功度过了那个冬天，走入了暖意浓郁鸟语花香的春季，她那偶尔用水冲洗过的身体也由紫红泛成了粉白，她走出了所有人的预想，因此人们认为她有点儿不可思议。因为习惯，见怪不怪，她的赤裸也成了自然。人们不再和她计较了。

事情却在一个黄昏发生了突变。那天天刚擦黑的时候，一辆面包车突然出现在村口，从车上下来三个人，有一个我认识，是河北的一个煤场老板，从董大林手里买走不少煤，他专门从董大林那里买质量不好的煤去掺假，另外两个，据他说是发电厂燃料科的，一到冬天电煤就紧张，他们想提前囤煤，但热量要达标，他们亲自取样。他们到村活动中心找到董大林。董大林一脸漠然，根本不尿人家。这年头抓把黑土面面都能换钱，况且他窑里出来的是煤，不愁卖。那些人死磨硬缠。董大林横竖就一条，说所有给煤场老板的煤都是从大矿上拉的，他辛辛苦苦挣个运费。煤场老板两眼一瞪，骂董大林不够意思，少在兄弟面前装×。董大林一把死拿，说要取样品，就到煤场老板那里取去，他这里没有煤。当然，我知道董大林不是不相信煤场老板，他是不相信那两个陌生人。就在他们嚷嚷不下的时候，那个女人从巷子里出来了，她只是稍稍打量一下三个陌生人，突然就扑过去抱住其中一个的腿，放声大哭。谁也不知道怎么回事。来者也被这个赤身裸体的女人吓得满脸惊愕。

“这怎么回事？”陌生人赶紧撕拽她。

“兄弟，她是看上你了。”董大林咧着嘴在旁边开玩笑。

“救救我，快救救我，他们的事我都知道，求求你们，带我走吧。我什么都告诉你们。”她哭着。

“煤窑——他的煤窑，你也知道？”陌生人改变了态度，扶她起来。

这时，我看到其中一个陌生人弯腰时裤兜里露出半圈硬硬的东西。要不出所料，肯定是手铐。我过去把董大林拉到车上，马上发动引擎。我不能让董大林当场被铐走。一路上，董大林像发疯的狮子，不停打电话。

事情的结果是，煤窑被炸了。为了不去坐牢，董大林把前些年挣的钱又吐出来跑路子。他回到村的第一件事就是去果园。他要砍了那女人，要剐了她，剐了她，炸了她，要把她碎尸万段、五马分尸。他跳下车，扑向那眼窑洞，我跟在后面。我看着董大林冲进窑洞，又返出来，在院里到处找东西，他抓起一根木棍，两手一使劲，折了，又从院墙上搬一块石头，走到院中又扔掉。我和他说：“算了，她是个疯子。”

“她——疯子？”董大林在气头上。冲进屋。等我进屋时，他已经在炕上揪着她的头发在她的身上乱踢了。她缩在炕角，两只手左挡右护。我也跳上炕，去拉董大林，董大林却趁机抽走我的裤带。他用裤带打她，逮哪儿打哪儿。她哇哇大哭，一边哀求，“别打了，求你们，别打了。”我挨了董大林两裤带才把董大林推到炕下。董大林呼哧呼哧喘着粗气，指着我，半天说不上话来。然后，干咽了几口唾沫，扔下裤带，开车走了。我也没有留下来。我不知道如何去安慰一个惊恐与疼痛中全身发抖的女人，我也不想为一个与我毫无关系的疯女人丢掉工作。再说，她犯下的错，挨一顿打算是轻的了。

我想董大林回到村里，自然是一片同情、理解、惋惜，村长之类的人还会自告奋勇提出在权职之内给予董大林分担责任。然而，董大林不需要。他喜欢那种“大雪压青松，青松挺且直”的气概，他大手一挥，继续召集牌友们到活动中心打麻将。多少个日子，董大林就是和他的牌友们，在活动中心惬意舒坦幸福地度过的。

我推门进去。一切就像没发生。他们刁着烟，低头码牌。董大林漫不经意地和我说："毬蛋，把她给我送走。"

"送哪儿？"我问。

"她该去的地方。"董大林的声音从容不迫，就像随随便便在聊天。

"那是哪儿？"我问他。

"你他妈是死人，我知道送哪？"董大林刚抬高的嗓门马上平缓下来，"不管送哪儿，反正你他妈的要送不走她，以后就别跟老子干了。"

谢天谢地，她并没有把我当仇人。我不知道用什么理由骗她，但必须得把她送走，董大林让谁走那就得送。我坐到炕边，先向她道歉，说我本来是想给她买巧克力，可是因为朋友结婚，就只好带糖来了，因为是喜糖，我以为她会喜欢。她摇摇头，说那是别人的喜糖。我接着说，那好咱们现在去买巧克力。她摇摇头说我总逗她，上次拉她去酒吧，不想去就算了，还用什么警察严查来骗她。我抓起她的手，第一次认真、用心地抓起她的手，那双手如果洗干净，留起长指甲会是一双非常漂亮的手，现在却让董大林把手背打破了，她的小指已经伸不直了(这个不是董大林干的)，我心里酸酸的，她总说别人给的衣服不是她的，那我就问她她的衣服是什么样子的。这一问果然灵验，她原先的不正经和嬉笑马上一扫而光，她的脸绯红起来，她说，是纯白的，带镂空蕾丝花边儿。不就是那种泡泡袖连衣裙子嘛？她非常难为情地拍我一下胸脯骂我傻，谁还穿泡泡袖连衣裙。她遮遮掩掩比划一番，我才明白她要的是白色的带镂空蕾丝花边的文胸和内裤。老天，一年多来我们为什么竟然没问过她这个。

"好好好，我知道在哪里。走，我拉你去取！"

"真的？你不能骗人啊！"

"白色的，镂空，蕾丝花边，还有细细的带子，对吧？"

"对。"

她跳上车，高兴得像一个孩子。可当我开车越来越远地离开果园后，我就开始犯愁了。我能把她送到哪里去呢？我不能像村长说得那样，把她扔到国道上。我想过县城里的长途汽车站，那里人多，只要她能遇个好人就行，即使没能遇到，至少会有人报警，或有人会给电视台打电话，可在这之前，谁敢保证不会有人在后面追她打她呢。我把车朝县城的方向开。她在后座上开心地唱歌，偶尔强调一下她的衣服有多好，她说她喜欢纯白的，那种亮色的也可以。我想的是，到县城后，我就给她买一套最贵的纯白色带镂空蕾丝花边的内衣。也许在穿之前，她会摸着自己身上的污渍嚷嚷着要去洗个澡。那样，等她进了澡堂我就可以离开了。可她洗澡出来呢？她一定会找我。而我不在了。她却望着这个陌生的世界眼巴巴地找我。

我不能扔下她不管，她一直在我后面唱歌，每首歌都唱得好听极了，和电视里的明星没啥区别，每次唱到高兴处，她还会伸手来拍我的脸。我握着方向盘，从镜子里看她。她不知道自己要被带到哪里，可我不停地在心里问自己，我该怎么办。

钟点房

1

他们是成年人，都有家有口，按照他们的说法，各自的婚姻平稳安适。开始，他们打算就在公园的树林里聊聊天，湖边赏赏景，然后到附近的酒吧喝上一杯。毕竟这个时代见面并不一定就意味着什么。结果却是，他们连一顿饭的工夫都没有坚持下来，便迫不及待地进入了下一个环节。他们恍恍惚惚目的却很明确地到旁边开了钟点房。事情看起来水到渠成顺理成章，似乎一切天经地义就应该是那个样子。

整个白天，他把自己交给了工作，下班时听着同事们一声声道别，他才开始尘埃落定原神归位。他从繁杂的忙碌中把自己解救出来，暂时不用为这个呼吸都要见缝插针的世界纠结了。他完全属于了自己。在一座被玻璃幕墙包裹的高楼里，他坐在自己的位置上抽烟。面前的工作室一片狼籍，看上去像两次冲锋间暂且得以喘息的战场。

他起身去了一趟洗手间，却只是为照照镜子，出来后又出于自己也搞不清楚的原因，站在剔透的落地玻璃窗前发呆。楼下的街道，行人和车辆熙熙攘攘又浩浩荡荡，能平眼看去的建筑鳞次栉比，都不相上下地布满了造型怪异甚至荒诞的黄昏。他双手插着裤兜，肩膀靠着坚硬的贴有工作网络计划的墙。黄昏好啊，美妙且又充满暧昧，其实黄昏最讨人喜欢的地方是这个时间段它进可攻退可守。想到这里，他脸上泛出一层薄薄的浮霜一样忍俊不禁的微笑。不过，他一点儿也不觉得自己是在装腔作势。事实上，他感觉不错，最起码没像往常那样被困倦控制，也没像往常那样心烦意乱不知所措。他能感觉到，自己内心里正萌发着几分不安的不必去压制的兴奋。

而她呢，真的按部就班睡了一个上午，一觉醒来已是午后。她趴在床上不动弹，身体流畅得像春天里刚苏醒的蛇，眼神机械，又百无聊赖。屋里空旷着，完全是因为过分安静所致。床上的被子不知什么时候被她蹬掉了，此时正随意安然地团在一边，像一团柔软的粉雾。阳光暖融融棉絮一样照着她全身。反正乍一看，她都舒坦滋润没有半点负担。她翻身过来，四仰八叉地平躺了一会儿，这个时候，矜持与夸张、优雅与粗俗，在她看来就像八宝粥一样含糊得分不清你我。窗外，此起彼伏的汽车声早已习以为常。她的大脑空空的，丝毫不动，依然保持着机器启动前的僵持与磁盘储存文件前的干净。她让自己就他妈的这样躺着，像躺在世界的隔壁一样与这个世界没有关系。

然而，枕头边半开半合的笔记本提醒她有个约会。她要和一个男人见面。她可不想做那种瞻前顾后生性优柔的女人。最起码这次不。于是，她当机立断强盗一样把自己强拎起来。她搓搓脸，准备在床上提前完成当天的瑜伽功课。可她做到一半，就进行不下去了。她满脑子都在想应该穿什么颜色的内衣，稍稍有点向两侧开去的胸，要不要衬些东西让它们显得耀眼雄壮一点儿。后来，她觉得干脆到镜前实践得了，何苦要这样空想。她麻利地跳下床，到卫生间冲了澡，认真打理了头发，经过一次又一次精挑细选，选了一身既得体而又不失风韵的衣服，最后还不浓不淡恰到好处地在颈后和手腕处喷了香水。她要自己看起来既不因为装嫩而显得无知可笑，又不能保守老成让人觉得铜墙铁壁无懈可击。总之，她要自己是一个干净、清丽、隐隐的舒展之中有几分恬淡的女人，而不是一堆慵懒松懈无法收拾的囊肉。

因为是第一次见面，他们选择了中央公园，具体地点是未名湖中段白色石拱桥东边。那里湖光山色、木榭游廊、各色人等。他们卡着点儿出门。他坐地铁。而她选择打车。他从地铁口出来，到街口报亭买了当天的报纸。她从出租车上下来，穿过乱哄哄的饰品一条街，还顺便给女儿买了一对漂亮的卡子。这期间，没有人能看得出他们是否心潮澎湃兴致盎然，没有人知道他们有没有在心里打着拨浪鼓审视这样的见面是否靠谱。他们行动正常，表情自然，和这个城市上千万的其他人没有两样。

为了这次见面，事先他们立过君子协定。他们说，城市太大了，而且还在不折不扣愈演愈烈地蔓延和吞噬。像吹气球一样膨胀着的东西，自然会制造很多东西，创造很多东西，也改变很多东西，比方说，房价飙升、交通堵塞、蚁族、蜗居、抑郁症、冷漠泛滥等等，但也给人们带来了广阔无边的自由，要在小城镇，他们这样的约会基本上就没有可能。说这些话时，无论谁说，他们都感觉真是太对了，简直就是知己，是心声。他们翻来复去强调缘分，一次又一次提醒在茫茫人海中，这种一见如故的感觉弥足珍贵。因此，他们在确定见面时间和地点时，谁都没有犹豫，也没找推三阻四的理由。他们约定，事情既然到了这步天地，那就死也要见上一面，当然，见面时无论对方长得多么惨不忍睹，哪怕是鳄鱼撞见恐龙，哪怕分手后踢墙撞树，谁也不能在没见到对方时就中途逃匿。至于见面之后的接下来——他们不约而同地说，一切再看感觉。是啊，当然要看感觉。大家都是成年人，应该有这样的理智和心照不宣的默契。

六点钟，在中央公园未名湖边看一个摄影师拍照的他手机铃声准时响起。他转头看到石拱桥上皮肤白皙，身材修长，上身白色宽松丝质低领衫，下身银灰色短裙高筒靴的她。而她呢，也凭着直觉一眼认出了下巴干净，脖子挺拔，牛仔裤绿格衬衫，栗色皮鞋上没有一点灰尘的他。当他们的视线交织在一起时，便心领神会地走向对方。他们没有握手，连“你好”也没说，但他非常清楚地意识到，所有那些预先想好的客套和迂回的程序都可以省略了。尽管对她还吃不准，但他自己已经向往大步向前了。他掩饰住内心的激动，说，“咱们到酒吧里坐吧。”而在没见到她时，他想说的是“路上顺不顺利”“有没有塞车”之类的废话。她站在他面前，快速看他一眼，又马上去看旁边的湖，她说，“怎么都行。”

他走得稍前，她跟在旁边，两人间差半只脚的位置。不过，他已经被她笼罩了，不是她的漂亮，不是她的性感，而是一切正如他的想象，好像老天根据他的所想专门捏了这么个人儿似的。湖边树林里，各式各样风格迥异的酒吧一家挨着一家。他们漫步向前。傍晚的微风吹抚在脸上，凉爽宜人。几乎每到一家酒吧门前，他都转头来看她。这时，她就停下来，有时会向他靠过来一点儿，胳膊碰着他的胳膊。她凝神看他，等他决定。他说，这家怎么样？她说，你定吧。她全盘儿将自己交给了他。她的意思很明确，正如后来她和他说的，其实在哪里吃什么喝什么都是次要的，主要的是两个人的感觉。

他们很快选择了一家音乐舒缓客人稀少的酒吧。坐进了二楼的包间，白纱遮着的未名湖就在窗外。他们的包间很小，但几乎就是专为他们设计的，两人各自坐在红绒布包着的沙发上，中间虽然隔了一张小桌，上面铺了方格布，而实际上在桌下，只要谁一动，不是碰到对方的腿，就是踩到对方的脚。他问她，这里行吗。她把头转向窗外。她说，挺好。此时，服务生正站在门口，用一副不以为然司空见惯的表情等待着为他们服务。他猜她不想转回头来，是因为不想说话，或不想看到服务生，所以自作主张胡乱点了一盘水果沙拉、两杯红酒、一份比萨，便赶紧把服务生打发走了。服务生出去，顺便把门轻轻带上。尽管门外那些服务生来来去去，弄得老旧的木地板咯吱作响，但他们知道要不敲门得不到他们允许，服务生是再也不能随意进来了。她这才把身子完全转回来，半伏在桌上，脑袋微低，从眼镜框上面看他，长长的睫毛每一闪都扇出一串玄妙的密码。而他，两手托腮，全神贯注，毫不客气地要好好看看她。他们是一对陌生人。首次见面。应该有很多的艰难与障碍。可他们也不知道，他们为什么能如此简单轻易地就把它们一扫而光了。他们相互看着对方，嘴角微微一翘，莫名其妙地笑了。

这多少有点自欺欺人的滑稽。可他们就是在促膝相碰的空间里，体会着一种直截了当的自由。但这绝不是放纵，因为他和她都能感觉到对方的小心翼翼和那种试探。不过，一切都是顺利的，向着既定的方向慢慢靠近。接下来，他们就发现，无论他们多么想手持红酒，动刀动叉切分比萨，就是嘴里咀嚼食物都变得那样心不在焉了。话题聊得颠三倒四，有时上句不接下句。但无论什么话题都制造不出矛盾，也扯不出针锋相对的观点。他们把更多的精力用来去揣度、印证、感觉对方了，一个眼神，一个动作。

幸运的是他们彼此满意。当这种满意放任自流，任其发展后，用不了三五分钟，这个包间的狭小就与他们的欲望不相匹配了。他鼓足勇气叉起一块水果送到她面前。她欣然张开口用润泽的嘴唇夹了进去。这个游丝一样的考验，他取得了莫大的成功，或者说是她给他莫大的成功。于是，他更进一步，放下叉刀，拉住她的手，把她拉了过来。沙发太小，她只能坐在他腿上。她就坐在他的腿上。他用头贴着她的后背，之所以没有把她紧紧搂在怀里，是不想让她发现他在心跳。他的手放在她的大腿外侧，温柔地关心她，让她再吃几口，说她吃得太少。她呢，半挺着身体，去监督自己放在窗口处放哨的眼睛是否在偷懒。他们静默着。偷偷地窥视着自己。后来他们把这段静默定义为“僵持”。最终还是一种身不由己的力量占据了上风。

他说，“咱们走吧。”

“去哪儿？”她问。

“旁边好像有家洗浴中心，里面应该有钟点房。”

“干吗？”

“你知道的。”

她没再说什么。她看着他，品了他的口气。他是个令人放心的人。因此，他起身拉她一起离开酒吧时，她既没有扭扭捏捏，也没有原地不动。

2

从酒吧到洗浴中心，简直是种煎熬。他们从二楼下来，无法命令木地板停止咯吱乱响，他们得穿过四五张已经坐上客人的散台，那些人正投来打量的眼神，他们绕过小舞台旁的那架钢琴，那里刚好坐着琴师，最终还要在服务生躬身欠腰中从旋转门出来。外面偏偏又正好是个十字路口，到处是人。到处是人，按理说就可以鱼目混珠，他们应该从容自然才对，可他们还是不由得草木皆兵，不停地留意着别人的表情有没有对他们含讥带讽。他们心有灵犀，一前一后拉开几米距离，似乎这样别人就无法将他们扯到一块儿了。进了洗浴中心，他到总台交押金、取房卡。她则在服务员的招呼下到旁边的沙发上换鞋。

她左欠欠右挪挪，磨磨蹭蹭，脑袋木讷，简直搞不清自己还是不是自己。可事已至此，不能半途而废。倒不是她没有勇气拒绝，而是她不想，一条潺潺缓缓欢快而来的小溪，她干吗要横加干涉半时不晌挡上那么一块挡板呢。

他们进电梯上了三楼，然后踩着暗红色的地毯寻找他们的房间。楼道里，光线幽暗，无论几层都让人感觉是在地下。几个换好衣服的男女客人看不清嘴脸，打闹着从他们身边走过。一看就不是夫妻。是啊，这个年龄的夫妻早没了那份激情，就是有，也用不着来这种地方。但他们羡慕人家的磊落大方，讨厌自己的萎萎缩缩。

他们找到自己的房间，开门，一股脑儿冲进去，咔嚓一声把门反锁后，感觉完全自由了。只要酒吧里的感觉还没熄灭，他们就该劈头盖脸不容分说地剥光对方衣服跳到床上，至少他们该紧紧地拥抱在一起，来一个身心交融的热吻。然而，他们却遇到了新问题。在以前，无论是出差，还是出门旅游，他们都住过酒店，眼前这间每四小时八十八元钱的钟点房，并没有多少特别，也是电视、茶几、沙发、两张一点二米宽的床，床单被罩纯白，衣橱旁的三角型陈列架上，除了有收费的食品饮料，还备有内裤、袜子和安全套。另外他们发现了每张床枕头边上整整齐齐摆着的睡衣，一套男用，一套女用。这种无微不至的着想，反倒让他们产生了恐慌，似乎他们的一举一动，每个心思，都在别人的监视之下。这让他们，尤其是她，后悔进门后干吗要停顿这么一下，干吗没把目光集中在他的身上，而无端端扫视了房间。她把包揣在怀里，并膝坐在靠门口那张床的床角，不说话。他打开电视机，重新检查房门，回来后，摁下电热水壶的电源，去拉窗帘，他想那样她会放松一些。此时，阳光已柔和到没一点强度，它既不值一提，又显得多余，更主要的是这种只能是摆设的东西，何必让她拿来吓唬自己。可他还是听到了她在背后说，“先别，等会儿。”

她是犹豫了吗？还是这不受欢迎的阳光给她提供了某种保护？他回头看了她一眼。她每一个细胞都在紧张。这正好说明她不是个随便的女人。可他却不为此高兴。因为他希望此时的自己是一个玩过无数女人的花花公子，更希望她是那种妖艳变态绝对让男人神魂颠倒的女人。他为眼前的状况着急，担心她会戛然而止，会突然变卦，会站起来走人。要是那样，他又找不出理由来制止。但事情真要以失败告终，留下一段半上不上的遗憾，还不如当初就不开始，两个人就老老实实待在酒吧里聊聊天，然后说拜拜拉倒。

他给了她充足的考虑时间。偶尔也看她。他把决定权全交给她，只要她说个建议，他绝不会说半个“不”字。他不会为难她，也犯不着为难她，毕竟他也无法把握这是他们心醉神驰的幸福之地，还是他们万丈深渊的罪恶之所。一切都似云雾一般，充满瞬息万变的不确定。他不想把责任都压到自己身上来，毕竟是成年人了，她多少该分担一些。当然他知道，她一方面正逼着自己不留余地地向前冲，一方面又提醒自己命悬一线该后退。而他能做的，只能是等待。他到洗手间试了试淋浴喷头看是否供应热水，出来后倒了两杯水，一杯放到她面前的写字台上，一杯自己端在手里坐回到窗户旁的沙发上。他很清楚，镇定与泰然在此时有多重要。这时，他稍稍显出一点点慌张或游移，她就会像一只刚刚出来觅食的麻雀，突然受到惊吓，扑棱棱就飞了。一切完蛋。

到后来，他们彼此相拥着躺在被窝里时，她才和他说，当时她莫名其妙地恐慌。恐慌不是因为她害怕他，或担心什么后果，完全是因为这间钟点房带给她的陌生，她没有在钟点房里做过爱，待在钟点房里只是为做一次爱的感觉，让她觉得不对劲儿。她害怕硬要勉强自己，躺在床上的很可能会不是自己。

“其实我们在一起，不一定非得那样。我们可以聊聊天，看看电视什么的。”他试图让她尽快平静下来。

“不，我不是那个意思。”听起来，她已经过了最难的一关。

“那后来呢?”他说，“你怎么说服了自己。”

“你没发现我在看你?”这时，她已是满脸笑容。

“是的，你看我了。然后呢?”

“我骂了自己一句‘老土’。这种事要换成我对门的那个姐们儿，会有这么麻烦吗？那姐们经常带男人回家，隔三差五就换一个。可我……我问自己，要是这事没结果，就这么草草，不，是强行画上句号，我该怎么办，你会怎么想。”

“我什么也不会想。顶多，我会说，你大概对我没感觉。”

“你怎么会这样想呢？你明明知道我对你的感觉很好。要是那样，你不恨我吗？你一定会骂我胆小鬼，连自己的事都做不了主。”

“很多事情不像我们想象得那样简单。我不会骂你，更不会恨你。真的。”

“你真这么想？可我又问我自己，咱们就这样算了，我站起来走人，我又会怎样。”

“我猜不出。也许会让司机把车开快点儿，回家后洗个澡上床睡觉，只当什么也没发生。”

“要是你，你会这么想?”

“不知道。”

“是的。我也不知道，但我肯定我会哭。”

“为什么?”

“就像我费尽心思准备了好几个月的旅游，煞费周章到了目的地，结果我没进去。我甚至拿着门票，看着别人有说有笑通过检票口，我自己却转身走了。”

“为什么?”

“真不知道。也许是怕里面的风景太好，自己会流连忘返，从此爱上那个地方，也许是怕期望值太高，进去后大失所望自己心里难受。要是你，你会怎么做？”

“豁出去，进去看看。反正已经来了。我这个人宁愿后悔，也不想遗憾。”

“是，我也这么想。这么多年了，我怎么就不能豁出一次来呢？”

他们聊了有十几分钟，她把挎包放到写字台上，又把水端到手里坐回到床边，一小口一小口喝着。他知道事情有门了。不过，他在沙发上依然没动。他看着她起身走进卫生间。

“有热水。”他提醒说。

卫生间的门没关，她放水洗手时，随便把盘在头上的发髻放开了，她总得有所表示。然后象征性地照了照镜子，走了出来。他马上站了起来，做好接近她的准备。

“你的头发真好。”他说。

“是吗？”她用湿湿的手轻拍着自己的脸，“就只是头发好吗？”

“不不，是哪儿都好。” 他说。

她停在过道没往前走。就是再笨的傻子，也知道她在等什么。在这个城市蜂窝一样不计其数的房间里，这间钟点房是他们的主权领地，他们彼此喜欢，特别愿意和对方待在一起，有谁能管得着呢？他们俩的视线第二次交织在一起，那种成年人心知肚明的交流，使他们没有产生尴尬。他朝她走过去，伸手牵住了她。

她提醒他说：“窗帘。”

说话时，他知道她已经完全对他进行了过滤和抽取。他不是她的丈夫、情人、朋友、性伙伴，或其他什么人。他只是一个男人。而她，只是一个女人，根本不用管他是富商、官员、还是知识分子。他们是在自由的天国里。他们只是在做亚当夏娃的事。与那个窗帘外的世界完全划清了界限。

他们面对面齐眉共枕地躺在床上。额头碰着额头，鼻尖顶着鼻尖，嘴唇轻轻触碰在一起。他们一闪一闪地眨动眼睛，看着对方哧哧地笑。天色已黄昏，他们按时爬上小船，彼此手里抓着船桨，蓄谋已久的偷渡计划终于得以实施。他们真的是在偷渡，可他们并不在乎要去的是什么样的国度，或漫漫征途会变成多么浩瀚无垠的大海，似乎多年以来，困惑他们，叫他们纠结的只是偷渡本身。

他们是志同道合的同志。这样的关系让他们变得直来直去，加上彼此都是成年人了，谁都没必要去绕道，所以，她直白地问他，“你有没有觉得咱们是一对狗男女？”

当然，她很清楚这话在此时说出来，一点儿也不过分，与前一晚他们在网上聊的相比，这些话已经遮掩了不少，顾忌了不少、含蓄了不少。钟点房不是做玉女的地方，她也不希望他在这时扮什么金童。她希望他是个阴谋的、温柔的、甜言蜜语中充斥着杀气的歹徒，那种能把她残暴到体无完肤片甲不留的歹徒。她早已不是什么少女，不需要那种虚无缥缈的梦境，她要的是翻江倒海的破坏，铭心刻骨的侵入，她恨透了四平八稳，恨透了中规中矩，恨透了自己每天一成不变的生活。总之，她不想再精致了，更不想完全，她就是要来个支离破碎，就是要用贪婪黏湿的眼神看他。

“不是。咱们怎么会是一对狗男女呢？”他说。

他的声音听起来有点儿怪怨。但她非常清楚，他不是在怪她，反倒是在鼓励她，仿佛看着一锅刚刚冒泡的水，他在加火。

“那就是，一对奸夫淫妇。”她很过瘾地笑出声来。

“我们得文明一点儿。我们得往雅的方向靠靠。”

“那你说是什么？咱们是一见钟情？”她把嘴唇向前移了移，随便用手去抓他在被窝里还不知道往哪里放的手，“你觉得咱们是一见钟情吗？那咱们就算一见钟情吧！”

“不太准确。”他说。

他们的手彼此握住对方。

“那你说。”她眯着眼睛，等着。

“我觉得，咱们是未见就钟情了！”他用手抚摸着她的脸，轻轻吻了她。

“那还不一样?!”

“什么一样?”他问她。

“一对狗男女，”她爬起来，把嘴伏到他耳边，“一对淫夫荡妇，你是奸夫，我是淫妇。”

说完，她一个翻身平躺了过去。他算是领教了成年女人上床后的放纵与无耻。但如果现在躺在他身边的，是一个说话脸红、摸摸手都要浑身发抖的女人，他会喜欢吗？不不不，他可不想把精力浪费在初夜那样的预热或加演片上，他要体会的是正式片里的过瘾与酣畅。他们是成年人，都不应该局促不安，更不应该感觉窘迫。他学她的样子，也平躺过来。两人一起看屋顶白色的天花板，做着大餐前的短暂等待。然后他侧头凝视她，看她白皙的脖子，微微跳动的血管，微微眨动的睫毛。在湖面一样的平静中，他慢慢开口说话。

“想什么呢?”他把手搁到她身上，那里鼓鼓的，是一只衣服裹着的乳房。

“什么也想。”

“真的?”

“要想，也是——”她把头埋在他怀里，为还没出口的话抑扬顿挫地发起嗲来。老天，她已忘记自己是有一个上初中的女儿的母亲了，她自己都不敢相信，发起嗲来竟然还那么的娇柔可爱。她说，“我在想，你真像——你说的那样——厉害吗，你真的那么——能让女人受不了？”

她开始挑衅了。对送上门的敌人，有必要手下留情吗？他说，“看来你不信。那好，我就证明给你看。”

他们要做的就是像大地那样一览无余地把自己打开，去迎接那份即将到来的巨大的、铺天盖地的快乐，而不去管到底是金光万道，还是黑暗无边。于是，他一个翻身爬起来，骑到她的身上。

3

她侧头平躺，面颊绯红，眼球固定在某处不动，双唇微分着，却将一只食指咬在嘴里。她把所有的呼吸全都安排鼻孔来完成，急急的，不动声色。她赶走了思想，只把身体像考题一样摆在他面前。他没想到会是这样。他本以为是两人一起面对这道考题的，他们会一起讨论，各自发挥所长，在共同的努力下，携手攀上峰顶，享受成功的喜悦。而现在她撒手不管了，两个人的事变成一个人完成。难道她只想让他来一次探密式的历险？还是来一次解剖式的欣赏？不，他才不想做什么孤胆英雄。至于欣赏，更是大可不必，那些画报、网页、碟片、摄影和油画，东方的、西方的，全裸的、半裸的，他什么没见过？他是想为男女间的这道题寻找新的解法，而非让她站出来告诉他她就是考题本身。

他怀疑她出现了理解上的错误。可他不能停。在这间不大的钟点房里，空气都变得稀薄了，她把身体所有的神经全都调动起来了，每一寸肌肤都敏感如蜗牛的触角，他很清楚停顿意味什么，他不想冒那个险。尽管心不甘情不愿，但他还是强迫自己做下去，他必须得保持这种行云流水般的流畅。他俯下身，把双手插入她的头发，用大拇指轻抚她的额头；他捧住她的脸，去吻她的眉骨、眼睛、鼻子、脸蛋、圆圆的下巴以及下巴下与之相连的脖颈。他湿漉漉的唇每浸湿一寸肌肤，她的身体就会做出条件反射式的收缩，呼吸急促，然后才如遇水的银耳那样慢慢舒展开来，以适应和企盼的姿态等待他的下一个动作。

从十九岁第一次和初恋做爱以来，怎么算他也有二十年的性爱经验了，在那不计其数的性爱过程中，他当然历练了一套娴熟的技法。他和她在一起，他并不是想求证什么，他想寻求或意外得到些新东西。他陷入了矛盾之中。他从她身上下来，跪坐在旁边，慢慢地把她两条修长的腿放在自己怀里，他抚摸它们，体会着两条腿带给他的不紧不松不硬不软的光滑。他的抚摸让她心旌摇曳。是啊，她曾梦想过有人这样享受自己，可十几年来，老公连她穿什么鞋，脚趾有没有涂指甲油都不闻不问。但她相信自己的美是存在的，如果把街上的回头率作为标准的话，她丝毫不逊色于那些吊带上衣花格短裙的少女。她用心地感受着他的抚摸，同时毫不掩饰地发出舒服的声音，“哦，真的很好！哦，继续。”

她乖乖的。如此慷慨。一切由他摆弄。总之，他想怎样就怎样。可他心里不痛快。难道她的婚姻中没有性爱？她的老公是个十足的笨蛋或白痴？他把她的腿搂在怀里，用嘴去吻她的脚踝与膝盖，一边看她的表情。他看到了一座壮观的土城正在绵绵细雨中朝着毁灭的方向塌陷，而他希望看到的一座木式的古堡在烈火的呼唤下变得张牙舞爪。这让他有点穿新鞋走老路的感觉。可面前这个女人是别人的女人啊，怎么给他的感觉和妻子没有太大的区别呢，甚至还不及自己妻子，起码事情进展到这一步，妻子已经顺着他的爱抚，发出有节奏的涟漪般的呻吟了。而她，那根可恶的手指还咬在嘴里，一声不吭。接着，情况越来越不妙。他让她翻身爬过去，他坐在她的屁股上，去吻她的后脖颈，去拉她上衣以及裙子的拉链，他想看到她光洁如珠的身体，可他脱掉她的衣服与裙子，看到的是她削瘦的后背和上面两块微微隆起的肩胛骨，以及腰部好几道被裙子勒出的红印，他眼前猛然现出了妻子的身体。他的手停了下来。她却主动把文胸和内裤脱掉，放到枕头边，这期间她不时地看他，目光动人又充满召唤。他不能落后，所以三下五除二把自己脱了个精光后，快速掀起被子钻进去，趁势将她紧紧搂在怀里。

这样，既彻底切断了退路，又让接下来的事情变得义无反顾。有一阵子，他们谁都不说话，仿佛刚从高墙上跳下来，需要一个平复式的休整。她的两个膝盖紧紧地顶在他的小腹上，上身却尽最大可能往他怀里钻。她想着接下来，他可能会以一个敏捷而强悍的翻身爬到她身上来。寂静过后就该狂轰乱炸了。她要看到自己在他的勇猛下变成残垣断壁的废墟血流成河的战场。可他迟迟未动。她不知道他在等什么，等谁给他下冲锋的号令。她下意识地把手伸到他腿间，她一下摸到了他那只可怜兮兮头都不敢抬的小乖乖。怎么会这样？总攻马上开始，他却出了错，一架费尽心机组合起来的木轮车，突然因为哪个销子丢失顷刻间坍塌了，可它一路而来并没有经受颠簸。尽管一盆凉水泼上身了，她却不能怪他，反而，得去安慰他。

“没事。你看我们在一起的感觉很好。我喜欢你吻我，也喜欢让你搂着。”她说。

他沮丧极了。一直在寻思哪里出了问题。他有个女同事，一到夏天总是把腰束得很细，喜欢把一条超短裙紧紧地裹在身上，每次她弯腰捡东西或背对他时，他都不失时机地想象把这个女人搞到手，他甚至剑拔弩张地想从后面和她来上一次。当朋友们在酒桌上无不自豪地谈论自己的情人时，他也无不焦灼地下定决心怎么也得有上两三个情人，杂志上不是说了嘛，这样的城市平均每个男人至少与十二个女人有过性行为，人家都成打计算，自己凭什么要被平均。这说明他对女人充满了欲望。而每次和妻子在一起，妻子表现出的心满意足，又说明在这方面他不属于弱势群体。现在，一个女人到手了，形象不差，感觉不次，无非是她表现得不反抗，不主动，不做作，一切任由他指挥，让这场爱有点约定俗成罢了。其实仔细想想，自己的妻子不也是这样吗？她温柔、顺从，以一种相濡以沫的姿态来配合，每次不也如坐着观光缆车缓缓地爬到山顶吗？可对她，怎么不行呢？难道别的男人遇到的不是这样的女人？他觉得自己笨死了。他想起有一次他和妻子开玩笑说："天下这么多女人，一辈子不多不少也几十年啊，怎么就规定只能和一个女人睡啊。"妻子笑话他说："一听你就没出息，谁规定你只能和一个女人睡了。你有本事去多睡几个啊，这年头花钱买什么买不上？不花钱倒贴的也不少，钟点房到处都是，你想干什么谁能管得着，又谁能管得住呢？"他清楚地记得自己还附和了一句，"这倒也是！"当时他打心眼里特佩服那些有过几个女人，或同时有着几个女人的男人。可是现在——这是怎么了，他觉得她从内心里一定在小看他，说不定还在骂他是个"只能心动，不能行动"的无能货。

他有点着急，可身体就是不听使唤。难道是因为没一鼓作气？还是因为看到了她的身体，让他想到了这具身体曾经承载过的那个，或那些男人。真说不好，一碗粥有人喝过，他并不在意，毕竟这碗粥不是专为他准备的，可他好像不能接受碗沿儿上别人留下的印迹。他不该这样的。他重新去闻她，沐浴露清新的味道说明她来时刚洗过澡。他很清楚她不是天生丽质的少女，而他想要的也不是一个笨拙恐慌的初夜，她完全能给予他，最起码把她搂在怀里，没像搂妻子那样空荡，她的乳房巨大甚至可以用肥硕来形容，她的腿很直没有一点腿肚，而她的嘴唇薄薄的软软的吻起来如两片滑溜溜的揪片儿。

可他哪里知道，她也不好受。毕竟这是她的第一次啊。那些不知廉耻的闺密们常常在QQ群里大谈特谈自己的情人，甚至把与情人在一起的细节都拿来交流。与她们相比，她觉得自己是个被扔在犄角旮旯的老古董。每次聊天，她们总让她“老实交待”，还说她不真诚。她们生活在那种不过三十万人的小城市都已如此，而她生活在有着千万人口的国际大都市里，机会多见识广，怎么可能就会一直甘愿寂寞呢。出于姐妹情深，她们合伙儿要给她介绍情人，道理只有一个，男人们在外面寻花问柳，找女人和如个厕一样随便，咱们在家当主妇，在买西红柿的时候凭什么不能尝几颗山楂果？说实在的，其实她从来没听过别人对自己的丈夫说三道四，也没有从蛛丝马迹中发现丈夫外面有女人，但她相信他肯定有过，毕竟他也是男人，他又没有二十四小时在她眼皮底下。再说，她发现丈夫对她是越来越“审美疲劳”了，甚至一个月都不温存一次。几个月来，她也不知道自己出于什么心态，和那些闺密们聊得少了，她变得愿意和陌生男人聊天。和他也一样，夜深人静的时候她通过了他的好友请求，他三言两语把话题引向正路——男女关系及性事。她却一点儿也不讨厌。他和她聊天，她得到了那些闺密们多次讲述过的感觉——她不知道该不该用激情来形容，但她兴奋急迫得真的想去见他。凌晨天色泛白的时候，他们说分手，因为他要上班，那时她就下决心见他一面了。现在，他就躺在自己身边。他曾说过和妻子的性事完成的不错，是自己哪里不好影响了他吗？她不知道，所以，只好找了个子虚乌有的理由。

“可能咱们太直奔主题了。也许咱们应该循序渐进一些，慢慢来。”她说。

“是的。毕竟咱们需要一个熟悉的过程。”他真的谢谢她，给了他这么大一个台阶下。

“那咱们就——”她试探着说，“不过，别误了你的事。”

“我的事？”

“是啊。我怕你还安排有其他事。”她说，“我没事，九点钟到家就行。九点钟他会往家里打电话。”

“我没别的事。”他觉得这个女人真不错，“那就保证你九点前到家。”

“好的。”她向他笑了一下。

他坐起来，拿起床头柜上的《服务指南》看，“不如，咱们吃点东西吧，或者下楼到外面走走。”

“然后再回到这里？”她说，“还得从服务员的眼前过上一次？不过，我听你的。”

他听出了她话语里的难为情，显然他们还没培养出那种因为老情人而叫陌生人分辨不出是否是夫妻的默契。他们都知道那不是件容易事，从某种意义上讲，也是一种本领，而他们都不具备。因此他说：“哦，那咱们就在这里吃。咱们哪也不去。”

她还是那句话“怎么都行”。显然，她相信他在这方面的经验，哪怕是间接经验会多于自己。她不想让事情因为自己不适时宜的一次自以为是或一个决定出现差错。无论多么不想去定义这次见面的性质，她还是希望这次见面像一场舞台剧，舞可能跳得不优雅，歌可能唱得不悠扬，台词听起来都不尽自然，但应该以圆满结束。对于刚上台的演员来说，坚持到最后本身就是成功，将来上不上台那是另说，起码这次不留遗憾。她就是这么想的。

于是，他们两人坐起来，拿着菜谱通过电话给自己点餐。

4

一从性事中解脱出来，他就变得神采飞扬起来，她也恢复了初见他时的性感与妩媚。在服务员来敲门之前，两人需要重新穿好衣服，他们谁都没做好像国外电影里那样把桌子摆到床上用餐的准备。

奇怪的是，穿衣服时他们依然身体裸露，却一点儿不像脱衣服时那样感到不好意思。他甚至主动伸手为背过身去的她系上文胸的挂钩。而她呢，掀开被子，在他面前抬腿穿内裤，也不紧不慢从容自然。他站在床边，系着裤带，眼睛看着她那两条光滑的腿从内裤里一条接一条地伸出来，既不显得垂涎贪婪，又不熟视无睹置惹罔然。一种来自男人平和而又美妙的眼神，让她满心喜悦，似乎这时她才相信，自己的腿其实与那些动不动就用“迷人”来形容的腿不差分毫。此时，她更想作为一个旁观者，独立于身体之外，和他一起就自己的身体，比方两条腿好好讨论一番。她还从来没有和一个男人，就是和一个女人也很少谈起过自己的身体。她清楚地记得一次在内衣店试衣间里，那个八〇后服务生露出的惊讶表情，似乎要有她这样的身材就是叫她放弃一切她都愿意。可多少年来，她岁月风尘，黯然沉沦，终不见阳光，直到连它自己都认为自己本来就是一个平淡无奇的物件。她想找个有眼力的人，哪怕只是一个自己以外的第二个人，公正地看看自己。可她又不好意思开口问人家“你看，我漂亮吗？”那样太唐突了，说不定他会认为遇上一个犯贱的自恋狂。若干年前她还对丈夫抱有这样的梦想，可她现在不那样想了，与丈夫，她只想着两人将来可以手拄拐杖并排坐在公园的长椅上。利用转身下床的机会，她看了他一眼。似乎这才发现，刚才发生的一切简直就是错觉，她搞不清是那些闺密友，还是那些渲染一夜情和描写婚外性的文章造成的，她仿佛感觉自己大大上了一当。

他拉开窗帘，随随便便放窗外那些灯红酒绿的光进来。无论他，还是她，忽然产生了一种身藏掩体中的窃喜。他们就像远处现代建筑物顶上的明月，既高高在上，又独立之外，他们似乎与眼前这些沉匿于迷茫与混乱之中的尘男俗女扯不上任何关系。没一会儿，楼道里就响起了不锈钢餐车的声音。他打开房门，男服务生把他们的菜一道道放到桌上，并叮嘱他们“请慢慢用”。训练有术的服务生完全做到了从进门到离开，目光从不与客人的眼睛对视，这样好让客人打心眼儿里放心。他只是一个服务生，只是为他们提供服务，除此之外，根本看不到他（她）的存在，尤其看不到他（她）和谁在一起。

服务生走后，他们在自己的房间里用餐。吃什么当然不重要。他们来既不为改善生活，又不为增加营养。从刚才透不过气来的感觉中走出来的他们，让各自轻飘飘的身体重新拾起重量。两人一前一后到卫生间洗过手，把饭菜摆到茶几上，然后到沙发上坐下来。在把一口米饭送到嘴之前，她说道：“这感觉很奇怪。”她没去看他，但她希望他认为她是看过他之后才这么说的。

“是吗，什么感觉？”其实是他不知道怎么回答。

“不知道。”她轻轻地仰一下头，把垂到面前的长发甩到耳后，“感觉很好。”

“难道在家你不是这样的吗？孩子参加夏令营，或是因为什么原因不在家，就你们两个，炒两个小菜，甚至还把灯关掉，点起浪漫的蜡烛，坐到阳台上。”

“没有，从来没有过。”

“从来没有？”

“我们两个在一起，真是大眼对小眼，几乎看不到对方一样。大概只有你这样的人，才会那样浪漫。我家那个……什么都不会，能陪我去一趟超市，对我来说都是奢望。”

“这不太可能，他不可能总那么忙。”

“可他总是那么忙，似乎看起来真就那么忙。”她说话时，连自己也感觉底气不足。

她很不情愿地回想过去所有的日子。似乎丈夫只是一个不确定什么时候偶尔才显现一下的虚幻的影子。就是说话的时候，她也无法很清晰很具象地把他想象出来。但他又很具体，很真实，不容忽视。她觉得她和女儿就像生活在一个密不透风的气球里，她丈夫就是那个手牵气球的人。他们的关系密切到彼此相依，但他总是把气球口扎得很紧，自己却从不进来。她是女人，无论她做了妻子、母亲，哪怕就是将来成了外婆，她永远也不会忘记这一点。多年前，在她的语文课上，她曾不止一次地看到那些男生如何偷看女生，她坚信丈夫也曾用那种灼热而又充满向往的眼神看过自己，否则他也不会舍弃美女茂盛的省城到县城来找她。丈夫性格内敛，几乎可以给他扣上大男子主义的帽子，但不能说他对家庭不负责任。无论工作多累，每周他都会坐三个多小时的火车回县城看她，在一天一夜的时间里，他会把她一周要用的要吃的准备齐全。可他从来没像书上说得那样，让她脱光了衣服从头到脚地欣赏过她，哪怕一次，更不用说吻遍她全身。他夸过她漂亮，却从不看她，她希望他很认真很真诚对待她的变化，无论美丑，哪怕他为她肚子上那道剖腹产留下的伤痕表现得耿耿于怀，然而他似乎什么都不在乎，似乎他每天回家，能吃上热饭，家里有个活人就已满足。他却口口声声说是为了她，为了爱她。当然，他是爱她的，否则他没必要拼死拼活，又奋斗到这个比省城大三倍的城市，又把她和女儿也接来。当然，她也是爱他的，否则她也用不着放弃教师的工作，到省城做全职太太，最后跟着他来到这里，所以，他们边吃边聊，在他问到她“那你爱他吗，你们相爱吗”？她毫不迟疑地说，“是的。我们很相爱。”

他不反驳，也不奇怪。大概也是他知道这没标准，争论到天亮也不会有结果。爱，怎么讲，人人都在讲，可永远也不会有定论。他们不搞学术研究，只不过是聊天罢了，无所谓高低对错。他给她夹了一筷子菜。她说，谢谢，你真是个好男人。尽管夸奖让他觉得未免来得容易了些，但由此他也得出结论，她肯定是个在家里缺少温暖的人。

"他是做什么的?"他只是想是不是职业让她的丈夫变成那样。

她稍稍停顿一下，"就是做什么又有什么关系呢？他就是那样一个人，你有什么办法。"她说，"有时候，我真想不清当初他为什么找我。我和他怎么就一年又一年地过到现在。"

"也是，很多事情讲不清的。"他附和她，"其实，这人本来就是瞎活。"

"你们也这样?"她问他，"说说你，你爱你妻子吗?"

"应该爱吧。说实在，我有点糊涂，如果我对她的那种感觉是爱的话，那就是爱吧!"

"什么感觉?"

"突然间两眼发直的时候，会想她。"

"很清晰?"

"不，不是那么清晰，但很强烈。"

"你有没有觉得那是需要，男人对女人的需要，潜意识的，或纯生理的。"她慢慢嚼着嘴里的米饭，"特别是一个人的时候，很晚的夜晚，或某个清晨刚睁眼的时候。"

"不会吧。我是有想的时候，非常想，恨不得到街上随便拉个女人来。但那时需要的不是我妻子。真的，我有过这样的体会，我心急火燎赶回家，见到我妻子，却完全没了感觉。我想要的不是她。是谁，我也不知道。所以，我才说，很多事情是讲不清的。这绝不能说我不爱我妻子，或是我妻子不爱我了。我不知道那些外面有的人是怎么想的。"

"大概他们也说不清。"她说，"简直是婚姻的不幸。"

"谁说不是。"他说，"还有就是我们都太无聊了。上班时为了没完没了的工作，一心盼着下班。下班后又无所事事，不知干点什么。"

"看来男人也有这样的时候。"

“什么时候?”

“大把的时间没处打发。”她说，“准确说，应该是不知道干什么，或是有很多该干的事，就是不想去做。”

“是啊。所以，我特佩服那些能把生活打理得精彩纷呈的人。”

“你的同事们怎么打发的?”

“我知道有几个女同事夜间去当酒托儿。男的，有几个喜欢打麻将，整夜整夜打，还有几个喜欢喝酒，轮番请客。”

“你呢？什么也不喜欢。”她浅浅地一笑，“也许你喜欢勾引女人。”

“勾引?”他抿着嘴笑了笑，“那你觉得，我是在勾引你?”

“难道不是?”她有点害羞地说，“昨晚你的话说得那么诱人。”

就在十几个小时前，他们还在电脑屏幕上通过一串串文字感觉对方，他问她老公呢？她说在外地工作，基本上一两个月有时三个月回来一次。当然，他也做了自我介绍，告诉她他是搞创意的，一个人在这个城市，老婆和孩子在另一个城市。那么在这个夜深人静的世界，他们有着共同的东西——自由，孤独和寂寞。在自由的时空里，如何去排除寂寞而享受孤独，便成了他们的话题。开始两人自然是试试探探、小心翼翼的，等他们都确定对方是成年人，没有什么不可言说，或就是说了什么对自己也构不成伤害时，他们就放开胆子，打开窗户说亮话了，他们越聊越投机，越聊越放纵，用她的话说，简直是无耻、放荡。奇怪的是她却体会到了一种酣畅淋漓的由难得一次的放纵带来的舒服，似乎憋闷了一个夏天的土地总算等来一场瓢泼大雨。他用词粗犷直接，叙述惟妙惟肖，在他的挑逗和撩拨之下，她觉得自己每天守在家里，就像打入冷宫的宫娘，真是一种天大的悲哀。爱，怎么了！爱就必须得守身如玉？荡妇怎么了？荡妇的生活就糟糕到一塌糊涂？更重要的是，他所说的很多感受，她从来没有体会过。她虽然没有资格嫉妒，但她还是嫉妒他的妻子了，她和他说，和他妻子相比，她可怜的简直就像个处女。

有那么几分钟，两人不说话，暂时陷入了沉默。这让她觉得刚才的话可能说得有点过头，毕竟他是有些文化修养的人，她原以为这样他会喜欢，会诱发他产生某种激素，不知道从什么时候开始，她总觉得男人们越来越想喜欢当西门庆，而女人们都盼着当潘金莲了。她一点儿都没有贬低和打击他的意思，“勾引”不太入耳，至少不太露骨，但又包含了预谋、功利和获猎，这不是男人都引以自豪的吗？然而，他觉得这么形容驴头不对马嘴，他要的是干柴烈火，一拍即合，而非谁主谁次。好在，从她说话的神情中，他没有看出一点正式与严肃，那么她就是随口说说了，就像她形容他们是奸夫淫妇一样，只是一份佐料。想到这里，他就不再深究她为什么要说勾引了。但，有一点他是明确的——他绝没有勾引她的意思，他就是想和一个女人见面，当然不排斥接下来水到渠成的事情。如果她回绝了，或在见面前改变了主意，他绝不会有半点怪怨的意思。

沉默让他们同时意识到话题超出了范围。她和她老公恩不恩爱，他和他妻子是否还激情澎湃，她是家庭妇女，还是用一个家庭妇女的身份来掩饰自己，而他是做什么工作，下班后有多么无聊和不知所措，与他们见面有什么关系呢？直到现在，他们都还没想知道对方姓甚名谁，这倒不是他们有什么担心或不好意思，真实的原因是——没那个必要。他们彼此巴不得对方不沾尘埃世事不问，干干净净就那么一个人。他们处在一种简单的感觉中。他们愿意臣服于感觉。他们各自都在内心向自己做了检讨，然后在吃完饭撂下碗筷时达成了默契，他们重新又回到了起点。接着，他们胡扯了一些与他们纯粹无关的事，比方城市交通拥堵得几乎要瘫痪，政府要不要征收拥堵费，书市上琳琅满目全是书却选不出一本正而八经的书，孩子们学习太累成绩上来了身心健康却下去了之类的话题，总之是泛泛而谈，不触及他们个人。然后，她说吃了点儿饭，还真热，她伸出汗津津的手让他看。

“那就脱了吧！”他转身把窗帘拉上。

“你就不热？”她脱掉外衣，一边把外衣搭在衣服架上，一边问他。

“热，咋不热。”他一边解着衬衣衣扣，一边从后面抱住了她。

她没有动，头向后一仰把整个重心交给他，轻声在他的耳边说，“我喜欢这样的感觉——抱紧我——哪怕抱到天亮。”

他不可能把她抱到天亮。他只能把她抱到床上。他汲取了刚才的教训，抓起遥控器关掉电视，又伸手关掉房间所有的灯。房间里一下漆黑下来。她没有反对，也没提任何要求，她只是把自己像一片酥软的土地完全交了出去，至于交给谁，遇到什么样的农夫，他拿的是锄头还是铧犁，她根本不去管。而他这次，是从她秀巧的脚和光滑的腿开始的，他像蚕一样一口一口接近和咀嚼她。他把多年在妻子身上练就的娴熟的技艺毫无保留地发挥在她身上。而她，随着他湿漉漉的唇不断侵蚀，在接近她大腿内侧时，终于发出了坚持不住的呻吟。黑暗中，他们越来越专心致志，越来越徜徉自如，最终，他们在久违了的新鲜中真的一起飘了起来，在连连不绝的惊叹声与呼吸困难中接受了各自的礼物。礼物到手了，他们躺在黑暗中一动不动，一边不可阻挡地体会到自己正在慢慢还原成自己。外面的夜越来越真实越来越具体起来。清醒后的他们，脑子里涌现出的第一个念头就是，现在几点了。他们根本没时间去想一下，面对刚才的一切，该对对方说后悔，还是谢谢。

几分钟后，他伸手打开灯去穿衣服。她也没有留在床上的意思。他们各自穿好衣服，努力使自己和来的时候一模一样。晚上八点十分，他们大大方方地走出钟点房。他又钻到地下，上了地铁。她挎着包在路边拦了一辆出租车。一路上，他们都把头顶在地铁和的士的车窗上。他们表情木讷。他们是成年人，都有家有口，他们在干什么。没有人知道他们有没有这样质问自己。

翻译先生

1

关于余光顺余翻译，王万全只有一些零碎的记忆。现在他得去找他。穿好外套，装好钱夹，在裤兜里摸到车钥匙时，他却犯起了嘀咕，怎么是余光顺呢？要是换作其他人，只要是余光顺之外的任何一个人，他想，事情就变得简单，他也不必如此纠结了。唉，这个余光顺啊余光顺！一根针无来由地扎在王万全的心上。

实际上，从放下领导的电话，王万全心中就很不是滋味，可领导的命令犹如咒语一样在耳边催着，他又不能不去，再说，去晚了余光顺要惹出什么麻烦，那自己可就真的是罪责难逃了。

这是一个周日的下午，阳光明媚到令人陶醉。他本来和一个女网友约好见面的，他打扫了房间，更换了床单，餐桌上摆了鲜花，甚至还依照网友的喜好，在卧室里喷洒了清淡的香水，场景他都设计好了，两人先在一起品茶聊天，然后一起做饭吃饭，这顿饭会做得时间很长，也会吃得时间很长，那种暖融融的温馨正是网友所渴望的(他说也是自己的渴望)，时光会在不经意间流逝，然后呢，然后他们就都在蒙胧中显出了几分倦意，他会把她留下来，事实上在她答应与他约会时她就应该已经做好了这样的准备。他们转换空间，主场当然是他精心布置过的卧室，他们会一起洗澡，当然出于她那装出来的羞涩，他答应允许她一个人先去洗澡，之后的一切自是不用多说。如果不出意外，这将是一次浪漫、大胆、惊心动魄，充满激情的约会，他，他把那只雨伞(安全套)都精巧地放到枕头下了，可现在，一个电话打来就把一切都毁了，这怎能叫人不出火。

王万全恼地开门，他一边开车，一边给网友解释，可无论他怎么解释，说多少个对不起，他还是成了一个玩弄别人的骗子。有什么办法呢，谁让自己就摊上这么个余光顺呢。

2

今天我们班来了一位新同学，讲台上的班主任停顿了一下，目光看着同学们，他希望所有同学的眼睛里都充满期待。可每位同学都表现得漫不经心，于是他只好说，他叫王万全，父亲是咱们公司职工食堂的厨师，你们一定都认识，就是那个最胖的，大家叫他王大胖。

哦，看来我们班要多一个王小胖喽！说话的同学自己先笑了，本想活跃气氛，却不想没人响应。

我说过，不要给同学乱起外号。老师弯着腰，眼睛从眼镜框上面盯着那位同学。

在这种流动单位的子弟学校，来一位新同学实在没什么新奇，学生们随着父母工作变动，经常转进转出。对于大部分孩子而言，他们也搞不清自己是城里孩子，还是农村孩子，家中户口本上写着“非农”，可他们成天和土地旷野打交道。女孩们有点担心，她们摆弄铅笔，揉搓橡皮，担心班上再多一个坏小子。当然，再多一个其实也无所谓，反正总会有更坏的小子管着。大概想到这些，几个女生便把脸转向教室门口了。

进来吧，万全同学！

王万全背靠教室的砖墙。老师走出来把他拉进教室。所有同学像法官一样审视他，他的样子太可笑了，领口紧系，颜色泛黄底边都拉丝的四兜儿上衣小得要死，下面却穿一条没过水的新运动裤，脚上又来一双轮胎底灯芯绒手工布鞋，教室里阒然无声，大家欣赏着这个独一无二的怪物，想象着这小子那两只不穿袜子的脚拔出鞋壳后，脚趾缝里是否夹着臭烘烘的黑泥。

介绍介绍自己吧！说话的人就是余光顺，这个班的班主任。王万全清楚地记得余光顺的声音，温柔，充满母性，说吧，孩子，哪怕一句，起码告诉大家你的名字。

他叫王……万……全，一个调皮的孩子抢嘴说，余老师你刚说过，你都忘了？这小子倒不胖，和你一样，瘦猴。说完，几个孩子附和着笑起来。

在王万全的记忆里，学生在老师面前从来都是毕恭毕敬言听计从的，这里的孩子却敢这般毫无顾忌地冒犯老师。王万全面无表情，拘束地站在讲台旁，他本想真诚地告诉大家，自己一直在村里生活，母亲死后，家里没了亲人，就只好跟父亲来了这里。可看形势，他还是得保持沉默，他不想一开口，便因浓浓的方言叫人家笑上半天。

你得说几句，孩子。余老师眨着那双因近视反倒有点美的眼睛，鼓励王万全。

王万全局促不安，但还是没有开口。

别不好意思，大家在一个教室就是同学了。余光顺低声对王万全说，说不定他们的成绩没你好，写作业时还要向你求教呢！

王万全不知道那个同学是怎么听到这话的，还是那个同学压根儿就没听到，碰巧说了那句话。反正王万全微启双唇，正准备含糊不清地谎称自己是在县城中学读书，因为母亲身体不好，爸爸才把他转到这里时，一位同学毫不客气地站起来大声说，快算了吧余老师，你再逼他，他也是个傻×。

余光顺老师当时气坏了，伸出手指，呵斥那位同学。但那个同学一脸无所谓，还和同桌低声说，老余同志就这么没出息，有本事开除我啊！

3

夏日，灰黄色的夕阳中响起了悠扬的音乐，单身职工们走出宿舍从山坡上下来，他们有的胳肢窝下夹着搪瓷碗，有的把碗顶在头上，有的用筷子托着碗底儿耍杂技，他们聊天，唱歌，他们三五成群穿过横停在铁轨上的火车车皮间走向食堂。那时，王万全坐在食堂对面后勤人员宿舍的走廊里，“工人”在他心目中是一群放着金光的人，即便是余老师，王万全也觉得他实在是个幸运儿，无论别人怎样看他龌龊，把他忽略，但他终将是衣食无忧的，终将拥有着城镇户口和工作。王万全对自己不敢有太大希望，他的前途似乎只有两条，考学，哪怕是师范、中专，另一条就是等父亲单位的自然减员。

但你能考上吗？王万全没想到作为老师，余光顺竟会说出这般打击人的话。可冷静一想，余光顺说得并没错。余老师和他说了，这个子弟学校从来就没有考走过一个学生。

王万全坐着板凳，从斑驳潮湿的红砖花墙向外看。他觉得自己是寄人篱下，是个毫无未来的弃儿。尤其是当他看到混在人群中，慢腾腾，时不时欠身给旁人让路的余老师，心里就不是滋味，他发现余老师过了月亮门就喜欢将头转向他的方向，却从来都没有真正踏上过一次台阶来看他。

这天下午，王万全没在走廊，而是躺在床上听收音机。因为外面的音乐结束，等最后一个打饭人离开食堂，他的吃饭时间才到。

万全同学，我……可以……进来吗？声音柔软得像个毫无自信的男生向心爱的姑娘表白。

王万全本能地坐起来，看到余光顺整个身子在屋外，半个脑袋从竹帘缝探进来，样子试试探探，鬼鬼祟祟，手里捧着一个饭盆。

在的，余老师。王万全跳到地上，开灯。这是间极其简单的宿舍，两张床，一张写字台，一个盖有黑色漆布用旧包装板做的木箱，剩下的就是食堂的油渍味了。王万全马上关掉收音机。

咱们可以谈谈吗？余老师站在门口，捧着饭盆的手都有点哆嗦，这也算是家访。

王万全永远也忘不掉余老师当时看他的眼神。他觉得余老师把他的心事看穿了，这叫他无地自容。他只好点点头。

突然换了环境，和一群陌生人相处，肯定不容易。余光顺说。

这我知道，余老师！

事实上，你必须承认有些东西我们无能为力。余老师说，但任何事情又不那么绝对。要改变，就得去努力。咱们这种人，只有努力，才有可能改变。

嗯……余老师贴心的“咱们这种人”打到王万全心窝里了。

我说得不对吗？

可我毕竟和他们不一样。王万全咕哝着。

这种不一样兴许恰恰是你的优势，是你的动力。我一直想告诉你，其实你的作文写得很好，几乎每篇都可以作为范文，我从作文中看到了你的敏感、细腻，能透视人物的内心，而你给人的印象是踏实可靠，孩子，这些东西足可以改变你的命运。余老师说。

受到鼓舞的王万全，第一次抬起头近距离看余光顺。余老师的眼睛清澈似水。

我很高兴，孩子，我是说，你是我真正的学生。以后，别总闷在家里，有空就出去走走，离这里不远有个水库，早晨和黄昏的时候风景不错，当然细雨濛濛的时候会有另外的景致，去感受感受吧，说不定将来你会成为大文豪！

那次聊天王万全非常感动，甚至眼睛里隐隐噙着欣慰的泪水。他知道余老师想成为他的朋友，当然他也需要有个朋友，这个朋友不一定带给他多少帮助，但至少可以说说话。余老师没有看不起他，还极力想把他从忧郁、自卑中拉出来。余老师临走时，把手搭在他肩上，真诚地和他说，只要他愿意，他可以随时去他那里他的宿舍找他。

4

王万全走进余老师的宿舍是一个暑假的晚上。余老师那句“咱们这种人”一直温暖着他。那天，他接受余老师的建议，骑车到水库边玩，他坐在坝上看夕阳由浅黄到微红，黑红，直至变成黑云，看到几对年轻人谈情说爱，王万全想到了余老师，论年龄，余老师早该是孩子爸了。兴许是那句“咱们这种人”让王万全觉得自己和余老师特别近，他一个转身起来，拍拍屁股上的土，骑车就去了余老师的宿舍。

余老师的宿舍紧靠山坡，一层，王万全把自行车撂到楼道，直接推开了门。不想，一个水灵的姑娘在他的莽撞中从余老师的床上慌忙站起来。王万全赶紧道歉。余老师却靠着写字台，大方地叫他进去，一边对旁边的姑娘轻声说，我的一个学生。

那……你们先谈。姑娘说。

不是，余老师，我没什么事。王万全说。

我还是先走了！姑娘和余光顺说。她没好意思看王万全，便羞羞地走了。

那姑娘是公司大门口裁缝店的小裁缝，王万全去过，一间两米高的铁皮房，一张床，一台缝纫机，剩下的空地连人都站不开，一年到头，没几件正经衣服，但缝缝补补的活儿却让她的生意不错。

坐吧，孩子！余老师说。

余老师。我没想到……

没事。余老师说，我们不可能的。

为什么？王万全觉得小裁缝要配余光顺绰绰有余，是她不同意吗？

不是。余老师纠正说，是我。

你嫌她不漂亮？

不是。

哦……王万全小大人一样说，那些闲言碎语你不该听的。她一个人待在裁缝店，人又漂亮……

余老师嘻嘻一笑。好了，孩子，不说这个。他转身整理书本。这时，王万全注意到屋子的四周墙上贴满了写有英文单词的纸片，一个红色的京华牌随身听和一台收音机放在余老师的枕边。

你在学英语？

是啊，还记得我说的那句话吗：咱们这种人，只有努力，才有可能改变。

记得。

听说，公司承建的下两台机组是捷克的。

捷克人也说英语？

我不知道，但英语在世界上很通用，我想学一学，总会派上用场。可咱们学校的孩子们，都不把学习当回事，再说，我教语文，余老师憨憨地说，水平说不定还没你高，最起码写不出你那样的作文。孩子，你身上有很多优点，你没必要在乎其他孩子怎么看你，你口音土，衣服没他们洋气，这是事实，咱们从小到大就在一个山村里，他们是双职工，条件比咱好，但咱有咱的长处，比方说，吃苦，能受气。大胆去争取吧，孩子，将来你一定会有出息。

所以你说，和小裁缝没可能？

王万全清楚记得当时余老师的欲言又止，他说小裁缝哪都好，可惜她就是没个城镇户口。王万全还记得余老师摆出一副想逗王万全开心的动作说，要是允许孩子户口随父上，就都不成问题了，可是，余老师改不了政策啊？你说，是不是？

其实王万全觉得一点儿都不可笑，因为自己就没有城镇户口。王万全觉得余老师的"咱们这种人"很温暖人，可一说城镇户口，余老师就又站在了他的对立面。他想着小裁缝待在不足五平方米的铁皮房里，夜以继日地踏踩那台缝纫机，还要忍受那些臭男人们对她动手动脚。自己的将来比她能好到哪里呢？

5

第二年，余老师和王万全父亲所在的公司，真的接到三年内投产四台大型捷克机组的任务，还是国家重点工程，当第一位大眼睛、高鼻梁、尖下巴、深眼窝的捷克专家走下伏尔加轿车时，余老师高兴得就像见到久盼的亲人。小裁缝和他自然也就没戏了，问题是有几个离异的单身女职工本有意和他接触，他也没有了心情。他推诿人家的理由是工作太忙。一个人忙得连谈对象的时间都没有，那不是胡扯淡嘛！

那时，余老师不再是王万全的老师了，他被调到公司里开办的学习班学习英语，机组虽是捷克的，但图纸、说明书、配套设备的资料全是英文，很多头头脑脑家的孩子也在班上，但他们大多是“good morning”“how are you”的水平，余老师却与已熟练掌握了复合句、过去将来时，能和专家进行简单的口语对话了。余老师牛×啊，尽管走路依然还是躬腰前行像只虾米，但所有人认为他迟迟不找对象，是在蓄谋，是在等一位有学历懂英语的正式工，但是……这样的姑娘，人家会看上他吗？有人就开玩笑，就余光顺那身板，老天啊，恐怕就是爬到女人身上，小鸡鸡都不一定能插进人家×里去！

培训班结束，学员分到不同的岗位，设备科的，外事办的，因为口语好，余光顺被安排做外国专家的随同翻译，这样，他随外国专家和公司领导见面的机会也就多了。公司经理是个和蔼可亲平易近人的人，特别喜欢靠自已奋斗拼打天下的年轻人，加上余光顺说话谦虚，工作敬业，又是每年的先进和青年标兵，在经理的提议下总是少不了余光顺，经理讲翻译这角色厉害啊，动动嘴，可相当于几百号人啊。所以说，这个余光顺“余翻译”“翻译先生”不得了啊。从那以后，人们见他就称呼他“翻译先生”了。余光顺倒很受用，他觉得这个称呼中多了不少羡慕和尊敬。

所以，再见到王万全时，余光顺的笑脸就多了，他鼓励王万全好好写作，说公司里的文件，很多都前言不搭后语，漏洞百出，将来有机会就去机关谋个差事，说秘书的岗位就是专门为王万全留着呢！

王万全心想，快算了哇，那种坐办公室的差事，就是给了拱粪的母猪，也不会轮上自己。

可余老师颤抖着双唇说，别灰心，孩子，机会总是留给有准备的人，有机会我会给你推荐的。

王万全觉得余光顺天真。但不能否认余老师又像太阳一样照耀着自己，余老师的话当时听不入耳，异想天开，不着边际，但静下来想想也不全无道理。于是，他开始打听余老师的过去，琢磨余老师“咱们这种人”的含义。可很少有人知道他的过去。有一次，公司劳资科长的儿子说，其实余老师当年并不符合条件，是做了手脚把年龄改小才顶班来的，而真正符合条件的是他弟弟。

是真的吗？王万全问。

那小子两眼一瞪，他妈的，不知道我老子是谁？你没发现老余同志说话总是“嗯哧、嗯赤”的？

他是有这习惯。

习惯？那小子一脸的不屑，那是底虚。不过，这事你可不能乱说！

王万全向父亲提起过这事。父亲一脸不高兴地说，那是余光顺，那可不是一般人啊。

我是说，我不想回农村里去了，考学又没有希望。

那你就好好学习。

好好学也没用。沉默了半天后，王万全说，不过，余老师说，我的作文写得好，可以当秘书。

你说什么，当秘书？躺在床上的父亲差点因为觉得可笑坐起来，我看你给人家扫地还差不多。

扫地也行。

没过多久，王万全高中毕业。他真的在父亲的公司里当了个端茶倒水抹桌子扫地的办公室通讯员。王万全倒乐意，毕竟要比和泥打炭去伺候食堂那笼灶火强吧！

6

从那往后的四年里，王万全很少见到余光顺。因为公司本部搬到省城了，而余光顺还留在施工现场。但就是刚刚回到省城的那年，系统举办了一次“做有志青年，为电力添光”的征文大赛。一天，公司党委书记找到王万全，让他去一下办公室，王万全不知发生了什么事，他站在书记面前，书记将一张报纸递给他。他一眼便看到了自己的名字，前面竟然是“一等奖”三个字。他的心咯噔一下，不由得紧张起来。

我没想会这样。王万全耷拉着头，满头是汗。

我也没想到。书记的口气倒很客气，尤其是你，一直在我身边，你还是临时工。

我知道，书记。我只是写着玩，我一点儿没想到会这样。这时，王万全懊悔不已，恨余光顺，因为没有他的教唆和蛊惑，自己哪敢如此胆大妄为，因为他清楚启事上所列参赛人员是系统职工，而“职工”在那个时候的含义是指“正式工”。

你父亲是个大老粗。

是的，书记。

你也没正而八经上过学。

是的。

可你获了这个全系统一等奖，这下，公司跟你倒是沾光了。

对不起！王万全猜书记是说反语，是在指责他胆大包天。他在等书记那句“你走吧，明天就不用来上班了。”书记却半天没说话。他看着书记慢条斯理地点上一支烟，你是个临时工。孩子，不过……这不当紧。我问你，如果将来有机会转正，你愿意吗？我说的是转成正式工。

王万全似乎明白了，他怯生生地说，可我是农村户口。

这不是你考虑的问题。

王万全当然对书记感恩戴德。半年后，王万全的工作和户口一起解决了，书记安排他到团委工作。这时，王万全又从心底里对余老师充满感激，觉得余老师就是他的明灯，他的带路人，他毫不掩饰地跟别人讲，如果没有余老师，就没有他王万全的今天。

在那年的公司劳模会上，王万全与余老师见面，余老师披红挂绿，依然文弱、害羞，没有一点气魄，可在台上发言，余光顺说的全是肺腑之言，他把自己与公司比作一片叶子与大树，说没有公司这个大树，就不会有他这片绿叶。休息期间，王万全闪烁其辞地问余老师，余老师，你在台上说的……都是真的？

当然。余老师奇怪地看了王万全一眼，做人要诚实，为什么要说假话呢。

可凭王万全的经验，会议上的发言，除了放几声空炮哪有几句是真话呢？公司承建的捷克机组投产了，资料也全都移交了，据说接下来的工程全是国产机组，王万全问余光顺有什么打算。

总会再建国外机组的吧，再说，公司迟早会到外国去施工？

再建？那得猴年马月！迟早？那是什么时候？王万全觉得余光顺有点异想天开，但他没明说，他只是说有朋友在外语培训学校当老师，也就是给那些外文成绩差的孩子补补课，收入很高，要是余老师愿意，他可以介绍他去。

不用了。余老师说，公司给我发着工资，我想再提升提升，等公司一有机会，我就能派上用场。

呃……王万全就觉得这个余光顺有点愚了。

7

由于家在外地，尽管在本部上班，但王万全还是住单身。一天，王万全从项目上搞完青年突击队授旗仪式回来，见自己宿舍的门开着，他发现原本空着的床上铺了新铺盖，床头柜也摆上了咖啡、黄糖、牛奶盒、小镜子，一双白网球鞋和一双锃亮的系带黑皮鞋整齐地摆在床边。再看看那床单，虽不是新的，但干净如新，展得像四角吊了铅块，还有一把装在套子里的网球拍挂在床头。王万全正纳闷，就看到余光顺端着刚洗过的不锈钢餐盆从洗手间出来，他穿得笔挺，裤角却捋得老高。

余……老……师？你这是……

我刚调回来。余光顺不紧不慢地说。

机关？

我留在现场没用了。余光顺说，领导就让我回来了。

到了哪个部门？

余光顺弯腰把饭盆放进床头柜，坐在床上，好像是策划部，做些宣传资料的翻译。

这样，余光顺和王万全就成了舍友。那时，王万全已是团委副书记。夜里，他看着连放眼镜都四平八稳的余老师，突然就不想再称他老师了。他说不上具体的理由，反正觉得称余光顺老师别扭，但他又不能像别人那样直呼其名。王万全开动脑筋，觉得叫“翻译先生”还勉强能说得过去，但他又担心余老师说他不尊敬，所以，他就想趁余光顺不注意的时候开叫第一口，一天早上，余光顺晨练回来正抓着湿毛巾擦汗，王万全假装刚醒，借在被窝里抽烟的迷糊劲儿顺口说，翻译……先生，你这是……刚跑步回来啊？

不。我打，打会儿太极。王万全发现自己的担心完全是多余的。余光顺根本不在乎别人怎么称呼他。

当然，余光顺有余光顺在乎的东西，比方，他会六点零五分准时起床，不声不响地刷牙、洗脸，七点一刻准时回来，脱掉运动服，穿上圆角西装打上领带，去食堂吃饭。王万全觉得如此刻丁刻卯，没必要吧，还有那身装束，又不是参加正式会议，还有那早餐，没必要必须得两颗鸡蛋、三片面包、一杯咖啡吧。可余光顺说，习惯了。

习惯了？王万全觉得简直就是教条、死板。下午下班后，偌大的集中办公区日光灯嗡嗡作响，余光顺坐在最旮旯的地方，双腿相并，伏首躬腰，不是浏览外国网站，就是看英文报纸。同事们陆续离开，踢球，打牌，下馆子的，有那么几次人家叫他“要不一起去吧”，可能他从中听出了人家只是象征性地表达一下礼节，或者他就不喜欢嘻嘻哈哈的场面，总之，他抬头隔着镜片冲人家笑笑，人家也就走了。人家在小酒馆划拳喝酒吃烧烤时，他自己却背着网球拍形单影只地去附近的网球场。晚上睡觉前，他按时冲杯牛奶，看十页英文版的《飘》，然后把耳机塞到耳朵里，平躺在床上眼睛一眨一眨地看着天花板听一个半小时 BBC。他很少主动和王万全说话，不讲过去，也不讨论未来。即便王万全带朋友来，他也只是礼貌性地笑笑，或点个头就去忙自己的了。他似乎完全生活在自己的世界里，不介入别人，别人也别介入他。相处的时间越长，王万全就越发现余光顺的思维和大家有差别。记得有一次，他正为电视里赵本山的小品叫绝，余光顺却在另一张床上一个劲儿地眨眼睛看他。王万全奇怪余光顺为什么就不能像他那样放声大笑，他觉得余光顺吭哧憋肚的，永远被一种无形的东西管着、压着、捆着。他转过头，几次看余老师，问余老师，怎么，你不觉得本山大叔是个绝顶的人才吗？嗯，翻译先生，你想想，中国要多几个这样的大叔，那大家的日子，该有多乐呵啊！

那不见得吧！余光顺第一次很正式地和王万全说话，他充其量，就是个小丑！还是拿残废开涮。我们需要的应该是一种高雅的艺术。

可什么是高雅啊？歌剧？舞剧？美声？昆曲？王万全觉得余老师像个外星人，快算了哇，那些玩艺儿，谁看！

只要慢慢引导，自然会有人看。

王万全有点明白余光顺为什么找不到对象了。但又心想，你余光顺也该洒泡尿照照自己啊，就你，也就等哪头瞎了眼的猪吧。

8

王万全觉得是那些洋字母把余光顺搞坏了，让余光顺的思想漂得太远，离开了实际。那是个热得出奇的八月，打开门窗，往地上泼水，宿舍里还是热得像蒸笼，电扇上搭着湿漉漉的毛巾，男人们大裤衩光脊背，不出一小时就得跑到卫生间用脸盆往身上浇水，就这样，到后半夜两三点还是热得不能睡。连续一礼拜没睡好觉，大家一个个膀眉肿眼萎靡不振，王万全在楼道里转，困得实在受不了，就往地上铺几张报纸躺上面。余光顺却穿着睡衣正襟危坐，不停地用手帕擦汗，还不忘看他的《飘》。

翻译先生！

嗯。

你不热啊？

热。

那你还那么衣帽整齐个啥……楼道里又没女人！

再这样下去可不行。余光顺却像自顾自地说，咱们得想想办法。

是啊，咱们是得想想办法！王万全从地上爬起来，拎着脸盆又去卫生间了。

可几天过去，王万全也没见翻译先生余光顺想出什么办法来。

星期二的上午，党委书记打电话叫王万全过去。王万全没想是因为余光顺。

听说你和余光顺住一个屋？

是的，书记。

这个人是不是脑子有问题？

他是有点怪，想法和别人不一样。

岂止是不一样。书记说，这个人大脑肯定有问题。听说他还教过你？

不，哦，在子弟学校的时候是教过，也就一年多时间。

哦，多亏时间还不算长，否则啊……他会毁了我们一个年轻有为的干部啊！

谢谢书记。

人常说近朱者赤，近墨者黑，你可得小心啊！

你放心书记，这点辨别能力我还是有的。

你知道吗，昨天他来找我了。

他有什么事吗？

人家来找我谈话。

他找您，谈……话？

他是这么说的。书记把手放在桌子上，还给我讲了一通人才问题。

还讲人才问题？给您？

他敲开门进来，煞有介事地在我对面坐下。开始我以为他是想让我帮他调岗位。有一次，他和我说想去市场开发部。我说市场开发部需要的人那可不一般，形象、口才、酒量、关系、工程造价等等。我说“光顺啊，你觉得你在哪个方面有优势。”

“我会翻译，国际规则我也熟悉。”我们的翻译先生这么说。我说，“看来余翻译觉得自己有点屈才啊！”你猜他怎样，他居然反问我，书记你不认为我是个人才吗？

也许他是想为公司发挥更大的作用。

他完全可以这么说！书记说，这次又是，他给我讲人才，教我如何留住人才。絮叨半天，结果呢，他是想给单身宿舍争取装空调。当时，我想你余光顺为单身职工代言是好事，我说我知道了，我要做个调研，再上会研究一下。这样的答复可以吧？不想余光顺同志不满意，他和我要时间表，还用教训的口气说我官僚，说单身宿舍没空调谁都知道，如果换成是领导干部办公室需要空调，问题早解决了，他还说领导干部的办公室都有空调，而单身宿舍没空调，这不公平，公司里天天喊以人为本尊重人才，其实只是骗人的口号，这样下去，会让职工伤心的。万全，你也住单身，确实热得受不了吗？

大夏天的，又是在顶层，肯定是有点热，但不是说就过不去。

对嘛，这才像年轻人说的话。年纪轻轻吃不了苦，将来公司还怎么靠你们？想想我们年轻的时候……

是是是！

下班回到宿舍，王万全想和余光顺谈谈，劝他别不识时务，别动不动就用“谈话”“教训”“质问”的口气和书记说话，先不说上下级关系，最起码出于尊重也不该那样。王万全谈起此事，余光顺却一百个不理解，当着王万全的面就指责书记高高在上官腔十足，看人家美国，总统都自己排队买电影票。

翻译先生！王万全说，余老师，话可不能这么讲，你可是说过“没有公司就没有你今天”的。

我正是爱这个公司才去和书记谈话的。余光顺说到这里突然卡住了，停顿了几秒，他才说，万全……

怎么？

有件事，我想和你商量一下。

你说。

过几天，我爱人要来省城学习。

好事啊！其实，王万全是第一次听说余光顺结婚了，但他一点儿也不想知道余光顺是怎么结的婚，他关心的似乎只是到底是什么样的女人竟会喜欢上余光顺这样的人。

她来学声乐，住酒店，费用上有点贵。

那让她来这里好了。王万全爽快地说，我可以到别的宿舍找个空床。

谢谢你。余光顺很感激地说，你看，这么热，宿舍连空调都没有，我真觉得给公司丢脸。

王万全当时就觉得余光顺脑子真有问题。原来，他争取空调是为了迎接娇妻，是说公司给他丢脸啊。王万全就越发想知道余光顺的老婆长什么样，心想，她七仙女儿啊?!

余光顺的老婆来了。王万全和几个哥们喝了点酒，就匆匆赶回宿舍，他在路边水果摊买了个大西瓜，这样好借送西瓜的名义一睹余光顺老婆的芳容。一路上，他在想，余光顺如何站在逼仄的宿舍里，半哈着腰抖动着双手吭哧吭哧浑身不自在地介绍自己的老婆，而他老婆则像娇羞的新娘一样腼腆地蜷腿坐在床上，说不定正准备早点上床的余光顺，正露着那嶙峋的小脊背给老婆洗脚呢！像余光顺这样的男人，一定得给老婆洗脚，否则哪个女人会嫁他。让王万全没想到的是，宿舍门竟大展展开着，一个长发披肩身穿米色长裙的女人，正对着镜子往脸上拍爽肤水。王万全怀里抱个大西瓜，傻乎乎地站在门口，没等他开口，那女人从镜子里看到他便举着双手冲他说话。

你就是那位年轻有为的王书记吧！快请进。

女人反客为主的神情叫人不舒服。王万全没想那女人奇丑无比，长脸，高颧骨，小眼，宽嘴，皮肤说白不白说黑不黑，粗糙得像根腐木。王万全兴致全无，便急慌慌说，不了不了，你和余老师早点休息！

那晚，躺在床上，王万全想起水灵灵的小裁缝，觉得余光顺真可怜。

没过多久，王万全买到房子从单身宿舍搬走了。他和余光顺的见面，也就停留在偶尔开会或楼道里一遇。王万全凭着一支笔杆和聪明机灵，很快当上团委书记，又调到经理工作部当主任。书记还是原来的书记，经理换成了新的，但新经理也十分器重他，甚至在职代会前召开的党委会上提议把王万全列入后备干部，就能力上讲，王万全当个管理副经理或副书记，那是绰绰绰有余，但考虑到年龄，书记觉得还是再锻炼锻炼为好。也就是在那个会上，领导们研究第二年工作计划，一致认为国内市场严峻，作为竞争型企业，要想生存和发展就得开拓海外市场，公司成立了国际事务部，在北京设一个办事处，王万全便成了驻京办事处主任最合适的人选。这样，王万全和余光顺见面的机会就更少了。一次书记到北京学习，王万全去看望，问起余光顺，书记说，那个人完了。

完了？

彻底完了。现在连班都不上了！

那他干什么？

还能干什么，回家待着。我看他可怜，和人资部门讲多少给他点工资，可时间也不能太长，哪个公司会养个白痴，再说，那样对别的职工也不公平啊。

怎么会这样！万全说，要说翻译，他的水平在咱们公司还是最高的。咱们不是中标印度和马来西亚工程嘛，正是需要翻译的时候。

我们是需要翻译，但不需要神经病翻译。

神经病？

你和他住那么久，还不知道？他成天找公司，要求给他解决他弟弟的工作问题，年前听说他那个唱歌的老婆也和他离了，自己落了个净身出户。这倒也罢。前几个月吧，他每天在电脑上给奥巴马写信，谁知道是真是假，有一天他拿着一张纸说奥巴马给他回信了，说奥巴马赞同他对中国教育的看法，还鼓励他做进一步研究。简直神经病嘛，这种人，你让他去做翻译，你敢吗。

奥巴马给他回信

谁知道呢，反正满纸的洋码码。我没看。

当时王万全满脑子想的不是神经病，而是不可思议，想不通余光顺怎么会变成这个样子。

9

电话里，书记说余光顺是去高院上访。王万全看看表，已是下班时间，等他过去还能找到吗？他会老老实实待在那里？如果有余光顺的手机号就好了。王万全打电话给公司，同事说好像见余光顺有过那么一个手机，可谁也没他的号。难道他和谁都没联系？这么大一个北京，去哪找啊！王万全开着车，心里百倍委屈。王万全去了高院，值班人员说登记簿上有个叫余光顺的人，可半下午的时候就走了。

知道他去哪了吗？

这我哪能知道啊，去哪是人家的自由啊。值班人员说，他们这种人，是不会轻易离京的。

他们这种人！王万全的心狠狠地被扎了一刀。虽然他说不清“他们这种人”指的是什么人，但是他觉得余光顺确实已经成为那种人了。

王万全和值班人员套近乎，了解“他们那种人”惯常待的地方和习惯。值班人员告诉他一些对应的经验。王万全又往公司打电话询问余光顺的社会关系，得到的信息没一条有用。总之，余光顺在公司工作二十年，所有的同事除了认识他本人之外，对他的其他一无所知。

晚上9点多钟，书记来电话问情况。王万全说一无所获，简直像大海捞针，太困难了，要不就报警吧。书记在电话那边不高兴了，没好气地说，你还嫌不够丢人啊？自己多想想办法，无论如何得找到他。一找到他，就跟他说有什么事可以回来商量，去北京折腾个什么劲儿。

放下电话，王万全把车停到路边冷静地分析，以现有的经济条件，余光顺不可能住酒店，北京有不少好玩的地方，余光顺也没那个心情啊，投亲靠友更是没有可能，莫非他是去地铁通道或睡公园的休闲椅当流浪汉？以余光顺的性格也不可能。那么，他会去哪里呢？王万全咬着嘴唇，车流如水，广告灯闪烁，在散发着浓浓的咖啡香味的人行道边，偌大的玻璃窗里眼含蜜糖的男女在约会，再往里走是树木葱笼的街心公园，那些隐隐约约散步的人……可是，他妈的余光顺的人呢？有关余光顺的记忆在王万全的脑海里翻腾，余光顺那虾米一样的外形，说话吭哧憋肚的为难劲儿，从眼镜框处看人时的认真，对翻译事业的不倦追求，他他妈的不是好好的嘛，发什么神经抽什么疯啊，怎么混这么个下场。王万全相信在这熙熙攘攘的大都市里，余光顺一定挎着那个长方形细带挎包漫无目的地走在某个地方，没人问他从哪里来到哪里去，更没人注意身边还有这么一个人。

他他妈的，是站在过街天桥上吗？是在天安门广场四处转悠吗？还是……王万全真发火了！整个夜里，王万全去了北京站、北京西站、丽泽长途汽车站及附近的小旅馆，天将蒙蒙亮时，他开车返往办事处，他又困又饿，懊恼得想出手打人。他准备一上班就给书记汇报，说自己尽力了，可还是一无所获。

回到办事处，天已大亮，蜗居地下室的北漂们刚刚像泥鳅一样爬出地面，他们揉着惺忪的眼睛在临时搭建的早餐点用餐，相比他们，王万全是幸运的，只要公司不来人，他就可以独享办事处那一百四十平方米的三居，他已经和两个网友在办事处一夜情过了。哦！王万全打起精神，他停下车，全然把余光顺忘掉。他看着坐在摇摇晃晃的塑料凳上，或清丽、或浓艳、或丝袜热裤、或职业套装的女人们，他想象她们是多么渴望一张舒适的双人床！那么，来吧，宝贝，我那里可以。他甚至下车时，还从钱夹里抽出几张名片，他希望用餐时能把其中的一张送到某个心照不宣的女人手里。

就在这时，一个藏兰色的身影在前面巷子口一闪而过。直觉告诉王万全，那是余光顺。这个季节那种款式的衣服，那种下直上弯虾一样的身材，走起路来专心向前目不斜视的神态，除了余光顺，地球上再不会有第二个。王万全锁上车门追了上去。他一眼认出了他。他紧跑几步，伸手便可以抓住他，但他没这么做，他只是悄悄跟在他后面，去找他的窝。

余光顺进入一个老旧的小区，来往的人群中没有一个人在脸上能看到常住民的表情。余光顺手捧两个馒头，朝地下室走去。在那简单灯箱广告上，王万全看到每床每夜十元的字样，里面的境况可想而知，潮湿、拥挤、霉臭、垃圾、污秽不堪，余光顺进入一个门牌是9号的房间，房间里一盏二十五瓦灯泡是仅有的照明，一团团黑漆漆散发着臭味的被子堆在通铺床上，所谓的床，也只不过是烂砖头支着的建筑用架板，脏兮兮的塑料脸盆随地扔着，过道里靠墙摆着供客人存放物品的柜子，从房门到日常用具，一看就是从旧货市场上拣来的二手货。王万全看着余光顺擦着人肩走到自己铺上，他打开枕头边的快餐杯，弯腰去取床下的暖瓶，可暖瓶被旁边一个大汉抢走了。余光顺生气，无奈，怔怔地看着大汉的背影，抖动着双唇欲言又止，然后他掰开手里的馒头，一块块无奈地放进嘴里。

“余光顺！”王万全冲着屋里喊，你给我出来。

余光顺本能地站起来。他走到门口亮光处，这才认出王万全，他不紧不慢地说，是……你……啊！

那还能有谁？

是。余光顺颤巍巍地说，对不起。

余光顺低着头，再不去看王万全。

王万全一把夺过余光顺手中的馒头扔到一边，把余光顺拉到地上早餐点。

别，别了，万全，哦，王主任，余光顺结结巴巴说，我吃馒头就行！

行个屁！

清晨，是有那么点风，但清爽宜人。余光顺却冷得发抖。王万全给他要了一大碗热汤面。

一会儿，你收拾收拾，跟我去办事处。

不，不用，我住旅馆就行。

那也叫旅馆？

不冷不淋雨就行了嘛。

你来多久了？

六七天。

为什么，余老师，因为公司？你有什么困难可以先和公司说嘛！怎么跑到这北京来了呢？

我没困难。

你嫌公司工资少？

不，不是，我都放假了，人家给多少算多少。

我听出来了，你有怨气。你对公司不满。

是有那么一点，经理不该骗我，他答应我解决我弟弟工作的，可他退休了，新上来的经理不认账。

你知道现在解决个工作有多难。

当时他打过保票。余光顺既惭愧又自责，仿佛他被发现是个骗子，也许你不知道，本来出来的人不是我，是我弟弟。

其实，现在农村挺好的，你看看那些城中村，家家都发了！

可人家是城中村嘛！

你的意思是说，你弟弟怪你了？

没，没有，余光顺嘴里嚼着面条，两眼湿润着，如果，出来的是我弟，也许就不会是这个样子……我是说……本来是注定的东西，也许不该去改变。

那你也不用来北京啊！这种事你找谁谁能给你办？党中央、国务院也得讲原则照章办事吧！你知道这么做会影响公司。

这事与公司没有关系。余光顺说，那女人骗了我，房子、存款，全让她卷走了。

法院判的？

可是判得不公。我没有犯错。她编瞎话……

可人家的电话打到公司了。书记亲自过问此事，要我一定要找到你。

对不起。余光顺马上更加自责起来，我绝没想要影响公司。我从来没说我是哪个单位的。

能不影响吗？

这是我个人的事。

可你是公司的人。王万全说，书记让我找你，让你有什么事回去说。

这是我个人的事。

事情没那么简单吧？

万全，你有什么就直说吧，你是什么意思！

书记的意思是你回去，立马就回去，住宿费、路费公司报销。

我不会回去。这是我个人的事。

可你丢了公司的人。再说，这是书记给我下的硬任务，余老师。

你那么聪明，你会处理好的。说这话的时候，余光顺把碗里的最后一口热汤倒进嘴里，他把筷子平放到碗上。起身走了。

王万全伸手拉了一把余光顺，但没拉到，余……光……顺，你别不识时务。

余光顺还是走了。像是什么也没听见。

王万全马上给书记打电话，在电话里自我检讨了半天，说自己无能，辜负了领导和组织的栽培。

你的意思说，没找到？

北京实在太大了，书记，我……没他电话……该找的地方，我都找了。

这个神经病怎么能这样呢？

10

从那以后，王万全再也没见过余光顺，既便是他认定在随后的几次上访中，余光顺还是住在那个地下旅馆，即便他听说余光顺上访未果，被送进了精神病院。第二年春节前，上级安排送温暖活动，下面人问要不要去看看余光顺。

王万全掂量了半天，说，我看，还是算了吧！

那时，王万全刚刚被提拔当上公司的工会主席。

一 ❷二室的羊

1

一直以来我认为我们是同病相怜的两个人，我们都被女人算计了，否则我们也不会如此一样，颧骨高凸，腮帮下陷，腰背弯曲，更不会住进那样的房子。

要放到两年前，我怎么也不会相信在灯红酒绿花团锦簇一派繁荣的城市里，竟然会有这样的小区。那个小区嵌在摩肩接踵的高楼间，空气霉臭、杂草丛生、垃圾遍地、破败不堪，四幢模仿前苏联时期的人字形瓦顶三层楼房被几棵高大茂盛的槐树遮着，一条幽细而又支离破碎的小路如潜水员需要换气的小管那样，一直努力一直努力地通到车水马龙的外面。那小区如同一个长在壮年男人头发里的暗疮，因为习惯，已经不痛不痒了，但它却从来没有停止过腐臭与溃烂。我真是奇怪了，那些所谓的地毯式爱国主义卫生运动像梳子一样清理城市的市容市貌时，怎么就从来梳理到这里呢？看来它是藏着的，或者说是被遗忘的。当然对我来说，我还得感谢这种遗忘，否则，像我这种光屁股被老婆赶出家门和那些从火车上下来口袋里的钱只够上一次厕所的人，在风雨交加的晚上该去哪里留宿呢。

每天，一到傍晚，干净的阳光会在我骑车拐入小区时，顿时变得灰黄浑浊。那一刻，我那佝偻一天的腰，也一下子就直了起来，随着胯下自行车的挡泥板丁当乱响，我也完全忘记了刚刚还在奔驰宝马中穿梭的自卑，我神气活现起来，因为我一路得到的尽是敬仰与赞赏的目光。当然，也包括那个男人的。我不知道他叫什么名字，尽管我们同住一栋楼一个单元，因为我一直还保持着住现代楼房邻里之间互不认识的习惯。这一点，他很能理解，毕竟在他眼里我是一个了不起的文化人嘛。

因此，在我骑车从他面前经过时，他就很平常地说一声："回来了！"

我说："回来了。"

很长一段时间里，我们之间就保持着这种招呼式的平淡关系，直到有一天我发现他有一个特别的女儿，这才让我产生了想和他多扯几句的想法。

我下班回来。他老远远地看着我，等我快到他跟前的时候，我捏了一下闸，自行车的挡泥板也识趣地马上停止了丁当。

这天，他问我："原来你是记者啊。明天会在报纸上看到你的名字吧？"

我为他这种背后的打听而满足，说明他也在关注我，而且这样，我们的关系也就顺其自然地更上一个台阶了。我貌似无所谓地说："应该是吧。"其实心中美着呢！

我把车靠边，一脚踩在他旁边的路沿上。我等着他继续问我"为什么是应该会呢？”然后我会认认真真地告诉他，我们的报纸不是日报，是周三刊，每逢一三五出版，既而我再告诉他如果明天他要看报纸，那个头条就是我写的，是关于农民工问题的，那些农民太值得同情太值得关注了，工作时间、劳动强度、讨薪、劳动合同，这都是次要，更主要的是他们的心理健康问题，他们作为人最起码的需要问题。为此，我多方走访，做了半年的深入调查，每句话我都写得有根有据。

他却不再往下说了，而是转头去抚摸他那只长着硕乳的羊。那只羊浑身洁白如棉，毛发整齐得像时下女人的离子烫。他看他的羊，羊在吃草，却把我撂到一边了。

我心里很不舒服，觉得这算什么啊，甚至埋怨他淡不拉几地和我瞎扯几句话干什么呀。不光如此，我还对他身边的那只羊也产生了看法，心想他怎么能在这里养羊呢？小区的环境够糟了，他还要雪上加霜。我用力蹬一下脚踏板，靠自行车的惯性来到单元门口，再次遇到那个身着短裤、吊带、红拖鞋的少女，她从我身边挤过去，不耐烦地探出头去冲那男人喊：“她叫你。”这样的情景不止一次了，她总是面无表情、头发蓬乱、眼睛疲倦着。表象上看，她似乎什么都不在乎，什么都无所谓，但背后却是浓厚的嫉恶如仇。我和她隔着自行车，我看到她半只乳房几乎就要跌在衣服外了，而那个小小的肚脐却因为小腹的肥胖显得那般幽深。院里的男人起身了，得先把羊关好。这时，少女才转身回去，踏上两个台阶，推开一层一〇二室的门，我看到她翘翘的屁股下，两条腿上长满蚊虫叮咬后抓挠的伤疤。她就是那男人的女儿。

2

他女儿和她父亲关系不好。我们多少也算邻居了，碰面机会并不算少，可我从来没有听过她叫她父亲一声“爸”，我发现即便就是她从她父亲的背后走过，也从不和他打招呼。而他这个做父亲的，对自己的女儿，从来也只是用眼角的余光扫她一眼，甚至有时候干脆就佯装没有看见，自顾自地干自己的活儿。他们彼此漠视，却生活在同一屋檐下，我知道是什么不可调节和逾越的东西横亘在他们父女中间。

但我真心把更多的精力投在他女儿身上，却是因为一个男人的本能。自从那次我在家中发现一个男人和我老婆睡在我们的床上，那个男人不仅没有仓惶，反而洋洋自得地指着我的脑门问我老婆“他就是你老公啊？”后，我就被老婆赶出了家门。我受不了那种侮辱，提出离婚。我老婆说，好啊，你能滚多远就滚多远，然后耐心去等着吧！我老婆当天就换了防盗门门锁，而我连一条短裤都没从里面拿出来。我既没办法，又没面子，只好到这个小区租了这种每月二百块钱的便宜房子。没了后路，我只能背水一战，希望通过努力写稿子，从文字中能爬出一个不错的前途来，最起码得买一处哪怕是三十平方米的公寓吧。

我潜心写作，有一天在楼道里突然撞见他女儿，我的那些本能就被唤醒了。我躺在床上数着自己没有女人的日子，自己傻乎乎的就笑了。我的心被这位少女稀松的吊带与牛仔短裤紧裹的屁股打扰了。我的心再不能平静，甚至在内心深处希望，她是一个夜色越深她就越是亢奋的坐台小姐。她的外表太符合了，你看她见到正常人时装出的那份冷淡，可我相信灯色迷幻的夜晚她会在人民币的诱惑下进入另一种形态。未经男人历练的女人，是绝不会恰到好处地把毫无掩饰的放纵隐藏到冷漠之中的，她没那个本事。这女人长得虽然不算出众，但她的年轻，她的青涩，她那青春所滋养着的弹性，足可以让我心旌摇曳。还有一点就是，我潜意识自以为是地认为，我们住一个单元，和她睡觉会得到某种熟人式的放松与优惠，我也不用担心在我熟睡时现金、收表、手机和信用卡被人家偷走。

可事情与我想象的恰恰相反。她太难接近了。几次在楼道里迎面相遇，无论我怎样热情和抱以温情，她顶多就停下脚来侧头瞥我一眼，如腰缠万贯的大款看一个大谈《诗经》的穷酸文人一样，草草了事，她的每一眼都是充满敷衍的，而每次她都急匆匆恨不得自己变成一道光影。

我没法找到机会，只好从她父亲那里设法入手，于是我拿他的羊说事。本来嘛，一只羊，怎么能生活在城市里呢？我甚至想瞅个机会问一〇二室的男人，如果美国总统来访这个城市，坐在豪华的国宾车里一撩帘子发现一只大摇大摆的羊而不是一只熊猫该是怎样的表情，他是笑，还是皱起眉头呢？再说，那只羊对我表现出来的不敬不畏也让我讨厌，它从来没有像他的主人那样正眼看过我，它总是走它的路，吃它的草，随便拉，随便尿，等到天热的时候，一阵一阵的骚臭味直扑我的窗，半夜里还咩咩乱叫，我就住在二层啊，换成谁谁能受得了啊？

之前，我曾想过搬走，给自己换个地方。可自从发现一〇二室还藏有那么一位让人心神不定的少女后，我就放弃了。再说，晚上我坐在放有文竹的窗台前写作，她会没有发现？可我几次，躲到窗帘后面向外张望，发现坐在树下向我这里看来的却是她父亲。甚至有一个清晨他牵着他的羊在小区里把我拦住，他欲言又止地说：“你这个文化人啊，当文化人好啊，你住在这里让我们小区都显得蓬荜生辉。”当时他穿一件深蓝色比他的身体大一号的夹克，拉链紧紧锁在脖子根儿，下面是一条迷彩裤，鞋已经不新了，却是白色的，与他身份很不相配的尖头皮鞋。那我就和他谈谈吧，谈他的羊，然后巧妙地涉及他女儿。没想，他也正想和我谈，这让我有点心虚，怀疑他是不是已经发现我看他女儿的眼神已经不那么单纯了。

我和他约时间。

他说：你定。

3

于是，在一个下午我与他坐在槐树下。我们中间隔着一个石桌，我坐石墩上，他圪蹴在另一个石墩上，他腰驼背弓地和我一样。我们友善地相互笑笑，便开门见山地聊起来。

“我知道你会找我。”他说。

“是吗？”我说。

他说得确实没错，我已经忍受了戴绿帽子被老婆赶出门的耻辱，还能再受一只别人的羊的欺负？尽管从一开始他就表现几分愧意，但我才不管呢，我已经想好了，如果他不把那只羊处理掉，我就找地方告他去，除非叫她女儿到我屋里去替他说情。

“我知道，你是个文化人。那只羊……”他很会戴高帽。好在他的态度是真诚的，不像某些人在夸我文化人的时候，我心里听到的却是“你算个鸡巴！”

“你准备怎么处理吧？”

他像早就想好了一些，说：“我每天晚上给你送半斤羊奶，你看如何？”

“呵呵，可惜我不喝羊奶，喝了我会拉肚子。你知道，我只想睡个安稳好觉。”

“真是对不住了。”

我知道他在替羊道歉。

我说：“你干吗要养一只羊!”

“我知道在这里养只羊不合适，可我没有它不行啊。”

“可你有了它能做什么呢？反倒缠住你的手什么也干不了。”

他露出一种很失败的神情，说：“其实就是没有它缠，我也干不了什么。”

“那你至少可以养其他的啊。猫啊、狗啊、鸽子、或者鹦鹉。”

“可我就是喜欢羊。”接着，他粗粗给我讲了他的过去。

在活到二十岁的时候，他还一直搞不清自己竟然算什么人，他父母是地地道道的农村人，自己却长在城市，可无论他走到哪里他又拿不出证明自己是城市人的户口本。说到这里，他指了指屋里，我想到他女儿的那一声“她叫你”。其实他从小就和那个她(应该是他老婆)生活在一起。他的父母曾是她父母的恩人，可他的父母却在一次山体滑坡中双双遇难了。他们两个从小学习成绩就都不好，仅仅上到初中。可她凭着一张待业证和城市户口在一家纺织厂上了班，而他只能到肉联厂去当临时工扛那些冻猪肉。

此时，他表情平静，双目空洞，没有一点对过往回忆的喜悦，也没有对眼下生活悲怆的不满。他说，有一年他从老家回来，他发现她和一个五十多岁的男人从她的宿舍里出来，没过两个月，他就听说她不用再做挡车工了。后来时间推到1988年的秋天，他再也不想在肉联厂干下去了，不是因为那些冻猪肉，而是因为那里的眼神。离开肉联厂后，他到城西做起了贩菜的买卖。而她的境况并没有不做挡车工而有所改善，厂子里效益不好，经营困难，开始申请破产，她作为厂长的姘头被职工们揪出来，她被公认为妲已，因为是她让厂长丧失了管好厂子的能力。那时，她肚子里的孩子已经有八个月大了，她的未婚夫却碍于面子与压力抛弃她去了南方。父母看她简直就像脓疱烂疮，碰不得爱不得。孩子眼看要生了，她的未婚夫却联系不上。她父母为遮丑，就出损主意让她来找他。那个时候，他用自己赚的钱刚刚买到一个蓝印城市户口，还没有得到招工的机会。他们俩坐下来，她向他提出两个条件，一他永远不能和将来的孩子提起她的过去；二永远他不能和她睡在同一张床上。听了这些话，他心中有说不出的感觉，如果说这世界上有哪个女人是他喜欢的话，那就是她，因为他没有过第二个如此近的女人，如果说这世界上有哪个女人让他恨的话，那也是她，因为没有第二个女人敢这么对他欺负他。但他答应了，因为除了他不会有第二个男人会接受她的条件。然后他和她结婚，搬到这里——她在纺织厂分到的准备结婚用的一套小小的住房。

“那你这么多年，一直就没有和她在一起?”

他低下头，随手捏起一节木棍在两脚间的空处胡乱画着。过了一会儿，他说：“没有。”

“她真的就那样狠心?”

他停顿了一下说：“她从来就看不起我。”

这时，我才注意到他，真的颧骨高凸、腮帮下陷、皮肤干黑，实在太丑了。

“你是说一次都没有?”

“没有”，他手中的木棍一下被他折断了，“为此，有一年清明我回老家给父母上坟，我还趴在坟上哭了一场。我觉得自己冤啊，我这哪里像个人。哭累了，我就躺在父母的坟头上，心想父母要是在天有灵干脆打开坟墓把我吸进去算了。可我的父母不要我啊，倒是一群羊走过来，把我围住了，还有一只羊羔凑近了来舔了我的脸。我在老家待了一个月，真不想回来了啊，可不回来不行啊，我已经办成城市户口了，那里没有我的地了，我留在那里算啥？”

“其实现在的农村人比城市人好。”

“至少不管是黄鸡一窝还是黑鸡一窝，人家总能实实在在成个家吧！”

“我觉得你应该好好和她谈一谈，毕竟都这年纪了。”

“一辈子了，我的心思连那只羊都懂，她会不懂吗？”

“那你，”我说，“你也不能养羊啊，如果大家都这样，这个养大象，那个养老虎，那还了得？”

“我只是养了一只羊。”

“可它影响了大家。”

“以前的住户可从来没对我说过什么。可能因为你是文化人吧！”

“这与文化不文化没有关系。”

我们并没有聊得面红耳赤，但也有几次唇齿相对了。我说：“你最好把它处理掉。”

他却说：“那还不如你搬走，我们这里本来就不是你这种人待的地方。”

“搬不搬那可是我的自由。”

“那养不养羊也是我的自由。”

“城市里不允许养羊。”

“哪条法律规定了啊？那些见人就咬的大狗能养，反倒是一只绵绵善善的羊不让养，这是什么道理啊?!”

可想而知，我们的谈话只能无果而终。

最后他很认真地提醒或是警告我说：“还有就是，你最好是离她远点儿！”

我怔了一下。不知道他说的是“她”，还是“它”。不过我从他的神情中判断，他显然是指他的女儿。我没搭他话茬儿。因为我心想，你这一辈子当活光棍就够倒霉了，凭什么还要阻止别人享用女人？话说到这份上，我就有点火，真想给他和他的羊拍张相片登到我们报上。你试试，市政和城管的人来找不找你的麻烦。

4

一个星期过去，那只羊依旧在我窗下吃草拉尿。期间，他觍着脸给我送过四次羊奶，每次都说尝尝吧，这可是世界上最鲜最香的奶。他明摆着是拉拢讨好我，让我与羊产生某种感情。我当然不可能上钩。

他在我这里打不开缺口，就只好全力以赴去安顿他的羊了。他每天都把那铁丝栅栏围起来的羊圈清理得干干净净，铁锹铲，笤帚扫，拖布拖，最后一遍还要铺上一层炉灰渣。他蹲下来和羊说话，苦口婆心地劝羊要懂事听话，要给他争气。可有什么用？毕竟它是畜生。而我的鼻子突然变得异常灵敏，只要大脑中一想到那只羊，便会闻到阵阵的骚臭味，更可怕的是，晚上当我躺在床上，眼睛困得不得了，耳朵却高竖着，全神贯注等待那只羊咩咩的叫声，它不叫，我奇怪它为什么不叫，可它一叫，我就觉得那声音能把这栋楼房震得抖动。

我去找他，问他还想不想让人睡觉了。

他嘻嘻一笑，还是那句话："只要你喝了我送的奶，保证你睡得着睡得香。"

我说我不喝羊奶，只想睡觉。如果你不把羊处理掉，我就去告你。

他几尽央求地和我说："那你到羊圈里去闻闻，哪里还有臭味？你是文化人怎么非要和一只羊过不去？"

他这么说，倒似乎是我少见多怪拿着鸡毛当令箭了，似乎我小心眼儿，没有博爱，不懂得宽容。他硬把我拖到进羊圈，那里确实不臭，还淡淡地散散着一阵一阵的玫瑰香味儿(我猜他是喷了他女儿的香水)。可是，不知道为什么，我一回到自己的屋里，马上就会闻一股骚臭。这话我并没说，可他说："大兄弟，你回去也仔细整理整理，看是不是有什么东西坏了。"

就在那天下午，我在屋里写稿时，有人来敲门。我说一声"门开着。"我猜是他，他无非又来向我求情了。所以，我头也没回，没好气地冲门口说："别打什么主意了，这事没得商量。"

可是一道红影后，竟然是他的女儿站到了我旁边。我赶紧起身用温和的目光迎接她。她把圆圆鼓鼓的屁股靠在我的写字台边上，一双细长的手和两条圆滑光滑的大腿，以及那半截儿半露不露的肚皮，哪一处都叫人心慌意乱。她把头歪向一边看我，她在揣摩我，然后等我开口说话。我发现她的一条脚不停地左右晃悠，我不知道她这无所谓是大方，还是在掩饰紧张。

我知道她来的目的，所以直截了当地说："除了臭，其实你爸那只羊也蛮可爱的。"

其实我也紧张，毕竟我对她存有邪念。

可能这样的开场，她还觉得不错。她一转身坐到我床上，顺势往后一躺靠在被子上，两只脚耷拉到床边前后晃悠，几次都要踢到我的腿了，我当然也趁机偷偷看到了她高高的乳房和两腿间微微鼓胀的地带。

她说："你这里还真好闻，肥皂粉的味道闻起来就是让觉得干净。"

我却说："如果那只羊要和你一样可爱，那就更好了。"

这绝对是恭维。我从来没觉得她可爱过。

她对这样的赞美既不领情，也无兴趣。她说：“听说，你让他把羊弄走?”

我一时间竟然不知道答是，还是不是。我绕过写字台，往楼下看了一眼。那只羊静静地卧在那里。

“但愿你能把这事办成。”

她说得真诚，可我总觉得她是在将我，或是说反话。她想看我的笑话。

“为什么?”

“什么为什么?”

“为什么是我?”

“这院里的都和他吵遍了，拿他没办法。”

“哦……”听到一声门响后，我看到那个男人出现羊圈。

“哦是什么意思?”她说，“一定是他去了羊跟前。”

“是的。”我说，“他在羊的旁边蹲下了。”

“看吧，他在揉羊的奶。”她准确无误地说出了他的动作，她继续又说，“想想都叫人恶心。所以，我不吃他做的饭。”

我看看她。她正空洞地笑着。

“你为什么要住在这里?”她问我。

“是老天的安排吧。”

“否则，你永远也不会知道这个城市里还养着一只羊?”

“这不是主要的。”

“那主要的是什么，我吗？你完全可以去找我，到我上班的地方。我可以给下你留手机号码。”

我笑笑，担心她接下来会扔出一句“男人没一个好东西!”。

“你准备怎么处理这件事?”她斜着瞥我一眼，“举报？你应该先举报试一试。”

听起来她像威胁我。

我解释说："我还没那么想。"

"如果你真把它弄走了，你猜他会怎么样，我会怎么样？"

我摇了摇头，觉得她问的问题超出了我的思考范围。

她嘴角微微一翘，似笑非笑地说："他会死。他说过他上吊。"

"那你呢？"

"我来和你睡觉。你不就想这样来一下嘛？"

我心思完全就被她看穿了，这让我有点无地自容。我赶紧假模假样地解释说："不不不，其实那只羊也没那么特别讨厌。"

"不，是特别讨厌。我做梦都想把它烤成羊肉串。"她嘻嘻，坐起身来，她脚上拖鞋掉地上了，她索性光脚蜷腿坐到我床上，"那个家全是它的味道，床、沙发、水，连饭汤都是羊膻味。"

我暗自高兴，甚至有点激动。原来她真的讨厌那只羊，看来我把那只羊弄走是真的帮了她的忙。

"他一天就伺候那只羊，把她扔在屋里半天半天不闻不管。"

"她？"

"哦，说起来，算是我妈吧。"她的眼帘低垂下来，"可我从来不认为他们是我的爸妈。他们也不像两口子。"

"为什么？"

"女的自私自利，不管别人，不管我，从小她对我就像对敌人。男的就像她床边趴着的舔屁眼儿奴才，要不是女的瘫在床上需要他，才不会有人理他呢。男人更好，养了一只羊，一天什么也不做就和那只羊在一起。"

我很冠冕堂皇地发感慨："看来家家有本难念的经。也许他们有他们的苦衷吧。"

"那他们就不要让我来到这个世界啊，凭什么他们受苦，还要让我也跟着受?”

“你现在不是大了嘛，你可以为家里分担些压力。”

“凭什么？我他妈的丢人现眼去挣那不要脸的钱，回来养活瘫在床上还当自己皇贵妃的她？还是养活变态得把母羊当自己老婆的他?”

“当自己老婆?”

“你以为他不是？他就差和那只羊在一个被窝里睡了。”

她怎么这样看待自己的父亲呢，哪怕不是亲生。

“每天做饭都要给那只羊端一份，冬天怕冷还把自己的被子给它，夏天怕热就给它喂茶叶水熬绿豆汤，这几天倒好，连我的香水都偷去了(果然如此)。这还不算，他整天口袋里装把梳子，一见面给它梳啊梳啊，可从小到大，他从来就没给我梳过一次头。”

“如果我真的把它弄走，你不会……”

“我这人说话不食言。不就是和你睡一觉吗？请放你的心。”女孩打断了我。

我的脸比被抽了一巴掌都发烧不自在。随着和她聊天的时间变长，我发现我对她的欲望渐渐在消退，我说：“我要那样做，你真不会反对吧？毕竟对你们家来说不是一件简单的事。”

“当然。那样，他就可以像以前那样安心地照顾她，我也可以吃上干净饭。”

后来，我们又聊了一些其他问题，他不关心我以及我的处境，也不关心政治与股市，但要讲一件事，她都能以她的理解头头是道地讲上一气，偶尔暴几句粗话，但偶尔也天真地笑几声。我多么希望她不是那种游曳于夜色中靠男人生活的女人啊。可她偏偏是。

第二天，我在单元门口遇到他。他冷冷地问我：“她到你屋里去了?”

我点点头。

他没说什么，只是长长地“唉”了一声。

5

就这件事，我琢磨几天后，瞅机会给他和他的羊拍了一张照片。他很高兴，拍照前他给羊全身梳一遍，用袖子擦掉羊眼里的眼屎，然后把自己杯里的水递给羊喝了一口润润唇。我把照片送到报社，领导答应只要有合适的版面就给发。

可没等照片见报，就有人找来他麻烦了。

一天早上，我被外面的吵闹声惊醒。由于职业习惯，我跑到下楼，见到三个穿半袖衬衣打领带的年轻人正把他围在中间。他们说要买他的羊，一斤十五块，重量不用称，粗粗预估按二百斤算，他们给他三千块钱。

他说：“就是给一万，我也不卖。”

那三个人就不客气，说：“我们是同情你可怜你，要不然，你连一分钱都得不到。”

“反正我不卖。再说，你们凭什么管我。我住在这里的时候，你们那一片地儿还是庄稼地呢！”

我留心打量了一下那三个年轻人，他们胸前别着牌子，是小区前面那幢刚开发不久四十四层高楼的物业人员。

他再次强调说：“咱们不是一个单位，我在我的地，你是你们的地，你管不着我。”

三个年轻人气呼呼地看他。经过了解我才知道，原来他们要申报省级文明小区，检查团要来实地检查，他们担心这楼后面的小区给检查团留下不好的印象。他们准备自己花钱在检查团之前对小区进行一次清理，他的羊就成了问题。

他说："你们申报什么不关我的事。"

"可你的羊碍我们的事。"

三个年轻人相互递递眼色，把一个装有钱的信封放到他脚下，就去拖羊。他扑上去阻挡。毕竟是一比三，他不占上风。羊咩咩地叫着，低着头往后拖屁股就是不走。见羊快没力气自己又抵挡不住了，就跑回家提把菜刀出来往自己脖子上一横，那些人就蔫了。他说："它怎么就碍着你们了？我不要你们的钱，你们拿去送礼好了。我保证检查那天不让他们看到羊不就行了？"

他的话给了那些人提示。下午他们又来，在羊圈外面一左一右各插一根钢管，中间扯起一面大幅彩喷，内容是：以人为本，全面落实科学发展观。并且告诉他如果他的羊到时坏事，他们就把他只羊活剥了羊皮清炖了肉。

偏偏检查的那天，他只羊还是不识时务捅出了娄子，人家检查团的人正在前面亮晃晃的高楼上推窗向外张望，陪同人员就知道这一眼就定然会看到那个破破烂烂的小区，赶紧说那小区与他们没有关系，不属于他们管。就在这时，他的羊撒欢儿，发神经，"嘭"地从喷绘里冲了出来，在院子里到处乱跑，撞倒了垃圾箱不说，还生活垃圾拖得哪里都是。检查团的人眉头没皱，脸色也没变，只是自顾自地说："谁家的啊，这怎么还养羊？"

陪同的解释说："是个纺织厂的退休职工，我们也不认识。"

他们之间确认不认识，小区也与他们没什么关系。可当他们的省级文明小区没有申报成功后，那些人还是把责任推到那只羊身上，说是它搞坏了检查团领导的心情。因为他们认定领导的心情很重要。

有一天，一〇二室的女人病了，他不得不陪她去医院。当他回来看到眼前的喷绘被撕得七零八落时，他就狠狠地打了他的羊，抽了它，踹了它，然后自己蹲在树下哭，没有人通知他检查团的人已经来过了，他的羊把那幅喷绘撞破后，他还到街上买了一卷透明胶带，爬高爬低地把破损的部分重新粘好。他希望前面的高楼能顺利通过检查。他一直还等着看到前面那幢高楼敲锣打鼓礼花齐鸣地在大门口挂上一块金匾呢。可不想，几个戴大沿帽的从另一棵树下，向他走去。那些人是城管，是冲他的羊来。他们告诉他，有人举报，你的羊影响市容市貌，还吵得居民晚上不能睡觉。他们人把羊带走。

他扑通就给人家跪下了。他求他们说："真的对不起，对不起了，我知道我错了，可那只羊没错。我已经想好了，想通了，以后我再不会带它上街了。我会请个木匠给它做个漂亮的栅栏，和公园里的一样，刷成白色，再在外面种上花草。晚上，我把它带回屋里去，绝不会吵到别人。我说到做到。我可以立字据做保证。"

当时，我就站在旁边。他的女儿也在。她偷偷瞟我，以为是我的功劳。说实际的，我对那些城管没有好感，尽管市容市貌应该去管，但他们掀摊子、赶小贩时太粗暴。如果他的羊被他们带走，说不定真会被做了葱爆羊肉。我以文化人的身份出来给他们建议，羊就不要没收了，可以捐给动物园嘛，他的羊无论身材还是面相都很有观赏性，可以让那些只能在电视里看到羊的孩子们，到动物园里看到实物。他们还真采纳了，当场就打电话联系，说第二天动物园的人就来。

那是他与他的羊共处的最后一个夜晚。没有人去关心这一夜他是怎么度过的，他的女儿依然去上班了，屋里的女人安顿好后，自己进入了梦乡，小区里的灯也一盏一盏地灭了。我躺在床上看着窗外扑朔迷离的树影，久久不能入睡。后半夜的时候，楼下传来那种压制着的咕咕叽叽的声音，似乎还有人推推搡搡。我知道是他，但我想不出他在干什么。也就是那一刻，有一种悲情在我心中涌动。我披件衣服下楼，从那大大的喷绘与墙的缝隙间，我看到他女儿正在往外拖他，他却像个耍赖讹人的死活不起来。她女儿的气力毕竟有限，实在拉不动，就气急败坏地趁势拧他脖子，抽他耳光。

她低声骂他："你一辈子就这德性，能有什么出息？你有本事一刀捅了它啊。你有本事就睡到你老婆床上去啊，她不能动了，她能把你怎样？你是她男人，你懂吗，你是他男人，你守一只羊顶什么用，它再是母的再有奶，也他妈是一只羊。"

男人抱头蹲在那里呜呜地哭。

"我要活到你这份上，早秤二两棉花碰死了。"

"不用你管。"

"才懒得管你，是她不停地打电话叫我回来。"

"我也不用她管。"

"你以为她是管你？她是怕你死了没人伺候她。"

"我没想死，我只是想和它再待一晚上。"

"好，你英雄，你都敢和一只母羊睡在一起，还不敢和她睡到一起？去，你也英雄一次，像个男人。"

"你什么都不懂。"

"可我知道你是个窝囊废。"

他女儿最终没能把他拉走。他陪了他的羊整整一夜。第二天动物园的人开一辆皮卡来，却没能把羊拉走。因为他把他的羊杀了。在清晨习习的微风中，动物园的人赶到时，他正在羊圈里一刀一刀地剥着羊皮。人家主动和他说话，他也不理。

他和羊的照片没有在报上登出来。原本我想讲一讲他与羊的故事，突然间，我觉得没必要了。我把照片放到二十四寸，送给他。他木木地接收了。但从那以后，他再也没有和我说过一句话。他依然每天从一〇二室的门口出出进进，用心伺候着那个我一直未曾谋面的瘫痪女人。

我们同车而行

列车在平原上奔跑。

我将额头抵住车窗，挥舞着睫毛擦拭僵硬的玻璃。窗外，一眼望不到边的土地与我相望、猜测、对峙，几个农民站在田野上，不等我看清，便转眼消逝在即便我努力也无法看到的车后的某个地方。

我花了点时间琢磨他们，想他们统一的站姿、共同的表情、以及他们整齐划一的内心。我尽力去回忆刚才的他们有没有拄着一把锄头；草帽下的那张脸是否淌着汗水；他们双脚站在土地上，垂着的那只手是拎着蒿草吗？他们看着这呼啸而过的列车，这列车是不是还能像多少年前的当初，“哗”地惊起不远处的那群麻雀。那群麻雀四散了，可他们呢？依然还站在土地上。他们为什么不到车上来，让这本来就拥挤的车厢，更加拥挤一些，难道他们心里没有一处向往的地方吗？那些高楼大厦，那些夜里会有酒吧传出萨克斯声的地方，还是他们就坚定地认为，心中的向往就永远是在自己的脚下，永远，在自己脚下。

我由着大脑无边际地自由发挥！我，包括我的身体，也越来越飘，越来越虚化。

我坐在列车上。思想在田野上奔跑。我是那只没有窝穴没有妻儿的野兔。我用思想的腿跟这呼啸的列车赛跑。享受惯常的轻灵已是不可能了，因为由速度产生的应接不暇已让我产生了某种重力。速度是统一的，但有多少人却疏忽了这速度中本来就存在的诸多差别。

就在这时，坐在我对面的米拉，我的儿子，努着小嘴儿兴奋地告诉我，他太喜欢这种感觉了。是啊，这么多人，好多的人挤在一起，可是，是什么让大家挤在一起的我的儿子却不会去多想，他太小了，在他这个条件相当优越的独生子女眼里，大房子的空旷和宝马车里的宽大，已经叫他厌烦。他曾经多次哭闹，要我带他去坐城市双层巴士，他觉得那么多人摩肩接踵地挤在一起是种幸福。可是，他太小了，或者真正让他处在摩肩接踵之中，他就会明白拥挤是多么的混乱、污浊、紧张了！我为他提供的宽松，甚至是随便可以放纵的空间，才是人人向往的地方。当然，这已经不是一个简单的双层巴士与宝马轿车之间的问题，我必须得让我的儿子坐一次火车，还是硬座儿的这种，否则他生活在天堂，还以为是在地狱。

我看着他，我的米拉。他的眼睛似乎总是不够用，这里和他参加夏令营活动或剧院里看儿童剧的情形完全不同。这里的每个人似乎都有特色，他们中有嗑瓜子的、打手机的、听 MP3 的、打嗝的、放屁的、掏耳朵的、抠脚的，兴奋时就自己咯咯笑个不停，发愁时就眉头紧锁，口音还山南海北的哪儿都有。米拉歪着他充满好奇怪的脑袋，看看这个，看看那个，每副表情都让米拉觉得新鲜。我看到一个老兄旁若无人地打完喷嚏鼻涕都甩到嘴唇上了，这让我的米拉捂着嘴咯咯地笑个不停。

我看一眼儿子。米拉能懂我的意思，当然我没有鼓励，但也没有制止，我的意思是说，你用心去体会吧，我的孩子，这些东西不值得你去笑，你的现在和将来都不属于这其中的人。

坐在我儿子米拉旁边的，是一位穿旗袍的女人，她五十四五岁的样子，能看出来脸上涂过腮红，嘴上涂了唇膏，脖子和脸上的皮肤还算说得过去，可两只手就不那么中看了。她自己知道这点儿，所以我发现她总是用一块手绢盖着。她看看我，又看看米拉。以下肯定是她的心里所想：

> 一看这父子俩就不是一般人，他们这是出差，还是回家？我当然希望他们是回家。他是干什么的呢？看样子一定不是公务员，他没有公务员那种与生俱来的官气，也不是做高科技的，他没有那种人锐利的目光，但也不是一夜暴富的煤老板，他没有煤老板的那种张狂。但他一定是老板，一个不大不小的老板，而我，需要的正是这样的老板，我应该认识他，我再不想再在那里干了，说实际，就是给面前这个孩子当保姆都行，或者到这位他的公司当个杂工。我得认识他，有很多人的关系就是在火车上建立起来的。不是吗？这可是个好机会。

“不用管，他还是个孩子。”那女人说话了。

她说这话的时候并没有正眼看我。可我完全听清了，她是在跟我说话。可我装得没听见。我看到她嘴角微微抽搐，准备开口再次说话，我就命令站在椅子上的米拉坐下，同时看起来很顺手地把太阳镜戴上。

坐火车带太阳镜？

可谁能管得着我呢，要有耳塞，说不定我还会把耳朵塞住呢。我不想和这帮人说话，这不是高贵不高贵，掉价不掉价的事。我就是不想。

车厢满当当的全是人，比前些年稍好点儿的是不再有人铺张报纸躺在座位底下，但依然给人水泄不通的感觉。列车已经开出半小时了，一对在旗袍女左边的农村夫妻，还没有收拾停当，两个尼龙袋，一个牛仔帆布双肩包，三个大包都一样巨大，这还不算，他们的腿下还有一个挤来挤去满脸泥巴的孩子。我真不知道乘务员是怎么让他们上车的，这种的车行李架似乎从来就是满了，所以他们的行李只能放到过道上。那个孩子没个安生，时不时把东西搞乱他们收拾，女人没好气地骂："你就不能稳稳地待上一会儿?!"孩子仰脸看他的妈妈，没皮死脸地笑笑。我看到他们夫妻的衣服全都被汗溻了，前胸后背湿淋淋的，几乎能拧出水来，透过那薄薄的的确良衬衣，女人的两只乳房清晰可见，可他们不在乎，或是顾不上在乎。他们只顾不紧不慢地继续收拾他们的东西，好像这一车的人与他们根本没有关系。

在我旁边，一位捧着一捧红玫瑰的男青年就不耐烦了，他没好气地说："出门，还带这么些东西干什么?"

男人不理他。女人低着头说，"总是用得着嘛，用不着谁还沉乎乎地背它们!"

用得着?老天，扫一眼就能看清，两个尼龙袋一袋是铺盖，另一袋是锅、碗、瓢、盆、铁衣服架、解放胶鞋、内裤、鞋垫。男人大概是想听到男青年一句理解的话语，男青年却没说，但他一点儿都没有怪男青年多嘴的意思，他说："这东西不带不行啊，不瞒你说，这是我的全部固定资产啊，当然，老婆孩子也是我的固定资产。"男人想打个俏皮，男青年却不笑，他一定觉得一点儿都不好笑，也许他担心的只是和这么一对夫妻坐在一起怀里的玫瑰花还能不能鲜艳到目的地，于是，他颇有暗示地问："你们为什么偏偏要选我这里!"

这次，女人不好意思了，转头去看自己的男人。

显然，男人比她经验要丰富。他先把微笑挂到脸上来，说：“是啊，我们怎么就偏偏选到这里了呢？”

我的耳朵莫名地竖了起来。

男人继续说：“其实我们也不想啊！可是在火车上，在哪里也一样！兄弟你看看，哪儿不一样？”

青年觉得男人有点泼皮。而男人说的确实是事实，他便不想惹事似的，强忍着把头转到窗外，嘴里嘟囔着：“什么人……”

“是啊，这年头什么人都有？”旗袍女人无端地插了一句。

这话这对农村夫妻不可能听不到，但他们必须表现得没听到。他们不可能不在乎别人，但他们知道更应该在乎的是什么，所以，我对他们做了如下猜想：

他们一定是出来打工的，铺盖卷、锅碗瓢盆随身，说明他们工作的不固定性，说明他们总是在流浪。他们是哪里人，这并不重要。不过，看看男人那黑黢黢的样儿，就可以断定他们是刚刚收罢小麦。老家对他们来说，是大本营，是根据地，城市是他们打拼的地方，但他们不会觉得城市是家的，如果非要打个比方，城市顶多算个牧场，放牧人一年四季倒腾来倒腾去，就为那片草，他们呢，和放牧差不多，一年四季追着营生跑，而那些营生大部分集中在城市，说白了，城市更像个坑矿，他们只是到里面挖点力所能及的钱。至于他们走了以后，怎么处理，那就是城市人自己的事了。

这样，城市的意义对他们来说，就谈不上重要，也谈不上重大了。很多时候，他们忙活几个月下来都找不着城市的公园、电影院、中心广场，他们也没那工夫，他们知道能找到车站就行了。车站才是他们与城市真正发生瓜葛的地方。

看样子，他们跑了不少地方，每到一处多则一年，少则半月二十天。不过到哪儿其实都一样，白天一样，晚上也一样。白天干活，晚上坐在黑压压的如大树桩的楼群里看月亮，电视是看不上的，有时候可能会在身边放一个收音机，明月当空，微风习习，他们就在月亮上看到了自己的家，一个三层楼高，里面有澡盆淋浴，大门宽敞得可以开进轿车……他们知道自己只是城市的过客，根本没有必要把心思放到城市里。一天，女人在菜市场或男人在装饰市场遇到老乡，他们打招呼，这些老乡大部分是坐车或干活中听口音认识的，不一定同村，一个乡一个县都算，他们彼此留下电话，保持联系，就算在城市里的熟人和朋友了，不过，他们相互之间一般不打电话，嫌费钱。现在在哪儿干啊？东方小区。我在某某小区。这就结了。知道都没闲着有营生干就行。他们很少问几栋几单元几号房，因为那不是自己的房子。

“牛牛，别闹了。你讨不讨厌啊，看看谁像你？”女人教训孩子，那孩子才不在乎，脏兮兮的嘴角留有面包渣，额头和脸上让污垢弄得黑一块红一块的，但看上去很结实，铁蛋儿一样。

“你家这孩子可真淘，俺养活了四个孩子也没像你一个这么费手，同样是个孩子，你看看人家这个。”旗袍女人说，然后问我米拉的名字。

出于礼貌，我说：“米拉。”

“一听人家的名字就是有涵养，有素质。”

牛牛当然能听出好赖话。他把头钻进女人的怀里，然后侧脸冲着旗袍女人张大嘴，吐出长长的红舌头。

“你是狗?”

牛牛嘻嘻地笑。

“给我缩回去。”女人看一眼我儿子米拉，见孩子死皮，就举手，“怎么，让我扇回肚里去?!”她又讨好地和旗袍女人搭讪：“大姐，你有四个孩子啊!”

“三个大学本科，一个博士研究生。都很有出息，就我，这个当妈的没出息，还在上班。”

“有这么争气的孩子，你可该享享福了。”女人说。

“享什么享福啊，我最讨厌那些靠老公靠儿女的女人了，自己有胳膊有腿的咋还养活不了自己。我在我们单位，年年是先进。”旗袍女人说。

装吧，装吧！呵呵，我一眼就看穿她的把戏了，也许她有四个争气的儿女，但她顶多是个零时工，搞不好，还是钟点工呢！

“大姐，你在哪上班啊?”农村女人问旗袍女人。

旗袍女人好像没想到女人竟然会问这个问题。这时农村女人的孩子牛牛，把食指放进嘴里吮吸，湿啦啦的口水顺着指头正往外流。

“看你这孩子!”旗袍女人马上变得生气起来，他讨厌牛牛，同时又提醒女人：“以后见了女人三个问题不要问啊，年龄，婚姻，和工作。”

“真恶心!”我儿子米拉突然说。

他是说旗袍女人吗？显然不是。是那个牛牛让我的米拉反感了，尽管从外表上看，他和牛牛差不多，但他的绅士、胆量、成熟程度明显高于牛牛，当然我知道这不能怪牛牛，甚至可以说不能怪他的父母。农村女人很不好意思地抓住牛牛的胳膊，强行把牛牛的手从嘴里拿出来，米拉看到牛牛湿乎乎的手，每个指甲里都是黑泥。米拉受不了了，连声说：“真恶心，我要吐了！”一边哇哇地做出夸张的呕吐的样子。

这给了旗袍女人很好的机会。她指着米拉和牛牛说：“你这孩子，你看把弟弟给恶心的，看看你，这么大了还和搅那根手指头。我要是有你这样的孩子啊，早把你扔了。”

牛牛的父亲，那个农村男人坐在装有铺盖的尼龙袋上。他似乎很讨厌陌生人教训自己的孩子，也想为自己争回点面子来，他说：“他还只是个孩子，长大了，你让他和搅，他也不和搅了！”

“什么话！从小看大，三岁看老，哟，你这当大人的，还不除己。”旗袍女人说，“这也难怪啊，龙生龙凤生凤，老鼠的儿子天生只能打洞。”说完，她反倒过来奉承我，“看米拉这么帅气漂亮，还懂事，一定是你教育得好，你是做什么的啊？大老板吧？”

“算是吧！”我说。

“那一定还是个有文化有素养的儒商。”

我笑笑，隔着太阳镜看她。她想得到我认可，可我认可她有什么用呢

“我觉得我们特有缘，是不是？说不定以后咱们还会成为朋友。”

我没吭声。

她就转身去问米拉：“米拉，你说，阿姨和爸爸会不会成为好朋友啊！”

我没等米拉回答就先说：“会的，我们已经是朋友了。”

她一下子就兴奋起来。这一点叫那位手捧玫瑰的青年很不舒服，他倒不是争风吃醋，可能是觉得她完全没必要这样讨好一个陌生人吧。反过来，我觉得这女人尽管穿了一件旗袍，可我一眼就能看出那旗袍顶多都不会超过两百块钱，这还不说，大夏天的，一个女人穿旗袍坐硬座火车，已经够让人难以理解了。当然，如果她真是某一行的

老板就好了，那样我们就有谈的了，说不定还有合作的可能。可她，我怎么看怎么都觉得她像那种刷锅洗碗拖地抹桌子的大妈。她骗不了我，我需要的是项目，是合同，既便有缘坐在一起，我希望的也是这样的人。如果她有有点姿色，能风流一些无所谓一些也算，那样我们可以约着一起去咖啡，去游泳，去打猎，哦，晚上一起在野外宿营，共住一个帐篷。其实我那样回答她，只是想让她打住。

旗袍女人把手绢缠到一根手指上，拆开，接着又缠上，我看她一眼，她马上就停住了，似乎她老而皱的皮肤突然被我发现一样。而我对她真的没兴趣，所以把 MP3 塞到耳朵里，不想再说话。

她旁边的牛牛扑在妈妈的怀里，一只手不老实地伸进妈妈的衣服里摸奶。米拉歪着头一直看。他是好奇吗？还是在羡慕。我突然为米拉复杂的内心难受起来。我的米拉真的没有接触过那两只抚摸着或揉搓着它们可以叫他舒服入睡的奶，我的妻子是舞蹈演员，她要把自己优美的身材永远留给观众，可她却剥夺了孩子的天然权力。我始终认为女人的乳房属于自己的同时，同时还要属于丈夫，属于孩子。她却骂我老土，现在城市里哪还有女人给孩子哺乳的啊，女人要真正成为妈妈，那样就离离开迷人的妻子性感的女人为时不远了。在这一点上，那个满脸污垢的孩子，绝对要幸福过我的米拉。我的米拉很少有这么真切的机会与母亲相处，哪怕是在晚上，他也被扔到一张小床里自己睡觉。而面前的女人是以妈妈的身份对待孩子的，她看重这一点，所以并不在乎那个捧花的男青年，如何幽灵般地穿过玫瑰花的间隙偷窥她的胸。

而我，只是在观察米拉，希望这趟行程能有更多的痛苦让他讨厌上这绿皮火车。他觉得已经开始有点儿讨厌了，不是吗？因为他问我："爸爸，为什么这么大的车没有咱家的车凉快啊？"

我说："咱家的车里有空调。"

“那你让妈妈把空调送来吧！”

“妈妈在家，怎么送来啊？”

“让她发个伊妹儿啊。”

而那个牛牛，尽管满头大汗，满脸通红，但他早已习惯了这种热，每隔一会儿他就抬起妈妈的胳膊，用妈妈的袖子给自己擦汗。米拉也想那样做，他来抬我的胳膊了，我隔着镜片瞪他一眼，他就停止了。他说：“可脸上汗这么讨厌怎么办啊？都要流到我嘴里了。”

旁边的旗袍女人赶紧用自己的手绢给米拉轻轻擦了一把。

米拉推开了，说：“臭！”

“米拉，你怎么说话呢？”我教训米拉。

“不可能啊，小帅哥，阿姨的手绢可是昨晚上刚刚洗过的。”旗袍女人说完，又替孩子对我说，“没事，孩子嘛！”

我没再吭声，否则，米拉会来劲儿说，本来嘛，本来就是臭，很臭！也许他习惯了他妈妈或由妈妈带来的满屋子的香水味了，除了香味之外，他闻到什么味都会说臭。

旗袍女人有点难堪地笑笑，不过，她还是利用了这个难堪，她说“大兄弟，你要方便的话，可以给我留下一张名片吗？”

我取一张给她。她如获珍宝地看了又看。问我最近在忙什么。我说其实也什么没可忙的，现在不是经济下行嘛，什么生意都不好干，正准备回去收拾收拾新房，去年刚买了一处房子，一直没来得及收拾！

牛牛妈抬头看我一眼，第一次大敢和我搭话：“一定很大很大吧！”

“一百八十六。”

“要发了，好吉利的面积。”旗袍女人说。

这时，米拉冲我叫渴。我递给他一瓶可乐。

牛牛在妈妈怀里，乱点着米拉馋着嘴说，“我也要。”

米拉怔怔地看牛牛，自己仰脖又喝一口可乐，我知道他是在故意谝人家牛牛，一边还说：“就不给，这是我的。”

说实际，我讨厌牛牛这种孩子，为什么这农村的孩子总是见什么要什么呢？牛牛妈也讨厌自己的孩子这样，这样的孩子真是给自己丢死人了。她赶紧把牛牛的手指蜷回去：“不是告过你了嘛，别用手指乱点人，乱点人是会烂指头的。”

牛牛赶紧把手藏到身后，然后比刚才降低了一点声音说：“我就是要要。”

女人一下黑下脸来，长长地“嗯”了一声。

牛牛去看看他爸爸的脸，并暴发式地以更大的声音说：“我就要！”

不知道被女人是拧了一下，还是掐了一下，牛牛莫名其妙地突然如蝎子蜇了一样大哭起来。农村女人骂：“见人喝，你也喝，你知道那是什么吗？你看黑乎乎的，那是药，药你也喝？”

米拉摇一摇自己手中的可乐，奇怪地去看牛牛的妈妈。

“你骗人。”牛牛马上停止哭，“你以为我不知道？那是饮料。”

“是饮料也不能喝，喝饮料可怕呢，喝了肚肚会痛。”牛牛女人用求助的眼神来看米拉，一边说，“我说得没错，是吧，小弟弟？你是不是因为肚子疼才喝这药的，是吧，你喝的是药，对吧？”

米拉心领神会地说：“对，我真的是肚子疼，这是我爸爸给我装的药。”

“听到了吧？”女人不好意思地看看周围投来的目光。

牛牛还是哭了，他知道他们是在骗自己。

女人这次真的生起气来。她呵斥牛牛：“你再哭，再哭，看我不撕烂你的嘴！”

牛牛却没有因此停下来，他眼泪汪汪地看着米拉手中的可乐。米拉也边喝边侧目看牛牛。我知道可乐是米拉的最爱，但我希望他能把他的最爱主动分给牛牛一些，哪怕是喝剩下的部分。可我没想到米拉却说："你没出息，羞羞羞，人家喝药你也要，真是羞！这是我爸爸给我买的，你想要，也让你爸给你买啊！"

旗袍女人看着我，悄悄地在手绢下面竖大姆指，我不知她是在夸我还是夸米拉，然后她换了一副脸对牛牛父母说："能花几个钱，给孩子买一瓶不就得了嘛，哭哭哭，让一车人心烦，自己心里也过得去啊！"

旗袍女人把牛牛妈逼上火山口了。

牛牛妈不好意思地说："就是买，现在也得有卖的啊！"

"你们出门带孩子，什么也不带，真是的，什么父母。"捧玫瑰的男青年说。

"我们带白开水了，白开水解渴，还下火。"牛牛爸从双肩包里取一个玻璃罐头瓶。

"我不要白水，我就要可乐！"牛牛还在哭，坚信自己可以眼泪换来一瓶可乐。

"那是药，药，你没听到吗？"牛牛妈坚持说。

"才不是呢，"牛牛抹着眼泪，突然停止哭了，然后说，"好，就算是药，我也要。"

旗袍女撇撇嘴，充满嘲讽地笑了一下。

我一直在旁边看着。我的米拉真是坏到家了，刚才牛牛哭得越凶，他在这边就喝得越来劲儿，咕咚咕咚的还故意发出声来。现在牛牛不哭了，他反倒不喝了。他双手捧着可乐瓶，在牛牛面前故意晃来晃去。

"米拉——"我说。

"别教训孩子，像那样的孩子就应该气气他，见什么要什么，八辈子没见过个东西一样，将来长大，还不看什么东西都眼绿，那怎么行？"旗袍女人说，"看看人家米拉多绅士啊！真是讨人喜欢。当然这背后一定有一个很优秀的爸爸嘛！我就愿意和优秀的人在一起，人常说宁愿和讲理人吵架，也不愿和不讲理的说话。"

我毫无意义地笑了笑。

这时，乘务员推着车进入我们车厢，车厢里太挤了，她每往前走一步就都得喊："劳驾，借光，请让一让。"到牛牛父母这里的时候，她已经失去了刚才的耐心："这是谁的包？让一让。"她当然能猜到是谁的，但她只想让包挪开，并不想和主人搭话。

牛牛的父母欠欠身站起来，看一眼摆着瓜子、饮料、牛肉干、花生米、碗面的推车，牛牛妈问，可乐多钱一瓶。

"五块。"

"五块？超市里才卖三块五。"

"那你去超市买吧！"

"同志，你怎么这样说话。你这不是明打明地宰人吗？"

"爱买不买，又没有谁逼你买。"

牛牛眼睛死死地盯着推车上的那瓶可乐。

牛牛爸缓和了口气和乘务员说："同志，我们是农村人，挣钱不容易，你看四块行不，四块五也成。"

"这可不是自由市场。"

"我知道，咱这不是在商量嘛！"

"那你去自由市场吧，这里从来就是这个价"

"这不是没有自由市场吗？"

"反正五块一瓶，你买不买？不买，请让开，后面的旅客还等着呢！"

牛牛爸和牛牛妈交换了一下眼色，向后直起身子用力靠了靠。牛牛知道父母不给买了，双手捧抱住妈妈的脸，又哭了起来，一边还用头碰妈妈的肚子。好在推车还没走。它走不了，牛牛家的三个大包把过道堵个了严实。乘务员自是没有好气，她用车顶那几个尼龙袋：“是你的吧，赶紧拿开。”

“往哪儿拿啊！”牛牛爸不恼也不笑。

“我哪知道啊，你自己找地方去。”

“我就找这里了。”

“这里不行。”

“那你给我找地方。”

“你这么多的东西，去哪里给你找？”

“看，你也没办法吧，那就放到这里。”

“别故意捣乱啊，”乘务员说，“还有你家孩子，能不能让他别哭，烦人。”

“我没捣乱。”

“那就把你的包拿开。”

“要拿，你拿！”牛牛爸说，“要不你就四块钱卖我一瓶可乐，我把包搬起来。”

“你怎么，耍无赖啊？”

“我本来就是无赖！”

我知道他肯定不是无赖，他那憨厚的模样，粗大的骨节，他肯定是个老老实实本本分分的人。不管他是不是无赖，旗袍女人是沉不住气了：“不就买一瓶吧，实在不行，你掏三块钱，剩下的两块钱我补。”

牛牛爸莫名其妙地像被冷拳抡了一下一样看着旗袍女人，心想你怎么这么爱管闲事啊，就两块钱，还要我们落个人情？犯得着吗？

牛牛妈看着自己男人的窘样儿，和旗袍女人解释说，“俺也不是出不起那五块钱，俺就是不想让孩子喝那东西，报纸上说了老喝可乐对身体不好。”

“哟，听起来还挺有知识的啊。”旗袍女人差点儿把嘴巴咂巴响。

“谁说不好了！”米拉接上话，“我就天天喝可乐，看我的身体，多棒！”

乘务员见牛牛父母没动静，态度更强硬了：“你让不让，不让，我可报警了，要不下一站你们下车。”

“凭什么，我们有车票，再说了，又不是我不搬，是没地方搬。”

“那你也不能扰乱公共秩序。”

“我怎么扰乱公共秩序了？你给我找个地方，我搬。我没找你们的茬儿就不错了。”

“噢，听起来让你坐火车倒是我们的不对了？”

“那，有本事你们就别卖给我票啊。”

“拿着不是当理讲，和你这种人说不清楚。”

“那咱们今天就讲讲这个理。我买票时，你们没说不让带行李吧，我上车的时候，你们没有不让上吧，现在我上来了，车开了，行李没地方放，反倒是我不讲理了？还说要把我们撵下去，我看你们哪个头上拿着三只角敢。”

要想让简单的事情变复杂真是再容易不过了，可为什么简单的事情不能简单来解决呢？先说明一下，我并不是出于同情，我不同情任何人，乘务员、牛牛父母、牛牛、包括我自己，列车上坐着各式各样的人，哪有必须谁同情谁呢？不过，我还是掏出一张五块钱递给乘务员，说拿一瓶可乐。乘务员马上和颜悦色地递给我，我还没拿着递给牛牛，米拉就伸手把可乐抢走了。我说：“那是给牛牛的。”米拉一脸不高兴，他把剩下的半瓶放到嘴里，狠狠地喝了三口，然后递给我，叫我给牛牛，而他紧紧地抓住整瓶可乐不肯松手。

牛牛爸就显得有意思了，他把两个尼龙袋一起举到头顶，放乘务员的推车过去。一只瓦刀从尼龙袋里掉出，在他的肩上担了一下，不偏不正正好落到牛牛头上，牛牛怔住了，眼含着泪，却一声不哭。牛牛妈却不看孩子有没有砸着，只是教训孩子："看，好了吧，你还要，还要不要了？"

牛牛一把鼻涕一把泪地说："不要了。"

米拉这时似乎才对牛牛产生了一点怜悯之心。他把喝剩的可乐准备递给牛牛："喝吧，不是药，是可乐，可甜呢。"

米拉的举动让我高兴，不论是同情还是怜悯，起码他把自己的最爱分享给了需要的人。我看着米拉站了起来，迈过旗袍女人的腿，把可乐亲手递给牛牛，还说："喝吧，真的不是药，可好喝呢！"

牛牛妈死死地摁住牛牛的胳膊不让接，她说："牛牛谢谢弟弟，说牛牛长大了，牛牛不要。"牛牛却不听妈妈的话，猛地伸手把可乐拿过来，送到嘴里。

"牛牛！"

可已经晚了。

米拉很得意地看着我笑了。

捧花的男青年很不屑地说了一句："不就五块钱，何必呢！"

牛牛妈护短地说："这位兄弟说的，这就不是五块钱的事。"

"那是几块钱的事？"男青年把目光投到窗外。

牛牛妈解释说："我老公就那副德性，爱较真，认死理，你说他小气吧，去年汶川地震，他捐一千块。你说他大气吧，孩子吃冰棍的钱他都要抠。不过，他是好人，做营生不偷懒，不知道哄人，油漆工都愿意和他搭伴儿，他抹的墙刮起来省工省料，还有他铺的地，你看他黑不溜秋不精干是吧，铺的地那可叫好呢，这不，有老乡打电话，说有个业主专门点名叫他去铺地呢！那业主见过他铺的地。”

说到这里，她好像猛然想起来什么一样，开口问我：“大哥，你说你家是多少平方米？”

“一百八十六。”

“我那老乡也说是一百八十多平方米，”女人突然笑起来，黑俏黑俏的，“说不定就是给你家铺呢！”

我说：“也许可能吧！”

“可能个屁！啥好事都想呢！”说不上男青年是怎么的心里，手里捧着玫瑰，话音却如此不耐烦。

列车依然在平原上奔跑。从来没有谁嫌它跑得快。

我看到，列车穿过一个小镇。小镇看起来像在赶集，熙熙攘攘的人们忙得不可开交，一辆宝马车在中间鸣笛叫路，可那些人并不听它的话，各走各的路，各干各的事，他们体会不到宝马的着急，宝马也不理解这些人为什么无动于衷。我只看到有两个胳膊上搭着凉垫，手里抓着方向把套的人，一左一右，又是奉承又企盼地跟着宝马车跑，他们敲着宝马的车窗，希望能做成一单买卖。

火车到站了。车厢里人一起下车。我和米拉走在他们后面，旗袍女人在我们左右时不时和米拉说话，顺便看似无意地和我说：“以后，我有事打扰你，你不会不记得我了吧？”

“不会。”话是这么说，可我已经开始忘记她了。

那对农村夫妇走在前面，捧玫瑰的男青年超过我们，追上那对夫妇不知说了些什么，我看到他们慢慢停下脚步，转过身来，很认真地打量我和米拉，犹豫再三，最终还是调头继续往出站口走了。

我不知道他们为什么用那样的眼神打量我们。有一天，我们全家在公园里玩，米拉又要了可乐，我给妻子讲了火车上关于可乐的故事。米拉听着，不过，他毫无愧色，甚至还洋洋自得地告诉我，那天他给牛牛的可乐里他吐了两口唾沫。我当即掴了米拉耳光，同时，又恨那个捧玫瑰的男青年！尽管我妻子说，米拉还是个孩子，那对农村夫妇一心只想钱，才不在乎那些。可我想，在那对农村夫妇的眼里，他们一定不会那么看！

后来，我家开始动工装修房子，工头说铺地工人是一对来自农村的夫妻，还带着一个孩子。我希望是牛牛一家。遗憾的是，他们却不是。

局外人

1

在十字路口等红灯时，前面黑压压的全是车。出于某种习惯他抓起副驾驶座上的手机摇了一摇。而那时，一个女人正眼泪汪汪百般无助地趴在床上，巧的是，她也无意识地摇了那么一下手中的手机。两个本不相干的人，因为这一摇就搭上了。

这都什么年代了，你还有什么想不开的呢？当得知她被一个男人无情地抛弃时，他说，放松点，好吗？你看这天又塌不下来。在微信里，他语气轻松，腔调调侃，似乎在这个纷繁复杂的世界里，他不为任何事情所累。

我倒是想呢，可我就是做不到。她说，真的太痛苦了，现在我不知道该怎么办。

那就转移一下注意力，不给痛苦留下任何机会。

譬如……

譬如和我聊聊天什么的。

我们聊点什么呢？

什么都行，总之我全天候地陪同。

真的……可以吗？她试试探探不好意思地说，我可从来不给别人添麻烦。

呵呵，那我就麻烦你给我添点麻烦吧，我老婆出国了，一个出去交流学习的机会。

哦……这时，她清楚地记得当年那个无耻的狠心人也这样说过。

所以说，我是个自由人，全天候的自由，你滴明白？

可这事与你没有关系。

他在手机听筒里听着她的声音，柔软、舒缓，仿佛那股夏日里在石头间绕来绕去的清泉。于是，他又去空间里找她的相片，遗憾的是只看到几张迪拜、香港、阿姆斯特丹的照片(也许她去过，也许她梦想要去)。他说，正因为这事与我没有关系，你才可以放心大胆毫无顾忌地和我聊，毕竟我是局外人，我会态度中肯观点冷静，你需要这么一个清醒的人帮助你。

哦……要是这样说，似乎有点道理。

犹疑几秒钟后，她接受了，因为她感觉自己都快憋死了，觉得自己像被困在一只鼓里一样窒息。她不能和老公说，不能和朋友、姐妹们说，她不想成为别人的笑料，她抽烟，买醉，砸东西，号啕大哭，把家里的床单被罩都洗了一遍，到头来依然还是一个孤伶伶的自己。于是，她开始决堤的洪水一样滔滔不绝地把心里话掏给他。可她的痛不欲生，在他看来实在算不了什么。他语气平静地安慰她，他从历史学的角度讲，这种事天天都在发生；从生物学上讲，男人也好，女人也罢，既然是一个动物的活体，就要受一种本能的控制；他又谈到人类学，他讲婚姻如何彻头彻尾地反人性。最后，他以大师的口吻讲出自己的至理名言——人类之所以遭受痛苦，就是因为人类太把自己当回事了！

他的说法，有的她赞同，有的不赞同。但无论赞同不赞同，她都从他那里听到了与以往不同的东西。她相信他是个不一般的男人，于是完全打开了心扉，她说，她叫米俪，父亲给她取的名字本来是米粒，可总是有男人对这个名字产生不怀好意的想象，还做了特写式的放大，在性感等同于流氓与耻辱的年代，她无法忍受那种想象，她翻开字典找到同音字，便自作主张把自己变成了“米俪”。

呵呵……，他在微信里说，随着时代的发展，你发现自己犯了大错，是吧，因为“俪”这个字要和“米”结合，与“粒”相比，那可不知道要俗气多少。

米俪赞同这种说法，她说，我的加加也这么说。

谁？加加是谁？哦，我明白了，一定是那个无耻之徒！

你好聪明。她说，我叫他加加，他姓麦。

麦加？他可真够胆大的。他爸爸是不是叫麦加•穆卡拉玛？

讨厌。什么拉马不拉马！其实他叫麦宊。刚认识他时，我叫他麦tū 。他说错了，后来我才知道那个字念 jiā 。

你没错！那个字也念 tū 。呵呵……

现在，我敢肯定你是一脸的坏笑。老实交待，你是做什么工作的。

大学老师，教中文。

他能觉出她不是那种不给钱就不和男人上床的女人，但也不是那种通古论今满口道德的知识型女性，她有一点小品位，但仅仅是因为经济条件，而非家族遗传或自身积淀，她偶尔蹦出的那点文绉绉，一听就是从别人那里借来的。那么……他本想说自己是个医生，可他担心她会问一些医学方面的问题，那还是大学中文老师吧，中文老师更好一些。

难怪！她说，我可没文化啊，如果你嫌弃，咱们可以到此为止。

咱们先不说这些，好吗？朋友嘛，真诚是第一位。

那我们是朋友吗？

你觉得呢？

2

六月末一个星期天的晚上，整个街道看上去都脏兮兮的，路旁的地摊排档倒是火爆。他背靠一棵树坐着玩手机，一边想象她的长相，眼前的那些女吃货，矮胖的，高挑的，长发披肩的，由于裙子短一叉腿就春光乍现的，当然了，衣着得体、素面朝天、谈吐文雅，喝啤酒都要小口抿嘴的也有，但都不应该是她的样子，他想象着她应该是一个没什么大不了的普通女人，但他同时又不甘心她真是一个普通女人。这时，妻子发短信来催他回家。他回复说，几个哥儿们好不容易聚在一起，话多，肯定要多待一会儿。

他与她继续聊天。他感觉到她总是信心满满，她不容置疑地强调自己的优秀与独一无二，说这正是她痛不欲生的原因，因为那个男人，用她的话讲，其实就那么一个男人，凭什么对她不忠啊？言外之意，只有她抛弃男人的份儿，谁要抛弃她那真是天理不容。

呵呵……他又笑了。

你这个人能不能别笑啊？人家在这里难受，你却笑。

你在哪？

床上。

老公呢？

另一屋。我们十年没在一起了。你呢？在哪？在干什么？

床上。他抿嘴笑笑，我正在努力拯救一个悲痛欲绝的女人。

拯救，女人？谁啊？哦，谢谢你啊。你为什么不睡？哦，想起来了，一个人睡不着，是吧？我也睡不着。我刚给他发了短信。我不好受，他也别想好受。他要不给我个说法，我就到他单位去闹，我去搞臭他，他会害怕的。

他怎么说？你真会去他单位吗？如果她真那么做，那她就实在太普通了，因为那样做，除了仇恨和自得其辱，她什么也得不到。

当然不会。她说，不过，他害怕了。

何以见得？

他说那你去闹吧，大不了他身败名裂，自谋职业。可你知道吗，他终于给我回信息了，一个多月了，他不接电话，信息不回，快把我逼疯了。我最恨这种男人，有事说事有话说话，即便他有别的女人，可以；即便你想回归家庭，可以。但莫名其妙搞失联算什么东西。可他就是嘴硬，我知道他越是嘴上说让我去闹，其实他心里越是怕我去。

你们好了几年？

六年。

看来你很了解他。

是啊。六年里，我们几乎天天在一起，我的姐妹们都认识他，包括我老公，还有我的妯娌，除了没那个名分，实际上我们就是夫妻。

关于她和她老公的故事，她是这么讲的：在很小的时候，她父亲因为对一只母兔高呼万岁被发配到新疆，母亲积劳成疾，奶奶年迈，在她初中毕业那年相继去逝，她拿着父亲的来信登上了去往新疆的火车，那时她刚满十五岁。十五岁啊，新疆，千里之遥，一个女孩，孤身一人，还是第一次出门，她不停地重复强调着这些话。她要去的地方是喀喇昆仑山，在那会儿莫不说是喀喇昆仑山，就是天山、喜马拉雅山对于她来说，无非也就只是一个名字，但她相信只要登上列车，就会见到父亲。列车往西走了两天两夜，她对面的青年突然主动和她说话，开始，她怯生生的不敢搭话，可当她得知青年也是去往喀喇昆仑山，还是那里的一个军人时，她便觉得像遇到亲人一样关系拉近了。男青年叫党光辉，刚满二十，是喀喇昆仑山某哨所的战士。一路上，他给她讲在海拔五千米上哨所里的故事，她却想象着蓝天碧空下，党光辉屹立在皑皑高岗上手握钢枪的样子。当时，她恨不得自己不是十五岁，而是十九岁或二十岁，恨不得自己是哨所服务站的卫生员，因为那样她就可以每天在电话里和战士聊天，闲暇时，她就可以为他们织手套，缝鞋垫，收集植物标本了。

后来呢？他问。

她实现了愿望，在父亲所在的镇上当了一名话务员。这样，她开始有机会和党光辉通电话。再后来，他们结婚了。

不错。他说。

但一切都随着党光辉的复原发生了改变。

一回到内地，他倒是如鱼得水，而你却成了孤家寡人，对吗？他招招手又和服务员要了一扎啤酒。别的桌上的人开始稀拉了。妻子又来短信催他回家。

起初没有。她说，党光辉服从组织安排到一家建筑企业干了保安工作，虽然享受科级待遇，但没有实权，再说，企业的保安工作在党光辉看来没有一点技术，用他的话讲调教三天狗都能干。党光辉开始变得情绪低落精神颓废，慢慢地影响到了工作，有一次他大骂领导混蛋，嚷嚷要回喀喇昆仑山站岗。可还能回得去吗？时间永远不会倒流。她和党光辉长谈了一次，决定自己出去闯闯，可党光辉坚决反对，列出无数条理由。最终，她还是坚持了自己的决定，她从服装零售干起，一年后便开始批发，在十年前就拥有了自己的宝马车。

在那个时候，一个女人开宝马，多跩啊。他说。

是啊！可我受的罪吃的苦谁知道啊，我坐硬座跑广州，选货上货，大包小包自己扛，还要打点乘警、工商、税务，受窝囊气。

但值。

值？她停顿一下，党光辉可不这么看。

为什么？哦，他是男人，他是军人，他怎么能受得了这样一个老婆……他难受啊！

对！你全说对了。他心里失衡了。有一天，一个姐妹告我说他带着女人去开房，开始我还不信，因为我相信他爱我，我也爱他，他在喀喇昆仑山那种鸟不拉屎的地方都能忍受寂寞，我又不是不能满足他，直到有一天他们被我堵在家里。

问题不是出在寂寞不寂寞上。

你说得对。可惜这道理是我认识麦宍后才意识到。也许我太强势了，我让自己的丈夫没有了尊严。那几年，我在外面打拼，和各种人打交道，加上事业有成，可能变得霸道跋扈了。但我一心是为了那个家呀，我要让自己的老公抽好烟喝好酒穿名牌开好车。我一点都没想到他会背叛。为此，我们大吵大闹，可你猜党光辉怎么说。

怎么说？

他居然龌龊地说我的成功是凭了姿色。我当时就懵了，我想哭，却一滴眼泪都没有，想想自己吃的苦受的气，凭什么呀！我像个冰人一样站在他面前，'哼'了一声就告诉他，那些钱我就是和男人睡觉睡来的，嫌脏，就别花！说这话时，她大概充满自嘲地笑了笑，她说，我这个人就是不服输。可实际上我还是个需要男人呵护的小女人。

是吗，你真的还是女人吗？

你觉得呢？你怎么就觉得不是了呢？

反正我很怀疑。

哦，你是想亲自验一验吧！

验就验一下，你又不是小女生，怕什么。

当然怕。她有点生气地说，你把我当什么人了！

哦，那我没办法了。他说，要不……

怎么？

咱们好吧！他仰起头，微闭着眼，困困地打了一个哈欠。

你是认真的？

当然。他望望夜空，夜空中有那么几颗星星，他说，夜都这深了，每句话老天都会听到的！

所以，你不能胡说八道。

呵呵……

我知道你又在胡说八道。以后，你以后正经点儿好不好？咱们好好说话。

他没有回答，不过，他觉得这个女人有几分可爱。

3

接下来的三天时间里，他几乎时时刻刻都在和这个女人聊天，上班、开会、洗澡、吃饭、散步、上厕所，直到晚上妻子厉声恶语地问他，到底是睡觉还是要玩手机时，才关掉手机。他们所聊的话题自然是那个伤害她的无耻之徒和她的爱情。他们心扉敞开，无话不谈，偶尔还说几句荤话。他别有意味地称她为“粒粒”，她不反对，因为这不是重点，她要的是这个陌生人能把她从痛苦中解救出来，因此，她尽可能多地把自己的情况讲给他，他把它们断断续续地串起来，整个故事基本也就明朗了：

一天，党光辉莫名其妙便血，米俪陪他去看医生。到医院挂了专家号，专家正是麦宊。麦宊医生稳重、帅气、浓眉大眼，朱时茂、秦汉那类的，但米俪并没有被吸引，因为她心无旁骛地爱着自己的家。一番检查后，麦宊说党光辉没什么大碍，只要打打吊瓶就好了。都便血了，专家却说没大碍，怎么可能呢？细心的米俪借党光辉上厕所之机私下里向麦宊询问。麦宊笑语盈盈，说党光辉得的是急性膀胱炎，他说现代社会男人太累，压力大，容易得这种病。他嘱咐麦俪回去后，一段时间里别累他。可米俪知道党光辉一天里除了买菜做饭，就是喝酒会朋友，他累？还有就是，“别累他”是什么意思，米俪觉得医生话里有话。米俪转身关门，用渴望得到真相的眼神再次问医生老公的病真的是因累所致吗。这次，麦宊就意味深长地笑了。但他并没有正面回答，只是看似随意地问米俪夫妻感情好吗？米俪觉得好生奇怪，不过她还是毫不犹豫地回答说好(她脑子里认为她与党光辉是患难夫妻)。米俪记得，麦宊就长长地“哦”了一声，主动把手机号码留给米俪，说输上一周液后，党光辉的病情要不见好转，再打电话给他。后来，米俪真打了，不过不是为党光辉，而是一个外地朋友看病求她找熟人，她想到了他。这样，他们就有了接触，一来二去，慢慢发展到一起喝茶、吃饭。但米俪一直把麦宊当弟弟看，麦宊比她小，在他们平淡无奇的交往中，麦宊也确实称她为姐。

但实际上，从一开始他就有目的。他十分肯定地说。

是的，从给我留手机号码的那一刻。米俪说，他承认，见我第一眼就喜欢上我了。

这个男人可真能沉得住气。

狡猾的男人都这样，把一切做得自然而然水到渠成。

是的，放长线钓大鱼，不破的真理，看来你是一条大鱼。

可我相信他真爱我。

真爱？老天，直到现在，你还相信真爱？

难道你不信真爱吗？

信，当然信。我信我爸我妈是真爱我。

那么爱情呢？你不信？

信，只是在天真烂漫的时候。呵呵……他忍不住又笑了。

你能不能严肃一点！我觉得我每说一句话，就像是在你面前脱一件衣服。

那就脱呗！反正我一个老男人，什么没见过？

很老吗？她问他，

嗯，我常常躲在自己的胡子后面看人。

看你的女学生吧！她说，感觉你很开放，是不是常常把女学生勾引到你床上？

呵呵，都什么年代了，是女学生常常把我勾引到她床上好不好！

真的？

是啊。要不，这次我来勾引你？

你好直接啊。对你的学生，你也这样吗？你们这些男人啊……

说出来。我可不想看到一个漂亮的女人被自己的话给憋死。

我不喜欢胡子拉碴的男人。

我可以剃掉。

这还差不多。

看来你答应了！

谁说的？答应什么啊？

看来你的加加，是个不长胡子的男人。

是的。他俊朗，细心，放到男人堆里，百里挑一。

追女人的功夫大概也百里挑一。

唉！她长叹一声。

他再次强调，他们都是中年人，还有什么想不开的呢？她辩解说不是想不开，是想不通，因为麦宍变化太大，追她的时候好得简直没法儿说，一转脸心又硬得像块石头。为了追她，他以给妹妹、老婆买衣服的名义往她店里跑，当他发现她因为老公出轨心里郁闷时，他就专门请假陪她到海边散心，他把自己全身心地给她，终于有一天，她做出决定把他领到了党光辉面前，一不做二不休地告党光辉她要和这个男人好。从那以后，她带他去定货，一起出席活动，她为他们的未来买了房子，进行了装修，晚上他要不回家，他们就在那里过夜。他们热恋如火，一日不见如隔三秋。

可有一天，你发现他变了，他的热情大不如前，他开始找各种理由疏远你。

最气人的是，他开始莫名其妙地关机。

因为他觉得你在盯他的梢，查他的岗。

实际上，真正不信任人的是他，他觉得我……她说，我每时每刻都得向他报告，连睡觉他都要通过手机视频看到是我一个人躺在床上。我不喜欢唱歌跳舞，但因为生意上的事，有些场合免不了。每次他都让我把手机拿给旁边的人求证，还偷偷跟踪到现场。只要有一个不认识的男人，就会问我那人是谁，说我骗他。

这个可怜虫。当然，另外一个原因是你太漂亮，女人的漂亮绝对是一种罪。

可每次他都解释说是因为爱我。她说，我承认他爱我。因为无论电话里怎样吵，一见面他就会紧紧抱我，紧紧的，我们每次在一起，他都……他做了超出所有男人做的事，他专心，细致，甚至舔食我的汗珠，他说我是女王，而他是心甘情愿服务于女王的男仆。我们在一起的感觉非常好，我恨不得我们永远那样下去，宁愿和他就那样死掉。你知道一个人将另一个人带到那种境界是什么感觉吗。

呵呵，他说，不知道。

讨厌吧你。

手机屏幕上出现一个害羞的表情。他相信她在那边的脸真红了，因为在叙述男女之事时她身临其境了。他本想彬彬有礼地道个歉，他已经在屏幕上打上了“对不起”，但又删去。他摇摇头，胸有成竹地把一个红红的嘴唇发了过去。

你这个家伙，怎么这么坏，你想干吗？除了讥笑，还要讽刺我吗？啊，我知道了，你就是在讽刺我。

听起来，她真生气了。但他相信她一点儿都不生气，说不定还在为那个闪烁的红唇怦然心动呢。他很快把信息回复过去，我没有半点讥笑或讽刺你的意思，相反，我非常喜欢，至少喜欢你这样的性格。

是吗？是不是觉得我有点傻？

你直来直去，一点儿都不矫揉造作。

说到底，还是傻。

什么呀！那是可爱。你不觉得吗？不过，每个人对可爱的理解不同，当初你也一定觉得你的加加很可爱。一个人一旦喜欢上另外一个人，就会觉得对方可爱。

他可爱？他是一个蠢货。知道吗？他称我女王，说自己是男仆，原来是另有含义，他一直认为我欲望旺盛，觉得我在和很多男人交往，甚至觉得我和他交往，只是看中他腿间的玩意。

谢天谢天，那你总算解脱了。

问题是，我真心喜欢他。你知道吗，他的混蛋劲儿一过，你都不知道他对我有多好了。

再好，他也是个混蛋。

唉！她长叹一口气，你说这世上真的就没有天长地久的爱情吗？

他就劝她去看看《动物世界》，劝她别想那么多，说白了，作为男人也好，女人也罢，任何一个人，你的作用无非就是完成作为直立行走的这种动物在你这个环节需要完成的进化罢了。她不赞同，反驳说毕竟人是人，人是不能和动物相提并论的。

于是，他们开始辩论。当然不会有任何结果。

时间就在他们各自的坚持中悄然逝去，楼道里开始响起此起彼伏的关门上锁声。下班了，他看看表。可他们聊得正在热头上。他，当然也包括她，都觉得如果就此戛然而止的话有点可惜，他一手敲着桌子，一边和她说，很多话吧，在微信里电话里聊聊不出长短，要是当面讲，那就会是另外一种效果。

你的意思是……她在猜测着他的想法。

咱们可以一起吃饭。这次他可是随口说说的。一个刚被男人抛弃的女人怎么会答应和另一个男人马上约会呢？但同时，他又觉得很有这种可能，她很伤心，就像一只被雨水淋透的猫，她需要阳光，需要温暖。他马上起身，到卫生间里对着镜子梳整头发，等他再回到座位上时，她的信息已经回复过来了。她答应了。地点时间由他定，她说最好离她家近点儿。那样，她就不用自己开车了。在如此糟糕的心情下，她不想碰任何东西。

4

他选的饭店不大，属于私房菜那类，但环境干净，气氛温馨，有点小浪漫，卡座式的餐桌，还播放着节奏轻缓曲风古典的音乐。他早她几分钟到达，毕竟是第一次，他不能让一个女人傻乎乎地坐在那里等他。两人约的时间很宽裕，她给自己留足了梳妆打扮甚至是冲个澡的时间（他很欣赏这一点，起码她不是一个火急火燎不注重形象的人）。

黄昏的阳光趴在饭店的玻璃窗上，气温还很高。他为自己先点了一杯龙井，瞎胡玩了一会儿手机，然后，他看到她手拎小包出现在绿影重重的林荫道上，她留着爆炸式的栗色头发，穿一身白色合体、质地上乘的休闲装，一双白嫩修长的脚套在淡绿色的细带凉鞋里，她戴了宽大的太阳镜，款款地踏着齐整的斑马线走过马路，那一刻，他觉得自己的运气真是不错。她进入餐厅，他有意在座上坐着不起来。而她，只在过厅处稍稍作了停顿，便毫不犹豫地朝他走来。当他抬起头正式地看她时，她已在他的对面落座了。她从随手带来的小包里取出纸巾，轻轻沾去鼻尖上几滴小小的汗珠，然后冲他老熟人般的(也许是装的)笑。他也笑。两人都觉得他们有一种故往神交的默契，似乎几天来他们的聊天用的不是文字，而是用刻刀一画一画把对方刻了出来。

去哪了？她诡秘地用手比画了一下下巴，她的眼睛有点狐媚之美。

剃掉了。他知道她是指他的胡须，其实他根本就没有留过什么胡须。

你真狡猾！

不会吧，别人可都说我是个老实疙瘩。

你老实？你觉得你老实吗？”

她喜欢笑，动不动就笑，甜甜的，还有那么点野性与霸道。服务生过来点餐。他问她吃点什么。她说，什么都可以，一个扛过麻袋跑过黑道的人什么都能吃得下。哦，那一定是她初做服装生意的时候，现在可就不同了，她的皮肤白里透红，看上去比实际年龄至少要小十岁，她纤细修长的指甲每一个都经过美容，还有她端庄的坐姿，擦汗时的动作，怎么是个吃什么都吃下的人呢？他为她点了玫瑰花茶，菜品与汤避开了辛辣和生冷，即便是水果甜品，他也对服务生做了特别交待。她坐在对面，一一听着。

真没想到。服务生走后，她说。

话语含义多层，也许她是想说自己竟然答应和他共进晚餐，也许是想说她没发现他竟然那般心细，也许她在惊讶手机摇一摇的功能居然如此神奇，也许……

我也没想到，他说，我没想到你这么漂亮。

是吗？她自信地说，漂亮谈不上，但至少不俗吧。

你够吸引人的了。

你也不差啊！

你是第二个如此表扬我的女人。

哦！她亮一下眼睛看他。

第一个是我妈。但我有自知之明，知道自己长得实在不敢恭维。

你说，那谁长得就好恭维呢？陈道明？姜文？濮存昕？黄渤，还是黄晓明？

呵呵，这正是我想说的，你喜欢哪个？

我又不是外貌协会的，男人嘛，外表不重要，我看重的是才气，当然还有——体贴。

服务生把菜品端上来。他们一边用餐，一边聊天。她的两条胳膊搁在桌沿上，那道深浅适中的乳沟随着身体的移动时不时从领口处不经意露出。他们的话题从“体贴”开始切入，又回归到这次约会上来。她要他帮她分析麦宊的内心，但还没等他分析，她自己就下结论说那家伙一定是有女人了，是另一个女人让麦宊觉得她老了，至少不新鲜了。他不赞同，但也没有反对。他问她问题的起因仅仅就因为麦宊医生总是关机吗？她说，如果是一次那倒罢了，紧急情况或手机没电，都可以理解，半年前，麦宊也这么解释。但她不理解的是他总这样，手机快没电，有急事，或不方便，总能事先发一条信息吧？问题是电话明明通着，他却不接，甚至关机。等再见面时，麦宊还没个好态度。可是，当他需要她的时候，又不顾一切地找她，直接拉她去开房……她本来明媚的面庞，说到这里时默默地黯然下来。她说，你都不知道他生气时有多凶。这次又是。她慢慢地咀嚼着嘴里的食物，艰难下咽。

你没问过他为什么吗？

当然问过。可他怒气冲冲地骂我神经病，还说我是他什么人，连他老婆都无权限制他自由，他骂骂咧咧，说关不关机是他的自由，别人无权过问。问题是，那天晚上，我们分手时他说是要回家。他老婆身体不好，他们两口子和他妈一起住，我们的事他妈也是知道的，第二天一大早，我忍不住给他妈打了电话，他妈却说他根本就没回家。那家伙在说谎！

也许是和朋友打麻将啊！

他不打麻将。

也许是医院里有紧急情况。

我给他留言，起码开机后，他该打电话或发个短信给我。你知道女人会多想的。但他没有。后来无论我打电话，发短信，用 QQ 和微信留言，他都不回。他是铁了心了。

你可以用“分手”威胁他，试试他什么态度。

我试了。我说，既然这样，那咱们就好合好散吧。

结果呢？他回话了吗？如果他还在乎你，他会回的。

我想是人家瞌睡，我正好给送上了枕头。他只是冷冰冰地说“好吧”。

说到这里，他看到她努力滚动眼珠不让泪水流出来。他从餐桌上抽出纸巾递给她。她说“谢谢”，然后抬起头来，露出灿烂的笑容。其实，没什么的，对吧？她看着他说，天下没有不散的筵席，再恩爱的人最终分手也是注定的事，对吧？

你能这么想，真是太好了。

可是，我们都想过结婚的啊。我们实际上就是夫妻。

那又怎样？你和党光辉还是名副其实的夫妻呢。

我们原本那么好。唉……几天里，她这样的长叹不下百次，兴许他遇到比我更好的了。

也许吧！他深情地看她，他说，男人和女人不一样，男人总是在一只手没有抓稳之前，另一只手不会放开另一个。

我也这么觉得。

既然事实已经明确，那你就不用难过了。

我难过的不是他有了别的女人。而是他为什么说谎，为什么要骗我。

人家不是已经告诉你了嘛。连你自己都明白了。何必还要把那句伤人的话说出来呢？他说，所以，你想开点吧。

我不是想不开。以你的感觉，我至少不是一个柔弱的女人吧？

你是不愿意承认自己失败。

什么？他的话一下说到她心窝里了。她坐直了身体。

情人们总是犯同样的错误。他们认为自己和自己的情人那么恩爱，会与众不同。结果到头来，却和别人一模一样，别人有的幸福自己无从知道，但别人经历的痛苦自己却一点都没少。

你说得太对了。她说。

其实人生漫漫，你不可能总那么幸运。所以，承认吧，承认自己失败也就释然了。

可我觉得自己不会那么倒霉。我是准备好要和他好一辈子的，我们迟早会生活在一起，等我们老了，彼此的家庭不再是负担，就一起生活，可现在……，刚刚过去六年。

已经相当不错了。他笑笑，很多情侣三年、一年、一个月、一个晚上，呵呵，甚至都没看清对方的长相，连名字都不知道，就结束了。

可我们和他们不一样。他们是在玩。我们是认真的。

你怎么就知道人家是在玩呢？你怎么就敢肯定你们不是玩呢？

起码我是认真的。

你只能代表你。

你是说，从一开始他就在玩我？

我不喜欢‘玩’这个字。

饭吃完了。她对他说，所有的菜她都喜欢。他说一个男人应该对自己喜欢的女人用心，只要用心，一切问题都不是问题。她没去接他的话。她有足够的信心相信面前的这个男人喜欢自己。她风姿绰约，性感大方，还不指望从男人那里要一分钱，这样的女人眼下到哪里去找。接着，她说："其实，好多道理我都懂。只是我……不知道自己该怎么办。我恨他，觉得自己咽不下这口气。"

这正是症结所在。你不该恨他，因为恨，对事情一无所补。难道你真想毁了他吗？

她摇了摇头。

看来你爱他。

我也说不清。她慢慢抬起头，小小圆圆又光又滑的鼻头，搁在红润闪亮微微上翻的嘴唇上，可爱，动人。她长吁一口气，咱们不说他了。

好的。

我真的要谢谢你。

我没做什么。

不。这些天，如果没有你，我会憋死的。而且有了你的开导，我确实没那么痛苦了。

那再好不过了。他说，不过，我希望你应该换个角度，用另一种方式来解决这件事。

哦！看来你这家伙深藏不露。她嘴角微翘着说，我有点欣赏你了。看来有知识的人就是不一样。

可惜……客人们走得差不多了，他不想让服务生为他们的闲聊加班，时间不早了。

你急着回家吗？她一副意犹未尽的表情。

那倒不是，你知道的，我爱人出国了。

那咱们找个地方接着聊，咖啡，茶，由你选，我请。

谁请无所谓，只是这些东西，他诙谐地一笑，你知道老婆不在，我的睡眠本来就不好。

那岂不是正好吗？我们聊它个通宵。反正我回不回家，没人过问。

不如这样吧！他文雅地用牙签扎起一块香瓜送到她嘴边，她看他一眼，微笑着把唇启开。那一刻他满脑子想的是麦克尤恩的小说《只爱陌生人》里的科林和玛丽，他希望有一间挂着绿色百叶窗的房间，希望有一片可以供他们四仰八叉躺着的沙滩。他很快想到一个绝妙的地方。我想带你去个地方。他说。

什么地方？

很特别的地方。只是不知道你敢不敢去。

我？她总是信心满怀地说，别忘了，我可是从喀喇昆仑山上下来的人。

5

他的车停在餐馆门口。米俪打开前门大大方方地坐在他旁边。车实在太脏了，他伏在方向盘上微微欠身，看着米俪说，好久没洗车了。我压根没想到……

是啊，生活中就是有很多意想不到。她马上打住，不让他把后半句话说出来。

你还穿了白色的衣服。

是啊，她说，不过，我相信要是脏了，你会送我一身新的。

哦，那我宁愿先去找个地方洗车。

他们四目相视，默契而笑。

想不想听广播？车经过无数的咖啡店和茶馆，穿街过巷，在城市快速车道行驶十五分钟，又拐上盘山路时，他问她。他打开收音机，里面正在播放二十年前流行的情歌，他马上换个频道，她却让他又换回来。车窗徐徐放下，夜风习习，油黑的柏油路宛转流畅，随其而行的白色分界线让他们感觉像在乐谱上行走，灯火通明的城市渐行渐远，没多久就变成了一片璨然的海滩了。她的胳膊搁在车窗上，身体半倚在椅背上，身姿放松，神情怡然，道路两旁稀稀拉拉的灯光有规律地从她的脸上滑过，她醉心于一种忘我的阒然之中。在到达目的地之前，他没再和她说一句话。他不想打扰她。

折过山头，汽车在茂密的树林里开往山下，坡度变缓，慢慢有水气飘来，他缓缓把车停在路边，自己下车，只是做了个简单的停顿便找到了一个入口，他叫她下车，拉着她从一处破损的栅栏处钻了进去。那时，她的心跌宕起来，激动得仿佛他们是一对去往秘地的高中生。他用力攥住她的手，棘刺勾住衣服，草枝钻进裤筒，都不管不顾。

老天！她低声叫嚷，我们这是要进入军管区吗？

可能是吧！他拉着她继续前行，一边轻车熟路地提醒她前面有石头，再过去会有一条两米宽的小溪，如果怕湿鞋，他可以背她或抱她过去。她说没事，反正豁出去了。

那咱们是去偷枪吗？

不，去偷比枪更加可怕的东西。

那是什么？是飞机，还是坦克？

比那些东西还要可怕。

她知道他在逗她开心，并从心里感激这个男人。两人又往前走了大约一百米，脚下的草一下子变得整齐松软起来。她隐隐看到一些水域，再远处，城市的方向有几处木制建筑亮着几盏昏暗的灯。这是个高尔夫球场。这时，他还没有松开米俪的手，米俪也没有煞有介事地抽出。他们在小丘上朝着城市的方向坐下来，城市依然灯火辉煌，但是寂静让他们感觉城市很远，就像他们梦中的一个场景，或一副钉在黑色幕墙上的照片。

开始时，他们默默地并肩相依。过了一会儿，他突然脱下自己的鞋扔向了远方。她也照他的样子做，他伸开双臂四仰八叉地往后一倒，躺在草地上。她也照做了，胳膊甩到他肚子上，头枕在他的胳膊上。他们一起看星星，一起享受草叶与肌肤相抚的温馨。他问她感觉怎样。

很好。她说的是真话，这些天太憋屈了，现在感觉连呼吸都很通畅。

什么感觉？

很好的感觉。

太笼统了，具体点。

舒畅，放松，身体像是变轻了。

呵呵，不对！他说，知道我是什么感觉吗？

我不知道。

去他妈的感觉！

去他妈的感觉，是什么感觉？她翻过手来抓他的肚皮。

就是去他妈的，爱咋地咋地，老子就要这样。

我好像有点儿懂了。可是谁能做得到呢？你能吗？

我说，一个“人”字让我们自以为高尚，但也把我们害得遍体鳞伤。

你这是什么歪理。

你想不通，你难过，痛苦。实际上世上本无事嘛，痛苦都是自找。

是的，我不知道事情为什么会弄成这样。

因为你把简单的事情想复杂了。

那你说我该怎么办？

你可以想象你的那个他是无赖，流氓，骗子，天下最大的无耻之徒。

他本来就是。所以，我恨他。

不不不，恨是解决不了问题的。他抬起一条腿，将脚趾对准摇光星，然后沿开阳、玉衡、天权、天玑、天璇、天枢，在夜空中画出北斗星的形状，他说，你得换种思路处理这个问题。

怎么个换法？

珍惜。或者感恩。

珍惜？还要感恩？你没事吧！她用手摸摸他的脑门。

他接着说，一对成年男女有缘相处六年不容易的，尤其是你在最困难最无助的时候。

他让她认真想想，如果没有麦宊医生，这六年的光阴她将会怎样度过。再说，人之初性本善嘛，没有谁从一开始就想着去伤害谁，所有的伤害都是不得已。因此，他叫她把恨扔到一边，用感恩的心去珍惜这六年。

你是说，我还得感谢他？

起码不恨。因为恨他的同时，你也恨自己。

是的。我恨自己。恨我自己怎么就不能洒脱一些。一个臭男人有什么了不起。

你谁都不用恨，包括你自己，因为你就是把事情说到天上去，还不就男女间那点事嘛！

说得轻巧。

他又劝她别把那么多的道德、定义与标准加到自己身上。男人，女人，一切生物的命运都是在受孕时就形成了，一个生物体只不过是一群编码的储存。她说他迷信。他反驳说，那是科学。

你的意思是说，包括今天晚上，我和你躺在这荒郊野岭，也是一种天注定？

差不多就这个意思吧。

呵呵！她笑了。狡猾，你们男人都很狡猾。

那是因为你们女人太好对付。

怎么叫好对付，比方说，你说咱们好吧，我马上就说“行”，这样的女人就好对付？

我不是这个意思。

你就是这个意思。

不，我只是希望你能从痛苦中走出来，活得……

去他妈一点。

对。他呵呵地笑了。去他妈一点！

后来，他开始蜷曲两腿，紧紧并拢。他要她学着做。她做了。他叫她把腿向两侧大幅打开。她不明白他的意思，他用手托住她的后背叫她抬高身体，让她往腿间看，然后并拢，然后再次打开。在他的引导下，她就看到那个灯火辉煌的城市在自己的双腿间时隐时现了。他说，城市够大吧，四百多万的人口，高楼大厦，你只要轻轻将腿一并，不就什么也不存在了嘛，那个自以为是的男人怎么了，放在那么大的城市里屁也不显，所以说到底，人生在世就那么回事，就看你怎么来看了。有一次，我觉得烦透了这个城市，我跑到这里，叉开腿冲它哗哗地尿尿。

真尿了？

真尿了。

什么感觉？

我觉得我一泡尿就冲毁了一个城市，很过瘾，然后什么烦恼都没有了。

可我不行。她说。

你是说你不会当着我的面尿吧？我可以转过身去。

讨厌吧你！她承认心情比之前好多了，再说，我就尿你。

来呀，你要不尿才不是你呢！

他们就这么放肆地躺着聊着，直到很晚，才一起打开手机上的手电筒去找鞋，每找到一只，他们就奔向对方，以拥抱庆祝。四只鞋全都找到后，他们就知道该上车回去了，他们再次拥抱，不知不觉中，他们的唇水到渠成地碰到一起。毫无疑问，这样的情形他们早有预料，只是吃不准在什么地方什么时候以何种方式发生，愚蠢、惊恐、窒息，罪恶，在这个时候，其实用什么词儿都无法形容他们的感受，她的唇柔软且富有弹性，他们吻了很久，但必须松开，可刚刚分开就又一次印在一起，这次他吻了她的耳垂以及渗着汗液的脖颈，几乎在同时她幸福地将头仰到后面，开始呢喃，他成功点燃了她的欲火，接下来只需顺藤摸瓜便可以与她享受丝牵藤绕的快乐。现在的她，浑身上下已无一丝拒绝，难道还要她主动将自己肉体横陈吗？那么，之后呢？欢愉过去激情冷却后，她会骂他落井下石吗？要是那样，那可是对这个晚上的莫大亵渎。于是他把自己控制在拥抱阶段，而下面充血的生殖器却替他表白了心声。

我完了！她说，真的完了。

嗯……他装作没听见，然后以恍然大悟的口吻说，你的意思是说送你回家？

她犹豫着，陷入一种难以名状的不知所措中，她低头抵在他的胸脯上，她不想让这样的夜就这么中止。可他将问题甩给了她。她知道他是向她要一个态度，他不想让她觉得他把她绑架到一台无法调头的机器上，于是，她借着夜色的掩饰柔声细语地说，其实……不回也行，我听你的安排吧。

那咱们上车。他赶紧接上话茬。

可是那样，她略带哭腔地说，我就毁了。

那就毁吧！咱们去他妈的毁上一次。他内心狂喜。本是粗俗的一句秽语，却让他说得壮美如圣谕。

6

汽车在蜿蜒的山路上行驶，他专心致志开车，偶尔若无其事地看她。她呢，胳膊肘依然搁在车窗上，用牙轻咬着拳头，她的脸上已没有来时的萎靡与懒散，一路上，两人谁也没有说话，生怕一开口就改变了主意，不过即便她后悔，他也有办法对她，他会用真挚的目光看她，让她在他真诚、无辜、燃烧的眼睛里熔化，然后很平静地给她送上一句话：有时错误的火车能带你去往正确的地方[④]。她，难道不正是需要一次这样的历练吗？

他们到酒店做了登记，当锁上房门后，两人的气氛便愈发融洽情绪更加浓烈，他们相信他们是有基础的，所以没必要像饥渴者那样不容分说地剥去对方的衣服，也不用像急于回家的人那样抓紧时间，但他们的目的又是那般明了，那张松软的床此时也正在橘黄色的壁灯下散着铺天盖地符咒般的魔力。总体上讲，她是大方的，处处都表现得自然到位，仿佛他们才是好了多年的情人，这只不过是他们无数次幽会中的一次。从她解鞋带，脱外裤，到自己变得一丝不挂，他一直都站在旁边，她偶尔会哧哧发笑，但没有扭捏到叫他闭上眼睛，从富有光泽的嘴唇，丰满的乳房，圆润的肩头，微微隆起的小腹，到抬起胳膊时那白嫩的腋窝，她相信自己无论哪处都是足够迷人的，她把卫生间的灯调到全亮，把他叫到淋浴底下妩媚着要他为她涂抹浴液，而她在给他涂抹浴液时，娴熟又毫不犹豫地抓住他的下体，那是一件令人心动又充满乐趣的宝贝。那一刻，他想到麦突，觉得自己是麦突的替身。

多美啊！他把这个已经冲洗干净的女人拉到床上，饕餮大餐总是令人饥饿，对吧？

你可说对了。她吻他湿漉漉的胸脯，只要一想他，我就感觉自己能吞下一头活牛。

所以嘛……他说，你现在承认了，男女之间其实就那么一点事，不管你以什么名义。

我可不是随便的人。

这与随便不随便没有关系。

---

④ 印度电影《午餐盒》里的[illegible]句台词。

他及时向她声明他对随便的人嗤之以鼻。他尽可能和她保持观点一致。两人赤条条趴到床上，他的第一个吻印到她圆滑的屁股上。可怜的麦宊医生，那个无耻之徒被彻底摧毁到灰飞烟灭了。她的身体开始如春暖花开时苏醒的蛇，她慢慢翻过身，用双臂搂紧他的脖子，一边频率极快地说，来呀，宝贝，来呀，快点，拿出你的本事来叫我瞧瞧。她快速复苏成女王，即使是身体也由被动变成主动。她要主宰，要占据上风。他享受着她的“强势”，一边忙里偷闲地想象这个女人和麦宊医生之间所谓的“爱”，整个过程中，她像一个强大的军团将他包围，厮杀，掠夺，焚烧，毁灭，还不给他反攻机会。幸运的是他们棋逢对手，高潮来临时，她骑在他身上酣畅淋漓地高呼，天呐，简直太好了，我们居然同时！我们这才是第一次。她用这样的惊喜将麦宊医生一笔勾销。完事后她像母亲一样将他揽在怀里。她一次又一次地强调“第一次”，可两个小时前她还在为另一个男人伤心。她问他为什么？他当然不会回答。

后来，她颇有顿悟地说，你说得很对，我毁不了别人，他妈的我就毁自己，毁了，就是新生。

而他却出于习惯从床头柜上拿过手机看时间，然后给妻子发了一条信息，说自己在和朋友喝酒，一哥儿们喝高了，他得整夜照顾他。

你别老玩手机嘛。她娇滴滴地说。

好。他把手机彻底关了，转头去吻她。

其实，我挺喜欢你的，还有它！她暧昧地笑着，一边用手抓他的下面，咱们相好吧？

那，他呢？

那个无耻的货？他算什么东西。我要和你好了，和他的那页就翻过去了。

你们毕竟好了六年。

你什么意思？

我是说也许你们之间只是误会，里面不一定有另外的女人。

你是希望我和他和好吗？她很平静，没有了一点伤心，你觉得还有他什么事吗？那么咱们，你和我这算什么？

这不挺好的吗？

是的，你很棒。她主动吻他宽厚的胸脯，那以后，你叫我宝宝好不好？

宝宝？太小孩子了吧。叫俪俪，哦，叫粒粒怎么样？这个有意思。

怎么就小孩子了呢？可我就想让你叫我宝宝。

那……宝贝吧，叫你宝贝怎么样？

不嘛，人家就是要你叫宝宝。她在发嗲，任性得像个初入爱河的少女。

他笑了，觉得这个女人不仅霸道还矫情。他抓起她的手，看着无名指上那枚大克拉的钻戒，她皮肤细腻，却有几处隐隐的老年斑，还有眼角，有几条岁月的皱纹已经靠美容无法掩盖。她却要他叫她“宝宝”。

怎么，你不愿意？她说，你要我叫你什么，“坏坏”怎么样？

我倒宁愿你叫我流氓。他忍不住又笑，感觉这实在不该是这个年龄讨论的话题。

什么呀，多难听。我叫你坏坏吧，哦，那就叫“坏蛋”！以后我就叫你“坏蛋”。

哦……他模棱两可地应了一声。眼睛里出现了沉沉的倦意。

你说到底行不行嘛？米俪撅起了嘴巴，百般委屈。

也行吧！他说。他实在困了。疲倦开始麻醉他的身体。

那你叫一个。

宝，宝！他觉得难受极了，浑身像是爬满了毛毛虫。

她却满心欢喜爬到他身上。两人相拥，亲吻，欲火重生。在做完第二次爱后，他们不得不疲倦地进入了梦乡。

在接下来的一周时间里，他们依然信息不断，基本都是些“你在干吗”“吃饭了吗”“有没有想我”“多喝水”“注意身体”“打你屁屁”之类的话，似乎一天里她什么事都不做，专给他发信息一样。一天晚上，夜深人静，他照例给她发了“晚安”。她在那边不依不饶，生气地问他，就不能多发两个字吗？他太了解女人了。于是加了两个字重新编写“宝宝，晚安！”发过去。但他明显烦这个女人了。只是萍水相逢，只是聊了几次天，吃过一顿饭，做了几次爱，她不能像个狗皮膏药一样黏他，更何况，他压根儿就没想过要她做自己的情人。

在此之后的第三天，或是第四天吧，他们为对她的称呼发生了争吵，她是个难缠的家伙，刨根问底非要逼问他为什么不叫她宝宝。他不知道从何说起。他只是说，他从来没有称呼过任何人“宝宝”，即使自己的孩子。

可我就是要做你的宝宝。她在电话里哭了，叫我一个“宝宝”，哪怕是骗我就那么难吗？

这不是难不难的事。

那是什么事。她怒气冲冲，我最恨别人骗我。

我没骗你。他觉得她在无理取闹。

那为什么不叫我宝宝？

我为什么要叫你宝宝？你是我什么人啊，咱们什么关系？

是啊，是啊，是啊……这个叫米俪的女人，深深地闭上了眼。当她再次睁开时，原以为自己会眼噙泪水，可她靠在卫生间的墙上看着镜子里的自己，仅仅长叹一声，便慢慢地笑了。

再以后，拉丁舞培训班、静逸轩茶馆、公园树林里散步，人们经常会看到一个女人，她优雅，端庄，谈吐大方，有知道她与麦宊医生之事的姐妹，贸然问起她和麦宊医生的近况，她轻轻一笑，说，都过去了，男人嘛，就那么回事。

真的？问者狐疑。

这种事，其实没有那么难。你毁不了对方，总可以毁掉自己吧！用男人们的话讲，去他妈的，就毁上它一次，有什么呀！说话时，她总是想起那个他。她竟然不知道他的名字，对他一无所知。不过，她并不觉得恨他，甚至还隐隐地想去感谢他。